문턱 너머 저편

대산세계문학총서 103

문턱 너머 저편

The Fact of a Doorframe

에이드리언 리치 지음 ─ 한지희 옮김

문학과지성사
2011

대산세계문학총서 103_시

문턱 너머 저편—에이드리언 리치 시선 1950~2001

지은이   에이드리언 리치
옮긴이   한지희
펴낸이   이광호
펴낸곳   ㈜**문학과지성사**
등록   제1993-000098호
주소   04034 서울 마포구 잔다리로7길 18(서교동 377-20)
전화   02)338-7224
팩스   02)323-4180(편집) 02)338-7221(영업)
전자우편   moonji@moonji.com
홈페이지   www.moonji.com

제1판 제1쇄   2011년 5월 23일
제2판 제1쇄   2023년 3월 2일

ISBN 978-89-320-2203-1 04840
ISBN 978-89-320-1246-9 (세트)

이 책은 대산문화재단의 외국문학 번역지원사업을 통해 발간되었습니다.
대산문화재단은 大山 愼鏞虎 선생의 뜻에 따라 교보생명의 출연으로 창립되어
우리 문학의 창달과 세계화를 위해 다양한 공익문화사업을 펼치고 있습니다.

나의 모든 스승님께 이 책을 바칩니다.

서문

  한 편의 시는 순간적으로 쓰일지 몰라도 시간이 흐르면서 그 힘을 발휘하게 됩니다. 비록 격한 감정 속에서 창작되었을지라도 그 시는 정확성, 압축성, 그리고 시가 의미를 발견하는 고유한 방식이기도 한 예술의 실존적 목적을 향한 욕망을 가지고 있기 때문이지요. 언어 속에서 그리고 언어를 재료로 삼아 창작되었기에, 시는 그 매체인 언어와 끊임없이 씨름하는 것입니다.

  시어(詩語)는 한 사회의 언어이며, 시인이 그 사회와 맺고 있는 관계는 은연중에—혹은 적나라하게—시 속에서 드러납니다. 그 이미지와 은유 속에서, 원용(援用)하거나 맞서 싸우고자 하는 전통 속에서, 다급하거나 편안한 숨결 속에서, 귀 기울여 듣는 음악 속에서, 엿들은 대화의 공명 소리나 선택을 둘러싼 복잡다단한 전체 상황 속에서, 모든 예술의 저변을 흐르는 층위와 함께 드러나는 것이지요.

  이러한 것들이 시인으로서 여러분이 연습과 경험을 통해서 배우는 몇 가지일 것입니다—직접 시를 습작해보면서, 다른 시와 다양한 종류의 시를 읽고 사색하면서, 그리고 여러분이 태어난 사회의 언어와 앞으로 경험하게 될 또 다른 사회적 언어들 속에 두 손을 깊숙이 담그고서 말입니다.

이 시선집의 제목이 된 시는 1974년에 썼는데(그때까지만 해도 지진은 제게 그저 은유에 불과했지요), 그 시에서 저는 문턱이 나무를 잘라 만들어지는 것처럼 시도 "가장 보편적인 삶의 소재로부터 잘려 나와야 한다"고 말하였지요. 나중에, "시의 진정한 본질"이란 "연결하려는 욕망/공동언어를 향한 소망"이라고 정의하게 되었지만 말입니다. 시간이 흐르면서, 저는 집합적으로 소유한다는 의미로 사용했던 "공동common"이라는 단어가 언어적 측면에서는 단지 상대적인 의미만을 지닐 수 있다는 점을 깨닫게 되었습니다. 제게 주어진 언어는 앵글로계 영어이지만, 그것은 각각의 세계와 역사를 암시하는 아프리칸계 차용어구, 크레올 혼성어, 스페인어, 미국 원주민 영어와 함께 어우러져 짜여 있기 때문입니다.

언어가 재료로서 지니고 있는 힘—— 이것은 『세상 바꾸기』를 출판했던 애송이 학생 시인이었던 시절에는 생각하지도 못했던 점으로서, 20년에 가까운 세월이 흐른 뒤 「아이들 대신 분서(焚書)를」이라는 시를 쓰게 되면서 비로소 그 점을 반추할 수 있게 되었습니다. "난 널 꽉 잡을 거야"라고 「문턱 너머 저편」의 시인은 언어이자 그 대상이기도 한 시 자체에게 말을 했습니다. "이것은 압제자의 언어" "하지만 당신과 말하려면 난 그게 필요해"라고 「아이들 대신 분서를」에 쓰기도 했고요. 이 시에서 불길 속의 타자기는 그 은유입니다. 그간 폄하하고, 기만하고, 또 식민지화하거나 모욕감을 주는 수단으로 사용될 수 있었고, 사실 그렇게 사용되기도 했었던 언어라는 매체를 이용하여 작업을 한다는 것은 돌멩이, 흙, 물감, 숯, 철재 혹은 강철과 같은 매체를 가지고 작업하는 것과 다소 차이가 있습니다. 〔그렇다고〕 시인이 언어를 거부할 수 있는 것도 아니고, 다른 매체를 선택할 수도 없는 일이지요. 하지만, 시인은 자신에게 주어진 언어를 〔비워〕 다시 채우고, 구부리고, 뒤틀어서 지배와 분리를 촉구하는 대신 연대를 맺기 위한, 즉, 에두아르 글리상Édouard Glissant이 아주 적절하게 표현했던 '관계의 시학'을 지향하는 수단으로 이용할 수 있습니다. 무정부주자인 폴 굿맨Paul Goodman이라는 시인은 "절망감에서 비롯된 수척하고 어설픈 문체"에 대해 쓴 적이 있지요. 시는 이러한 문체를 필요로 할 뿐만 아니라 서정적인 어구가 전달해주는 광채, 휘트먼의 시나 성경에서 사용되는 대양의 선율, 격렬함과 재치, 재즈 선율의 화응(和應), 침묵의 끄트머리에 매달린 미묘한 떨림의 순간들──그 외에도 여러 가지 것을 필요로 합니다. 시가 바라지 않는 것은 순응성과 자족감일 테지요.

50년에 걸쳐 쓰인 시들 모아놓은 이 선집을 읽으며 인생을 돌아다보니, 저는 과연 이 문턱, 이 작업이 없었다면 어떻게 살아남을 수 있었을까 하는 생각을 하게 됩니다. 그동안 시라는 그물에 너무 오랫동안 빠져 살았기 때문이겠지요. 처음에는 어린 시절부터 듣고 읽었던 다른 시인들──블레이크, 키츠, 롱펠로, 로버트 루이스 스티븐슨, 스윈번, 오스카 와일드, 킹 제임스 판 성서──의 시를 탐독했고, 차츰차츰 나에게도 그러한 문턱이 있으며, 그렇게 될 수 있다는 가능성을 깨닫게 되었지요. 그리고 일상적인 대화에 리듬이 있고, 압운이라던가 화법이 있고, 거실 피아노 곁에서 부르던 노래들, 나의 부모님의 남부 사투리와 억양, 아프리카계 영어의 말투, 제2차 세계대전 당시 라디오에서 흘러나오던 연설의 어조 등이 있다는 사실을 감지하게 되었습니다. 여러분도 이 모든 것을 흡수하겠지만, 그걸 가지고 정말 무엇을 할 수 있을지 아직 모를 수 있습니다. 제가 그간 무엇을 해냈든지 그것은 진실로 특권을 부여받았던 그 초년 시절 덕분이라고 생각합니다. 그리고 나와 동시대를 살았던 시인들의 시,

친구들과 선생님들, 사랑하는 이들, 학생들, 그리고 정치운동, 물론 또 수많은 실수와 우여곡절을 경험하면서 뒤늦게 예술의 힘과 책임감에 눈떠 가던 시간에도 빚을 지고 있다고 생각합니다.

편집을 맡은 질 비알로스키, 나의 문예 전담 에이전트인 프랜시스 골딘, 나의 강의 전담 에이전트인 스티븐 바클레이, 그리고 그들의 동료들, 모두가 나의 시선집이 출간되기까지 비범하고 능숙한 재능과 성원을 보여 준 데 대해 감사의 뜻을 전합니다.

2002년 3월

에이드리언 리치

이 시집에 실린 시에 대해서는 제가 2002년에 쓴 서문에서 그 대강을 밝힌 바 있습니다. 다만 한국의 독자들을 생각하며, 이 자리를 빌려 번역시 읽기와 관련해서 몇 가지 생각을 말씀드릴까 합니다.

우선 저는 『문턱 너머 저편』을 번역한 한지희 교수에게 매우 감사를 드립니다. 시를 번역하는 것은 연대와 상상력을 실행에 옮기는 것이라고 생각합니다. 시를 또 하나의 언어와 문화적 감수성으로 번역하는 것은——때때로 이번처럼 다른 언어체계를 이용할 경우를 포함해서—— 시인의 원어뿐만 아니라 번역가 자신이 터득한 언어의 의미와 어감에 대해서도 깊이 숙고하는 것을 의미합니다. 사전이 도움을 주기도 하겠지만, 시가 지니고 있는 생생한 정서를 단순히 옮겨 적지 않고 재창조해낼 수 있는 것은 결국 시인의 감정을 마주할 때 번역가가 발휘하는 지성과 감수성에 달려 있기 때문이지요.

번역도 하나의 예술이라고 합니다. 번역을 했던 경험이 없었더라면 저는 지금과 같은 시인이 되어 있지 못했을지도 모릅니다. 번역이 없었다면 우리 모두는 지금보다 더 빈곤하게 그리고 더 편협하게 살아가고 있을지도 모릅니다. 번역은──특히 시의 번역은──제게 여러 가지 의식의 통로를 열어주었고, 현재에도 그러하며, 앞으로도 계속 그럴 것입니다.

이 시집에는 풋풋한 대학생 시절의 작품부터 원숙한 여성 시인이 되어 출간했던 작품에 이르기까지 거의 반세기에 걸쳐 썼던 (그리고 계속 쓰게 되길 바라는) 시 중에서 선별한 작품이 실려 있습니다. 오랫동안 저는 다양한 시학과 시 전통을 두루 섭렵하였고, 거기서 벗어났다가도 계속 상상력을 자극하는 것은 다시 수용하고, 때에 따라서는 없는 것을 만들어내기도 했습니다. 번역 시는 원문 그대로의 시나 원문 대역 시와 더불어 일종의 현관이 되어 저에게 다양한 문을 보여주었습니다.

이 문은 제가 속하지 않은 문화와 경험 속으로 저를 안내해주었을 뿐만 아니라, 미국이 자국민을 포함하여 국경 너머 한국, 베트남, 엘살바도르, 니카라과, 카리브해 지역, 칠레, 이라크, 아프가니스탄, 팔레스타인 등등 타국의 시민들에게까지 저질렀던 전쟁과 정권 약화 시도들, 그리고 이제 일종의 미국의 국가 정체성이 되어버린 '냉전' 체제의 독성에 대해 눈을 뜨게 해줌으로써 저로 하여금 국적을 초월한 세계인으로 살아갈 수 있게 해주었습니다.

전쟁과 권력의 파괴적인 속성을 맹신하는 태도는 그간 많은 시의 소재가 되어 사회적인 현실이 개인의 삶 속에 얼마나 깊이 스며들어 있는지를 보여주었습니다. 하지만 예술에는 분명히 경계를 넘어 전달되고, 이방인

을 인식하게 해주는, 그리고 만남의 광장을 모색하게 하는 실제적인 차원
이 있습니다. 전 세계의 남성과 여성 그리고 작가와 독자 들이 이러한 것
을 추구하고 있습니다. 그리고, 번역가들은 우리를 한자리에 모아주고 있
습니다.

2011년 5월
에이드리언 리치

차례

일러두기

1. 이 책은 Adrienne Rich의 *The Fact of a Doorframe: Selected Poems 1950~2001*(New York·London: W. W. Norton & Company, 2002)을 우리말로 옮긴 것이다.

2. 주석 중 지은이의 것은 〔원주〕라고 표기하였다. 그 외의 것은 모두 옮긴이의 것이다.

3. 강조하기 위해 원서에서 이탤릭체로 표기한 것을 본문에서는 고딕체로 표기하고, 원서에서 대문자로 표기한 것은 진하게 표시하였다.

4. 옮긴이가 이해를 돕기 위해 추가한 부분은 중괄호〔 〕로 묶어 구별하였다.

5. 맞춤법과 외래어 표기는 1989년 3월 1일부터 시행된 「한글 맞춤법 규정」과 『문교부 편수자료』 『표준국어대사전』(국립국어연구원)을 따랐다.

세상 바꾸기

폭풍의 경고

오후 내내 창문이 미끄러져 내렸다,
어떤 바람이 머리 위로 부는지,
어떤 잿빛 불안이 대지를 가로지르는지,
기상 예측기보다 더 잘 알 것 같았다
나는 푹신한 의자 위에 책을 내려놓고
닫힌 창문 쪽으로 걸어간다, 나뭇가지들이
하늘을 향해 쭉 뻗은 것을 보면서.

그리고 다시 생각한다, 공기가 방 안으로 들어와
기다림의 고요한 중심을 향해 움직일 때 종종 그러듯이,
어떻게 시간은 단 하나의 목적으로 알 수 없는
은밀한 기류를 타고 이 극지까지
흘러왔을까. 바깥의 날씨와
마음속의 날씨는 똑같이 몰아친다
일기예보에 상관없이.

예견하기와 변화를 피하기
그 사이에 폭풍을 통제하는 모든 것이 있다

시계(時計)와 기상 예측기도 바꿀 수 없는.
시간을 손에 쥐었다고 시간을 통제하는 것이 아니며,
어떤 도구가 산산이 부서졌다는 것이
바람을 막았다는 증거가 되지도 않는다.
바람은 일기 마련이다,
우리는 다만 셔터를 내릴 뿐.

하늘이 컴컴해지면 나는 커튼을 친다
그리고 유리 덮개를 들어 초에 불을 붙이고 내려놓는다
문 열쇠 구멍으로 불어드는 바람에도, 다 메우지 못한 틈새로
구슬프게 울어대는 바람에도 끄떡없게.
이것은 그런 계절에 대응하는 우리의 유일한 방어기술이다,
이런 것은 우리가 배워야 했던 기술이다
불안정한 지역에 살고 있기에.

제니퍼 이모의 호랑이들

제니퍼 이모의 호랑이들이 의기양양하게 병풍 위를 가로지른다,
초록빛 세상 속 반짝이는 황옥색 동물들.
그들은 나무 밑 사냥꾼을 두려워하지 않는다,
그들은 늠름한 기사의 위세로 천천히 걷는다.

제니퍼 이모의 손가락이 털실 사이로 미세하게 떨린다,
상아 바늘을 끌어내는 것조차 힘겨워 보인다.
이모부가 준 결혼반지의 육중한 무게가
이모의 손가락을 묵직하게 누르고 있다.

이모가 돌아가실 때, 겁에 질렸던 그 두 손은 쉬게 될 것이다
그녀를 짓눌렀던 시련의 반지가 여전히 끼여 있겠지만.
이모가 수놓았던 병풍 속 호랑이들은
계속 활보할 것이다, 당당하게, 두려움 없이.

경계선

팔딱거리는 세상을 베어 물어 둘로 만들어버리기엔
여기서 일어났던 일로 충분할 거야,
절반은 나를 위해 그리고 절반은 당신을 위해.
난 마침내 여기에 선을 그어
세상의 설계도를 두 진영으로 나누려 해
어차피 너무 작아서 당신 것과 내 것을 모두 포함할 수는 없으니까.
한 가닥 머리카락 속에도 어떤 좁은 지역을 나눠 갖고
싶어 하지 않는 남자들의 거대한 욕망이 있어
하지만 두 적대적인 의지 사이에
대양이나 울타리를 놓아둘 수도 있지.
한 가닥 머리카락도 그 차이점을 이어주기엔 충분할 거야.

바흐의 콘서트장에서

저녁 무렵 추운 도시를 빠져나가며
예술은 삶에 대한 사랑으로부터 나온다고 우리는 말했다.
지금 우리는 연민이 아닌 사랑에 대해 얘기하는 것이다.

이 오래된 훈련은, 부드러운 인내심을 요구하며,
사랑에 대한 믿음을 새롭게 하지만 감정을 억누르게 하고,
우리가 참아낼 수 있는 것들 속에서 은총에 감사하기를 요구한다.

형식은 사랑이 제공할 수 있는 궁극적인 선물이다——
우리가 욕망하는 모든 것과 우리가 고통받는 모든 것의
중대한 결합이다. 필요에 따른.

과도한 측은지심을 자극하는 예술은 절반의 예술이다.
당당한 절제를 보이는 순수함만이
다른 곳에서 배신당한, 극히 인간적인 마음을 소생시켜준다.

다이아몬드 세공사들

이상적인 풍경

우리는 세상을 주어진 그대로 받아들여야 했다.
공원에 맥없이 앉아 있는 간호사에게
어릴 적 신분이 뒤바뀐 왕자님이 다가와 말을 걸 일은 거의 없다.
아침은 늘 비슷하게 그리고 황량하게 시작된다
우리는 이기심의 방에서 깨어나고, 눕고
오늘이 어제처럼 펼쳐지는 것을 바라본다.

우리의 친구들은 천상의 미모를 가지고 있지도 않고,
황금의 혀로 말하지도 않는다. 우리가 사랑하는 이들은
우리가 가장 완벽하기를 바랄 때, 종종 실수를 하기도 한다,
또 하늘에서 천둥이 칠 때, 벽장 안에 숨기도 한다.
모든 곳에서 인간적인 일이 일어나 우리에게 찾아든다,
가공되지 않고, 흠 있는 채로, 인내심이 바닥을 칠 때까지.

그리고 시간은 언제나 기차처럼 질주한다
우리가 봤던 어떤 외국 도시의
햇빛이 잘 드는 광장으로 뻗은 길을 지나친다
우리는 다시 찾을 수 없었다, 어떤 지도도 보여줄 수 없었다——

그 똑같은 햇빛을 받으며 동전을 던졌던 분수대들도,
그 금박 입은 나무들도, 그 청동과 석고 동상들도.

죄책감의 나날들

그녀는 원룸 아파트가 잘 유지될 거라고,
사랑을 나눈 가구 위에는 먼지도 쌓이지 않을 거라고 생각했다.
반쯤 이단적이긴 해도, 수도꼭지에서 소리가 덜 날 거라고,
유리창이 기름때를 벗을 수 있을 거라고 소망했다.
배 한 접시, 페르시아산 숄이 걸쳐 있는 피아노,
만화에나 나올 법한 재밌게 생긴 쥐를 미행하다
그의 도발에 깜짝 놀라 튀어 올랐던 고양이〔를 보면서〕.
문제는 다섯 시만 되면 우유배달부의 발걸음 아래서
계단이 삐걱거린다는 게 아니라, 아침 햇살이
어젯밤에 먹다 남은 치즈 조각이며 희뿌연 우유병 세 개를
너무도 냉정하게 보여준다는 거였다.
부엌 선반 위 접시 사이에서
딱정벌레의 두 눈이 그녀를 뚫어지게 쳐다보곤 했다ㅡ
장식 몰딩 속 어떤 마을에서 온 대표 사절인 양……
한편, 그는, 하품을 하며,
열두 개의 건반을 눌러보고,
음정이 안 맞는다며, 거울 앞으로 가선 어깨를 으쓱해 보이고,
수염을 만지작거리더니, 담배를 사러 나갔다.

그동안 그녀는, 하찮은 악귀들에게 조롱당하며,

이불을 잘 펴고, 침대 정리를 하고,

탁자 위 먼지를 닦을 행주를 찾았다,

그리고 스토브 위에 커피 주전자를 놓고 물을 끓였다.

저녁 무렵 그녀는 그다지 완벽하지는 않았지만

다시 사랑을 했다. 밤새도록,

이따금 그녀는 잠이 깨어 새벽이 오는 것을 느꼈다,

마치 무정한 우유배달부가 계단을 올라오는 것처럼.

눈[雪]의 여왕*

눈[眼]에 거울 조각이 박힌 아이는
세상을 추하게만 보다가, 얼음 벌판으로 도망을 쳤는데,
그곳에서 눈[雪]의 여왕이 아름다움을 약속했다지요.
나의 눈꺼풀 밑에도 그 애 것처럼 날카로운 가시가 박혀 있어
당신이 자다가 죽기를 바라게 했죠
그런 상상은 가시 바늘을 좀더 깊이 박히게 했고요.

내가 태어났던 그 기만적인 세상에서
나는 '예'가 '아니오'로 되고, 성인(聖人)들이 비굴해지는 모습을,
그들의 신성한 얼굴이 썩은 미소를 짓는 것을,
별들이 오입질하러 사라진 것을, 마을 우물에서
진흙과 두꺼비가 펑펑 쏟아지던 것을 보았죠——모든 기적은
계산을 모르는 시대에나 어울리는 거겠죠.

사람의 얼굴을 사랑한다는 것은
쩍쩍 갈라진 화장과 번들거리는 이마를 발견하는 것이었어요.

---

* 〔원주〕 한스 크리스티안 안데르센의 동화 『눈의 여왕*The Snow Queen*』에서 영감을 얻었다.

[당신은] 방바닥에 톱밥 같은 비듬을 뿌리는
모든 육체의 충동을 곧 불신하게 되지요.
그동안 창가에 있는 두 노파를 잘 보세요
예전에 줄리아와 제시카였잖아요.

상관없어요. 나는 그런 왜곡도 견뎌내는 한 가지를
조금 더 간직하고 있을 테니까요——
흉측한 상자들과 철망 틈새에서 풍경이라는 것이 피어나기도 하잖아요.
당신 속엔 빛의 단순함이 있어요,
심란한 마음을 진정시키고, 공기를 반짝거리게 하고,
별들에게 다시 길을 찾으라고 가르치는.

여기에 아직 눈의 여왕의 놀랍도록 차가운 의지가 남아 있어
내게 명령을 하네요. 당신의 얼굴은 그 힘을 잃었어요.
나머지처럼 그 반대편에서 녹아버렸어요.
내 갈비뼈 밑에서 다이아몬드 가시가 콕콕 찔렀었는데,
이제 막대가 되어 아예 뿌리를 내렸나 봐요. 난 알아요
이 꽁꽁 언 창(槍)이 나를 관통할 수 있다는 걸요.

죄인들의 땅에서 온 편지

나는 당신이 결코 볼 수 없는
다른 곳에서 이 편지를 씁니다.
강이 많은 지역인데, 그 지형은
자세히 보면 변화무쌍하지만 그래도 늘 한결같아 보이죠,
여기 빙하로, 저기 인간의 작업으로
폭파된 곳들이 있기도 하고요.

강가 어부들은 자유롭다는 점 말고는
자랑할 게 없어요. 여기서
어떤 남자는 수십 가지 미끼를 던져놓아요
만약 그가 때때로 자기가 잡은 것, 그물을 뚫고, 살랑거리며
사라지는 그 프리즘처럼 반짝거리는 빛을 보게 된다면,
그는 지난 세월을 보상받았다고 생각할지 모르죠.

그 늙은 주인은 자기가 소유한 공원에 은거했었죠
몇 년 전, 그의 소작인들이
그 저택에 불을 질렀을 때까지요. 그 후로 양쪽 모두
더 잘 알게 되었어요. 그리고 이제 우리 아이들은 그를 만나러

달려가죠. 메추라기와 사냥꾼 모두
총성의 메아리를 잊어버렸죠.

내가 폭파된 곳들이 있다고 했죠. 우린 남겨두었어요
그 적나라한 상태를 그대로—
초인적인 결심이었든 그저 성급한 결정이었든
그 행위를 기억하는 어떤 기념물도 세우지 않았어요.
우리는 왜 그것들이 거기 있는지 그리고 왜 거기 떨어진 씨앗이
결코 자라지 않을 것인지 알지요.

기억에 상처를 입었지만
우리는 시간을 지키듯 이곳을 지키고 있어요
우리가 사랑했던 몇몇 사람이 변절하고 떠났을 때,
또 우리 자신이 너무 일찍 죽음의 재촉을 받았을 때
우리가 가장 잊지 않는 것은 뭘까요.
우리의 기억은 이지러지는 달처럼 반복을 하잖아요.

하지만 우리는 다른 종류의 평화를 만들어냈어요,

그리고 신록이 우거진 곳을 걷는답니다,
과거의 우리에게서 용서를 받고,
용서하는 법을 배우면서요. 올해는 사과의
단맛이 더하네요. 문이 낡아 허물어질 것 같지만,
그래도 〔당장〕 바꿀 필요는 없을 것 같아요.

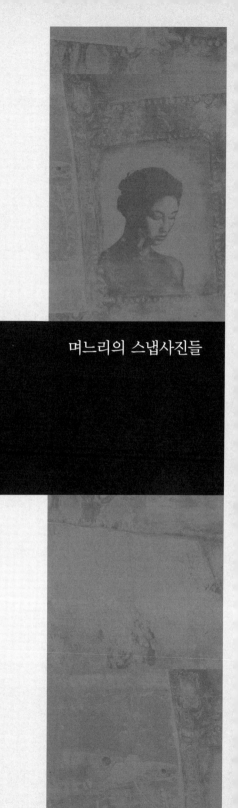

며느리의 스냅사진들

나팔꽃에서 상트페테르부르크까지

(『세계백과대사전』, 1928)

"설명과 그림으로 조화를 이룬 지식"은
　　먼지 낀 유리창을 통해
　　의심 많은 눈초리를 대면한다.
나는 기억할 수 있어, 지식이 아직 순수했을 때를,
　　종이 인형을 오려낼 때처럼
　　모순 없이 유쾌했던 때를.
네가 책을 펼치면, 거기 있었어.
　　모든 것이 약속된 대로 있었어,
　　쿠르디스탄에서 모르몬교까지, 아라비아고무에서
금귤나무까지, 더도 덜도 없이.
　　사실들은 관습에 따라
　　분리될 수 있었어. 그것이 바로
어린 시절을 가능하게 했던 거야. 이젠 지식이
　　그 모든 우스꽝스럽고 지저분한 꼴로 날 불러내네.
　　주소를 바꿀 때마다 나를 추적해서,
생각해본 적도 없는 문제들 속으로 날 끌어들여.
　　나는 어떤 사실에게도
　　곁을 내준 적이 없어. 조롱하듯

가족은 늘 무책임하게

　　집시들처럼 방문하지

　　그렇게 넌 그들 모두를

영원히 감당해야 할 거야. 결코 수지맞는 일이 아니지만.

　만약 내가 아직도 역사 속의 상트페테르부르크에서

　개선문 아치 위의 조각 장식에서 연상해낼 수 있다면

　──하지만 이제 너무 늦어버렸어.

1954

기사(騎士)

한 기사가 말을 타고 정오(正午) 속을 달린다,
그의 투구는 태양을 향하고,
수천 개로 쪼개진 태양의 조각들이
그가 전하는 즐거운 소식을 알린다.
그의 발가리개도 반짝거리고
그의 두 손도 화답하듯 반짝거린다,
펄럭거리는 깃발 아래
그는 항해하는 배처럼 날렵하게 달린다.

한 기사가 말을 타고 정오 속을 달린다,
그의 눈빛만이 살아 있고,
핏덩어리가 잼처럼
그의 철 면갑에 들러붙어 있다,
그 밑에서 문드러진 살점이
너덜너덜 매달린 게 보인다.
찬란히 빛나는 투구 아래서
그의 온 신경은 긴장하며 녹초가 되었다.

누가 이 기사를 말에서 내려

앞뒤가 꽉 막힌 철 흉갑(胸甲)에서,

가슴을 무겁게 짓누르는 문장(紋章)에서

자유롭게 해줄 것인가?

그들은 그를 부드럽게 패배시킬 것인가,

아니면 풀밭 위에 던져둘 것인가,

그 두꺼운 갑옷 아래 아직

짓무른 몸과 상처가 감춰져 있는데?

1957

며느리의 스냅사진들

1.

당신은, 예전엔 적갈색 머리칼에, 복사꽃 뺨을 지닌,

슈리브포트의 숙녀였죠,

아직도 그 시절 유행했던 옷들을 입고,

쇼팽의 서곡을 듣는군요,

코르토*는 이렇게 말했었죠, "아름다운 추억들이

향수처럼 기억을 따라 피어오르네."

당신의 마음은 이제, 결혼식 케이크처럼 서서히 굳어져,

쓸데없는 경험으로 무겁고, 충만하기도 하죠,

의심으로, 소문으로, 환상으로도요,

그러다 단순한 사실의 칼날에

조각조각 부스러지죠. 당신 인생의 전성기에 말예요.

---

* 알프레드 코르토(Alfred Cortot, 1877~1962): 프랑스의 피아니스트이자 지휘자. 쇼팽과 슈만의 피아노곡을 시적인 통찰력으로 해석한 것으로 유명하다.

당신의 딸은, 화가 나 찡그린 표정으로,
찻숟갈을 닦으며 〔당신과〕다르게 성장하죠.

2.

싱크대에서 커피포트를 쿵쾅쿵쾅 씻을 때
그녀는 천사들이 꾸짖는 소리를 듣는다, 그리고
낙엽이 쌓인 정원 너머로 비가 내릴 듯한 하늘을 내다본다.
참지 마, 그들이 이렇게 말한 지 이제 한 주가 지났을 뿐이다.

그다음 주엔, 만족하지 마
그다음엔, 스스로를 돌봐, 네가 다른 사람들을 구해줄 순 없어라고 말했다.
때때로 그녀는 온수에 팔을 데기도 하고,
성냥불에 엄지손톱을 그슬리기도 하고,
양털처럼 구불구불 수증기가 올라오는 것도 모르고
주전자 주둥이 위에 손을 대고 있기도 했다. 그들은 아마도 천사들이겠지,
매일 아침 눈에 모래알이 들어가는 것 말고

더 이상 그녀를 해치는 것은 없으니까.

3.

생각하는 여자는 괴물과 함께 잠을 잔다.
그녀는 자신을 물고 있는 부리가 된다. 그리고
용수철 뚜껑 같은 자연은, 시간과 도덕을 담고
아직 쿨렁쿨렁한 그 납작한 트렁크에
이 모든 것을 채운다.   곰팡이 핀 오렌지빛 꽃,
여성용 약품들, 납작 누른 여우 머리와 난초꽃 장식 밑으로
흉측하게 튀어나온 보디세아*의 젖가슴.

잘생긴 여자 두 명이, 도도하고, 날카롭고, 미묘하게,
논쟁을 벌이고 있다,

---

* Boadicea: 잉글랜드 동부에 살았던 고대 켈트족의 여왕으로서 기원후 60년경 로마제국의 공
  격에 저항하며 부족을 이끌었다고 한다.

나는 정교한 문양의 크리스털 그릇과 마욜리카 도자기* 너머로
궁지에 몰린 분노의 여신들이 먹잇감을 놓고 고함치는 소리를 듣는다.
여자들의 편견**으로 가득 찬 언쟁, 내 등에 꽂힌 채 녹슨
그 오래된 모든 칼들을, 나는 당신들에게 들이댄다,
나와 닮은 자여, 나의 자매여!***

4.

서로에 대해 너무 잘 알고 있기에
그들의 선물은 순수한 열매가 아니라, 가시가 된다,
조롱을 약간 섞어 날카롭게 찌르는……
다리미에 열이 오를 때까지 기다리는 동안,

---

* 현란한 무늬와 색상의 이탈리아산 도자기.
** 리치는 이성이나 정의를 따르기보다는 개인적 이해관계, 편견, 감정에 따라 늘어놓는 논쟁을
일컫는 라틴어 'ad hominem'을 'ad feminem'으로 바꾸어 사용하고 있다.
*** T. S. 엘리엇이 『황무지』의 제1부 「죽은 자를 위한 의식」에서 샤를 보들레르의 「독자에게」라
는 시의 마지막 행("Hypocrite reader, like me, my brother")을 그대로 인용한 반면, 리
치는 "형제여"를 "자매여(my sister)"로 바꾸어 일부만 인용하고 있다.

잼이 끓고 거품이 이는 동안, 앰허스트의 식품 저장실에서,

또는, 때때로

강철 눈과 부리를 가진 새가 되려는 목적이라도 지닌 듯,

매일매일 이것저것 모든 것의 먼지를 털면서,

그 글귀를 읽는다, 내 삶은 서 있어요──장전된 총처럼──

5.

달콤하게 웃으며, 달콤하게 말하며,*

그녀는 다리 면도를 한다

화석이 된 거대한 코끼리의 상아처럼 반질거릴 때까지.

---

* 리치는 호라티우스의 「송가」 제22번의 23행과 24행의 라틴어 "dulce ridens, dulce loquens"
를 인용하고 있다.

6.

기타 반주에 맞추어 코린나가 노래를 할 때*
가사도 가락도 그녀의 것이 아니다.
볼 위로 살짝 흘러내린
긴 머리카락만이, 무릎 근처까지 덮은
비단옷에 대한 노래만이 〔그녀의 것이〕다
그런데 이런 것들마저
어떤 눈에 비친 음영 속에서 조정된다.

잠그지 않은 문 앞에서, 그 새장 중의 새장 앞에서,
침착하게, 떨고 있지만 만족하지 않는,
그대 새여――그대 비극적 기계 같은 존재여, 말해다오,
이것이 생명을 주는 슬픔**인가? 사랑으로,
그대에겐 단 하나의 자연스러운 행위였던, 사랑으로,

---

* 토마스 캠피언(Thomas Campion, 1567~1620)의 시 첫 행을 인용하고 있다.
** 원서에는 프랑스어(fertilisante douleur)로 씌어 있다.

속박당하고, 더욱 날이 선 채로

그 창공의 비밀을 알아내려는 것인가? 자연은

자신의 아들은 결코 본 적이 없는

가정에 대한 책을, 그대 며느리에게, 보여주었는가?

7.

"이 불확실한 세상에서

훼손될 수 없는 버팀목을 가지는 것은,

지극히 중요하다."*

　　　　　　조금 용감하고 조금 착하기도 한,

어떤 여자가 이렇게 썼다,

그녀는 부분적으로 이해했던 것과 싸웠다.

그녀 주변의 남자들은 더 많이 배려해주지도, 줄 수도 없었다,
그녀에겐 사납고,* 까다롭고, 헤프다는 꼬리표가 붙어 있었기에.

8.

"당신들은 모두 열다섯에 죽는다오," 디드로**가 말했다,
그리고 〔그것은〕 어느 정도 전설이, 어느 정도 관습이 되었다.
김이 서려 희뿌연 닫힌 창문 뒤엔,
아직도, 가당치 않은 꿈을 꾸는 눈망울이 있다.
우리가 될 수 있었던 모든 것은,
과거에 우리가 품었던 모든 것은──열정, 눈물,

---

* 원문은 "harpy"로서, 맹렬하다는 뜻 외에도, 그리스 신화의 하피를 함축적으로 암시한다. 하
  피는 여자의 머리를 가진 새로서 잔인한 성질을 가진 괴물이고, 3, 4, 6번 시에서 등장하는
  새 역시 이 하피를 인유하는 것이다.
** 드니 디드로(Denis Diderot, 1713~1784)는 프랑스 철학자이자, 극작가 및 비평가이다. 소
  피 볼랑(Sophie Volland, 1725~1784)에게 보낸 편지에서 디드로가 "당신들은 모두 열다섯
  에 죽는다오"라고 말했다고 시몬 드 보부아르(Simon de Beauvoir, 1908~1986)가 『제2의
  성』 제2부에 밝힌 바 있다. 리치는 보부아르의 책을 읽고 디드로를 재인용하고 있다.

재치, 취향, 순교한 야심—
거절한 내연 관계에 대한 기억처럼
시들고 축 처진 우리 중년의 가슴을
기분 좋게, 휘젓는다.

9.

그것이 잘 처리되었다는 게 아니라
그것이 행해졌다는 사실 때문이라고요?* 그래요,
그 가능성을 생각해봐요! 아니면 그저 완전히 무시해버리던가.
이건 조숙한 아이가, 시대가 소중히 여기는 만성병 환자가,
누리는 사치일지 모르죠—
그렇다고 우리가, 소중한 여러분, 그만두어야 할까요?

---

* 새뮤얼 존슨(Samuel Johnson, 1709~1784)이 자신의 전기 작가였던 보즈웰에게 했던 말이
인유되고 있다. 보즈웰이 『존슨의 전기』(1763)에 적은 바에 따르면 존슨은 "여자가 연설을 하
는 것은 개가 뒷다리로 서서 걷는 것과 같소. 그것은 잘하기 힘든 것이지만, 일단 그런 것을 한
다는 자체가 사람을 깜짝 놀라게는 한다오"라고 말했다고 한다.

우린 마름병에 걸려 그동안 한직(閑職)에 있었어요.
단순한 재능이라도 우리에겐 충분했어요—
조각 글이나 다듬어지지 않은 초고에서 반짝거리면 됐던 거죠.

더 이상 한숨짓지 마세요, 숙녀 여러분.

                              시간은 남자랍니다

그래서 그의 컵으로 아름다운 여자들에게 축배를 들지요.
그들의 무용담에 즐거워하며, 우리는 듣는답니다
우리의 평범함이 과도하게 칭찬을 받고,
나태함이 금욕으로 읽히고,
헤픈 생각이 직관으로 치장되고,
모든 실수가 용서되는 것을요. 우리가 지은 죄라면
그저 너무 대담하게 그림자를 드리우거나
그 틀을 완전히 깨부수려고 한 것이라고나 할까요.

그 때문에, 독방에 감금되거나,
최루탄을 맞거나, 소모적인 포격을 당하는 거죠.
그런 명예를 바라고 지원하는 사람은 거의 없답니다.

10.

　　　　　　　　　　　　　　　　글쎄요.
그녀는 자기가 오는 것에 대해 오랫동안 고민했다네요,
자신에 대해선 역사보다 더 냉정하거든요.
그녀의 마음은 바람 부는 쪽으로 부풀죠,
난 그녀가 바다로 뛰어드는 것을 봅니다
햇살을 가득 안고
배영으로 물살을 헤치고 나아가는 반짝거리는 모습, 그 모습이
적어도 어떤 소년이나 헬리콥터만큼
아름답네요.
　　　　　　침착하게, 계속 헤엄쳐 오고 있어요,
아름답고 날렵한 그녀의 날개가 공기를 움찔하게 하면서요

하지만 그녀가 가져다준 꾸러미는
어떤 약속도 아니었어요, 그땐.
그저 손으로 만져볼 수 있도록

배달되었죠

우리의 것이라고.

1958~1960

안티노우스*의 일기

가을의 고문. 오래된 흔적이

도로 위에 희미하게 보이고, 축축한 잎새들이

타박상에 바른 연고처럼, 풍경 속에 문질러져 있다,

그들이 거대한, 육신의 은밀한 부위의 색조를 띤,

꽃을 가져올 때처럼, 그 흔적이 집 안에 들여졌다.

이 모든 것. 그리고, 저녁마다, 밖으로 나가야 했다,

꺼버려야 할 불과 싸우면서,

기쁨으로 설레어 입이 벌어지게 하는 빛과 씨름하면서

거무스름한 강둑 위에 도달할 때까지

나는 빨리 걸었다. 〔거기서〕

나는 시간의 바퀴자국 속에 멈춰진 수레가 된다.

그 뒤 어떤 집에서 진실과 아름다움에 대한 소문이

라일락향 머금은 목욕물의 수증기처럼 피어올라

방 안을 가득 채운다, 장작불이 빠지직 타오르고,

목덜미를 덮은 금발 머리칼, 금테 안경

---

* 하드리아누스 황제가 가장 총애했던 미소년으로서 기원후 130년경 나일 강에 빠져 죽었다고
한다. 이 소년은 자살한 것으로 여겨지며, 이 시에서 리치를 대신하고 있다.

금 목걸이를 걸고 있는 빳빳이 세워진 고개들 앞에서,
모피와 예절에 대한 시가 낭송된다.
그런데 난 왜 떨고 있는 걸까? 저녁이 다 가기 전, 몇 번이고,
집 안 한쪽 구석에 놓여 있던 열린 관 세 개를 보지 않았던가?
어떤 사람이 정강이를 관에 부딪혀,
움찔하고, 펄쩍 뛰었다가, 절뚝거리던 것을,
웃으면서 그의 손을 금빛 솜털이 보송보송 난 아름다운 팔에,
아몬드 껍질처럼, 없는 것을 보지 않았던가?

상투적이고, 쓸데없는 이야기이다. 만약 내가 여기 머문다면
그건 선택했기 때문이다. 그래서 마침내
역겨움이 속에서 차오르는 냄새가 날 때, 대기가
수술용 붕대를 감은 때처럼 내 가슴을 압박하는 것을 느낄 때,
나는 놀란 척을 할 수 없을 것이다.
내가 그렇게 유산(流産)한 것이 대체 무엇이란 말인가?
결국 내가 무기력하게, 볼썽사납게, 혼자서,
타일 위에 게워놓은 것이
내가 술잔을 기울이며 삼켰던 것들, 눈망울들,

손동작들, 열고 닫았던 입들의 조각들이라면,

그것들은 유산되거나, 살해되거나, 혹은 어느샌가 저절로 죽어버린

나 자신의 일부가 아닐까?

1959

양파 까기

이 모든 눈물에 필적할 만큼의
슬픔을 가지고 있다면야!

내 가슴속엔 조금의 흐느낌도 없다.
페르 귄트*처럼 바싹 마른 가슴으로
나는 양파 껍질을 깐다, 영웅도 아니고,
그저 요리사로.

소리 내어 운다는 것은 일이었다,
내가 충분한 이유를 가지고 있었을 때는.
걸어가는 동안, 내 두 눈이 머리에 난
쓰라린 상처인 것만 같았다,
그래서 우체국 직원들이, 뚫어져라 쳐다보았던 것 같다.
그들이 짓고 있던 개의 표정, 고양이의 표정이 불로 지진 듯
뇌리에 선명하다——
그러고도 남은 것은

---

* 노르웨이 극작가 헨리크 입센(Henrik Ibsen, 1828~1906)이 1867년 쓴 희곡의 여주인공.

연무처럼 뿌옇게 내 양쪽 폐를 채웠다.

양파를 썰어 담는 그릇 속에 떨어지는 이 오래된 눈물.

1961

지붕 위의 인부

— 데니스 레버토브*를 위하여

반쯤 지어진 집들 위로
밤이 찾아온다. 인부들이
지붕 위에 서 있다. 망치질이
끝나고 조용하다. 도르래도
느슨하게 걸려 있다.
지붕 위에서 거인처럼 보이는 인부들,
그들의 머리 위로 어둠의
물결이 막 쏟아지려고 한다. 하늘은
찢어진 돛, 거기서 인부들의 형체가
확대되어 움직인다, 붉게 타오르는 지붕 위에
그림자를 남긴다.

나도 저 위에 서 있고 싶다.
맨살을 드러낸, 실제보다 더 커 보이는 그들처럼,
그리고 마땅히 전력을 다하겠지.

---

* Denise Levertov(1923~1997) : 영국계 미국인 시인. 베트남전 반대 운동과 페미니즘 운동에
  활발히 참여하였다. 대표 시집으로『슬픈 춤』이 있다.

무한히 노력을 하는 것이——

내가 그 아래 살지도 못할 지붕을 놓는 것이

—— 가치가 있었을까?

—— 이 모든 청사진을,

틈새를 채우고,

측량하고, 계산하는 것이?

내가 선택하지 않았던 삶이

나를 선택했다. 심지어

내가 해야 하는 일을 위해서

내가 가진 연장은 적당하지도 않다.

나는 벌거벗었고, 무지한,

지붕을 가로질러 도망치는

벌거벗은 한 남자이다.

아주 근소한 차이로

우윳빛 벽지를 뒤로하고

전등 불빛 아래 앉아

지붕을 가로질러 도망치는

벌거벗은 한 남자에 대한

── 무관심하지는 않은 채──

책을 읽고 있었을지도 모른다.

1961

장래의 이민자들이여
부디 주목하십시오

당신은
이 문을 통과하든지
못하든지 할 것입니다.

만일 당신이 통과하더라도
당신의 이름을 기억하는
위험을 언제나 각오하십시오.

모든 것이 당신을 이중적으로 쳐다볼 것입니다
그러면 당신은 뒤를 돌아보고
그런 일이 일어나도록 내버려두십시오.

만일 당신이 통과하지 못하더라도
가치 있게 사는 것이
가능합니다

당신의 태도를 유지하면서
당신의 지위를 유지하면서

용감하게 죽는 것도요

하지만 많은 것이 당신을 장님으로 만들 것입니다,
많은 것이 당신을 스쳐 지나갈 것입니다,
어떤 비용을 치를지 누가 알겠습니까?

문 자체는
어떤 약속도 해주지 않습니다.
그것은 단지 문일 뿐이니까요.

1962

생존을 위한 필수품

생존을 위한 필수품

한 조각 한 조각 나는 다시
세상 속으로 들어가는 것 같다. 처음에 난 작지만 확고한 점으로

시작했다. 나이 든 내 모습을
아직도 그렇게 여기고 있다, 진푸른색 압정으로

점묘화가가 꿀벌같이 부지런한 손놀림으로 활짝 피워낸 꽃에서
툭 튀어나와 그 풍경 사진 위를 누르고 있는

단단하고 작은 머리로
얼마 후 그 점은

점점 흐르기 시작한다. 어떤 열기가
그것을 녹여버렸다.
                        이제 나는 황급히

적갈색, 선명한 초록색의 영역으로,
섞여들고 있다

모든 전기(傳記)가 떼거리로 몰려와
나를 요나처럼 삼켜버렸다.*

요나여! 나는 비트겐슈타인이었고,
메리 울스턴크래프트였고,

확대된 사진 속에서 죽어 있는
루이 주베의 영혼이었다.**

지금까지 늑대에게 갈가리 찢기면서,
나는 욕망하지 않는 법을 배웠다.

지하실에 던져져

---

* 구약성서에 의하면, 요나는 하나님의 말씀을 전하는 선지자가 되기를 꺼렸는데, 바다를 건너
는 중 풍랑이 일어 바다에 빠지게 되었다. 이때 고래가 요나를 삼켰는데, 하나님의 도움으로,
사흘 뒤 고래가 그를 육지에 토해내자 목숨을 건질 수 있었다.
** 비트겐슈타인은 독일 언어철학자, 메리 울스턴크래프트는 여성운동가, 루이 주베는 유명한 프
랑스 연기자 겸 프로듀서.

껍질이 일어난 바싹 마른 구근처럼

나는 스스로를 소비했다, 실업수당을 받는 사람처럼
때로는 이집트의 벽돌공처럼

아무것도 나를 이용하지 못하게 했다.
그런 삶이라도 거기 있었고, 그건 나의 것이었다,

이따금씩 한 손을
따스한 벽돌장 위에 얹어놓고

기쁨을 아껴가며,
태양의 영혼을 감지해본다

때때로 생존을 위해 필요한 품목을
열거해보기도 한다.

그때는 너무 버거웠다. 연습을 하면

내 중년의 삶을 곧 완벽하게 할 수 있을지도 모른다, 나는

감히 세상 속에서 살아볼 용기를 낼지도 모른다
장어처럼 날렵하게, 양배추 심처럼

옹골지게. 나는 여러 곳에서 초대를 받았다.
들판에서 안개가

구불구불 피어오른다, 내 숨결처럼,
집들이 길가에 죽 늘어서서 기다리고 있다

뜨개질하며, 주절주절 얘기를 늘어놓느라
숨 가쁜 늙은 아낙네들처럼.

1962

숲속에서

"힘겨운 일상의 행복,"*
요즘은 아무도 당신을 믿지 않아요.
나는 담요 위에 큰대자로 드러누워 자세를 바꾼다,
태양이 소나무 꼭대기 뒤편으로

정확히 걸치는 것을 보려고.
솔잎 새로 퍼져 나오는 햇빛은
뱀이 기어 나온 바로 그곳에 흐르는
강물처럼 생기 있고,

초록빛 수정 구슬 속의 물처럼 비현실적이다.
나쁜 소식은 언제나 찾아오고야 마는 법.
"우린 숨는 사람. 나쁜 것을 피해 숨는 거야,"
남자애가 노래를 부른다.

숲속에서 이 글을 쓰면서,

---

* 〔원주〕 네덜란드 시인 블룸(J. C. Bloem, 1887~1966)의 시에서 인용했다.

나는 친구들을, 내가 적이라고 여겼던 사람들까지도
배신하는 것 같은 느낌을 갖는다.
공통된 운명이란 곱게 화장되어

장례 집행자가
고른 옷을 입고, 관에 누워
이방인의 죽음을 맞이하는 것일 테다
아마도 그것이 우리가 더 이상

공공건물의 시계를 쳐다보지 않는 이유일지도 모른다.
어떤 건축가도 그 사실을 언급하지는 않을 테지만.
우리는 숨는 사람이다. 대부분의 시간에
나쁜 것을 피해 숨는.

하지만, 멋지게도, 좋은 일이
우리를 찾아내기도 한다. 〔정말〕 오늘 아침 나를 찾아왔다.
다 피운 긴 원주민 파이프 담뱃대들과
실밥 터진 여성용 슬리퍼들이 어질러진

먼지투성이 담요 위에 누워 있었을 때.
내 영혼이, 내 헬리콥터가, 붕붕 소리를 내며
보트가 반쯤 물에 잠겨 있는, 오래된 연못 위로
멀리, 습관처럼, 날아갔다

거기서 그것은 언제나처럼
자아의 이상향 혹은 안식처를 향해 방향을 바꿨다,
육신은 방충망에 달라붙은 잎새마냥
그대로 남겨두고—

행복이라! 얼마나 자주
그 단어 때문에 내가 연못 가장자리에서,
좌초되었던가 〔그리고〕 마치 눈물을 통해서 보듯,
잠자리를 보았던가—

모든 것이 다만
이번엔 단 한 번만이라도

달라질 수 있기를 바라면서. 내 영혼은 다시 돌아와
폭발하듯 내 몸속으로 들어간다.

찾았다! 준비가 되었든 아니든.
내가 지금 움직인다면, 태양은,
나무 사이로 그 모습을 적나라하게 드러내,
나를 녹여버릴지도 모른다, 누워 있는 채로.

1963

나무들

집 안에 있던 나무들은
요즘 텅 비어 있던 숲으로
새가 찾아들지 않고
벌레도 숨어들지 않고
태양도 그늘에서 다리를 쉬다 가지 않는
그 숲으로 들어가려고 한다
요즘 밤에 텅 비어 있던 그 숲은
아침이 되면 나무들로 빼곡히 들어찰 것이다.

베란다 바닥에 난
틈새에서 그 몸을 빼내기 위해서
밤새도록 뿌리가 움직인다.
잎새들은 유리창 쪽으로 나가려고 한다
잔가지들은 힘이 들어가 뻣뻣해지고
지붕 아래서 오랫동안 쥐가 난 가지들은
반쯤 멍한 표정으로
병원 문을 향해 움직이는
갓 퇴원한 환자들처럼 움직인다.

나는 방 안에 앉아, 베란다 쪽으로 문을 열어놓고
장문의 편지를 쓰고 있다
거기엔 집에서 숲이 떠나고 있다는 말은
전혀 언급하지 않았다.
밤은 싱그럽고, 아직 훤한 하늘에 보름달이
휘영청 밝게 떠 있다
낙엽과 이끼 냄새가
목소리처럼 조용하게 방 안으로 퍼진다.
내 머릿속은 내일이면 잠잠해질
속삭임들로 가득하다.

들어봐. 유리창이 깨지고 있어.
나무들이 밤을 향해 고꾸라지고 있어.
바람이 황급히 그들을 맞아들이고 있어.
가장 큰 참나무 꼭대기에 걸린
달은 깨진 거울처럼 지금
조각조각 반짝거리고 있어.

1963

이렇게 둘이서[*]

— A. H. C^{**}에게

1.

바람이 차를 흔들고 있네요.
우린 강가에 차를 세워놓고,
입에 침묵을 물고 앉아 있어요.
깨진 얼음 섬들 너머로
새들이 흩어져 날아오르네요. 예전에
"캐나다 거위들이네"라고 내가 말했었죠.
당신이 좋아하는 걸 알았으니까요.
지금부터 일 년, 십 년 뒤에도
난 이 장면을 기억할 것 같아요—
유리 새장 속에
약 먹은 새들처럼 이렇게 앉아 있는 걸—
왜인지는 몰라도, 우리가
여기 이렇게 함께 있었다는 걸요.

---

* 이 시는 본래 6편의 연작시이나, 노튼판 선집과 전집 모두에 5편만이 실려 있으므로 번역자는
원저의 방침을 따랐다.
** 리치의 남편 알프레드 콘래드의 약어.

2.

그들은 부수고 무너뜨리고 뿌리째 뽑아버리고 있어요
이 도시를, 한 구역씩 한 구역씩.
방은 두 동강 나서
닳아 해진 짐승 가죽처럼 걸려 있고,
시든 장미는 넝마에 싸여 있고,
유명한 거리는 어디로 향했던지 잊힌 지 오래지요.
단 한 가지 사실만이 그렇게 꿈결 같을 수 있을 거예요.
그들은 우리가 만나 함께 살았던 집을
부수고 무너뜨리고 있어요.
곧 우리 둘의 몸도 모두
그렇게 되겠죠, 시대에서 분리되어서요.

3.

우리는 그들이 말하는,

어떤 공통점을 가지고 있어요.
내 말은, 어떤 견해를 가지고 있단 말이지요.
석판 위의 욕실 창문부터
아침마다 모여드는 무심한 비둘기에 대해서까지 말이에요, 그리고
수돗물 맛을 보는 그 방식도요,
당신은 유리창에 물을 튀기며
그 물맛에 감탄하곤 했죠.
당신 때문에 나도 수돗물 맛을
알게 되었어요,
당신 아니었으면 놓쳤을지도 모르는
일종의 호사였다고나 할까요.

4.

우리가 쓰는 말은 우리를 제대로 표현하지 못하더군요.
밤에 당신은
때때로 나의 엄마 같았어요.

오래된, 세세한 원망들이
내 꿈을 홱 잡아당기면, 나는
당신에게 기어가서, 안식처를
찾으려고 애썼고, 당신을
동굴로 삼곤 했죠. 이따금
당신은 나를 첫번째 악몽 속에서 익사시키는
분만의 파도가 되기도 했어요. 난 숨을 들이마시죠.
유산된 지식은 우리를 배배 꼬아놓았어요
비스듬히 던져진 김 나는 시트처럼요.

5.

죽은 겨울은 죽은 게 아니다,
그저 낡아서 사라지는 것이다. 썩은 고기 한 덩이가
깨끗이 물어뜯겨 마침내,
빗물에 씻겨 없어지거나 불에 타 말라버리듯이.
우리가 욕망하는 것도 이와 같다,

어떤 실수도 없다, 난 사실에 대해
말하고 있을 뿐이다. 단순히 무관심해지는 걸로
우리는 그걸 막을 수 있을 것이다.
우리의 치열한 관심만이
그 단단한 회백질 덩어리에서
히아신스꽃을 피워낼 수 있다,
촉촉히 젖은 꽃봉오리들이
긴 가지를 따라 흘러내리게 할 수 있다.

1963

밤에 쓴 시들, 아이를 위하여

1. 아기 침대

몸을 구부려 이불을 덮어줄 때 너는
눈꺼풀을 움직이며 자고 있었어.
나는 그 아래서 헤엄치고 있는
사진 원판처럼 뿌연 너의 꿈을 보고 있었지.
네가 갑자기 울음을 터트리더라.
아직 꿈의 막으로 덮여 있는 두 눈을 번쩍 뜨고서.
더 크게 뜨더니, 나를 뚫어지게 바라보는 거야——
—— 날 죽음의 머리, 스핑크스, 메두사로 생각했던 걸까?
너는 앙앙 울어댔지.
눈물이 내 뺨을 타고 흘러내렸고, 내 무릎은
너의 공포에 맥이 풀려버렸지.
엄마가, 난, 아닌가 봐,
그저 여자, 그리고 악몽인가 봐.

2. 깨어남

오늘 밤 갑자기 반사적으로 움직였어
히로시마처럼 시간이 멈춘 어둠 속에서
방이 세 개나 떨어져 있었는데도
침대에서 네가 숨쉬는 소리를 거의 들을 수 있었어.

넌 여전히 숨을 쉬고 있어, 그래——
그리고 비수(匕首) 같은 재능을 지닌 내 꿈은,
잔혹한 숨바꼭질을 하며,
서서히 후퇴하고, 뒷걸음질 치며

꿈의 달걀 속으로,
의식이 완전히 사라지는 지점까지 돌아갔지.
〔그리고〕 모든 것이 사라졌어.

하지만 너와 나——
아무 말 없는 어둠의 강보에 싸인,

병약함처럼 고전적이고
순수한 소멸(消滅)처럼 현대적인——

우리는 아무것도 모른 채 떠돌고 있어.
만약 내가 지금 어떤 짐승이 부드럽게 웅얼거리는 듯한
너의 말을 알아들을 수 있다면!
만약 내 가슴에서 다시 젖이 나온다면……

1964

"전 위험에 처해 있어요— 선생님—"*

히긴슨에게 "반쯤 얼이 빠져" 살다가,
윤색된 판본들로 나중에 유명해졌죠,
전쟁터 같은 당신의 눈부신 쪽지 뭉치로,〔그리고〕
이제 당신의 낡은 리본**으로〔유명하고요.〕

하버드에서 좀이 슬고 있다가
그리고 집주판(集註版)을 낸 사람으로
끝까지 모호했던—
당신은 누구인가요?

원추리를 기르며,
긴 포도주 잔을 닦으며,
당신의 생각은 종잇장처럼 얇은
이마 밑에서 맥박을 치고 있죠,

---

* 〔원주〕 미국의 시인 에밀리 디킨슨(Emily Dickinson, 1830~1886)이 자신의 문예 활동
  에이전트인 토머스 히긴슨에게 보낸 편지의 한 구절로서, 토마스 존슨과 시어도라 워드가 편
  집한 『에밀리 디킨슨의 편지들』 제2권 409쪽에 실려 있다.
** 리본은 미혼 여성의 표시로 여겨졌다.

여성이면서, 남성적인,
한 가지에 전념하는 당신,
당신에게 단어는 어떤
증세 이상이었죠——

존재하기 위한 조건이었다고나 할까요.
망가진 언어로 윙윙거리는 대기가
당신의 귀에 대고 위증죄에 대해
노래할 때까지 말이죠

그리고 반쯤 얼이 빠진 상태에서 당신은
여흥거리로 침묵을 선택했죠
당신만의 전제에 따라
끝까지 침묵을 고수하기로 선택했죠.

1964

슬픈 초상

이 그림은 에드윈 로만조 엘머(1850~1923)가
그의 딸 에피를 추모하며 그린 것이다.
이 시에서 죽은 소녀 에피가 화자로 등장한다.

그들은 마호가니 의자와 등나무 흔들의자를 가져갔어요

밖에 라일락 관목 아래로 말이에요

아빠와 엄마는 검은 옷을 입고 어두운 표정으로 거기 앉아 계셨죠.

우리 널집은 언덕 위에 변함없이 서 있고

제 인형은 고리버들 유모차에 누워 있어요,

매사추세츠 서쪽을 바라보면서요.

이게 우리가 사는 세상이었어요.

전 풀잎을 하나씩 하나씩 다시 만들 수 있어요

그 뻣뻣한 촉감을 손끝으로 느끼면서 말이죠,

라일락 잎사귀들 전부를 지도로 그려낼 수도 있어요

슬픔으로 넋이 나간 아빠의 손 위로

얼기설기 보이는 정맥의 지도도요.

그 꿈이 제 머리 밖으로, 반쯤 넘쳐 나오면서,

계속 채워지고, 졸아들고 있어요──,

그림자, 크리스털 유리, 천장, 풀밭, 이슬방울 같은 것들로요.

저는 라일락의 희미한 녹색빛 아래서, 햇빛에서 벗어나

유모차의 바퀴살을 하나하나 깎고 있어요,

현관의 둥근 장식 기둥을 하나씩 조각하고 있어요.
높이 떠 있는 초여름 구름 아래서,
저, 에피는 보이기도 하고 보이지 않기도 하죠
기억하기도 하고 기억되기도 하지요.

가족들은 이사를 갈 거예요
장난감이랑 애완동물도 나눠 줘버리겠죠.
절 잃고 말없이 굳은 표정으로 엄마는
침례교회로 향하는 기차를 타시겠죠.
비단 실패엔 실도 감겨 있지 않을 거예요.
있지요, 우리 사이를 묶어주는 끈은
이슬을 머금은 거미줄처럼 희미해요.
제가 당신을, 세상을, 다시 만들 수만 있다면,
제가 잎사귀에게 기본형을, 공중에
초여름의 구름을, 집에게
오후의 온기를, 그림자 하나 없이, 돌려줄 수만 있다면,
그런데 이것을 빠뜨린다면요? 저는 에피예요, 당신은 저의 꿈이었고요.

1965

덩어리

야생당근꽃 한가운데 박혀 있는 핏덩어리.
몇 년 동안 난 그걸 본 적이 없어,

수년간 금속성의 시각으로 살았기 때문이야,
풀잎들은 밝은 시야에서 스쳐 지나갔어

스위스 호수에서 해가 졌고.
메도우폼이 핀 풀밭, 은하수도 지나갔어.

그런데 거기에, 줄곧, 조그만 진홍색 거미가
혼례식의 하얀 거미집 속에 앉아 있었어,

명백한 순백색 속으로
그의 진홍빛 침을 찔러 넣을 준비를 하고 말이야.

놀랄 일도 아니지, 안구가, 회복되는 중에는,
오랫동안 뿌연 피막을 통해 〔세상을〕 보게 된다는 게.

1965

초점

── 버트 드레이푸스*를 위하여

모호함도 할 말이 있다.
방 한 귀퉁이 간이침대에 누워,

시야에서 벗어나, 담배를 피우며, 바라보며, 기다리고 있는 사람처럼.
햇빛은 채광창을 뚫고 연필꽂이를 만드는 작업대 위로,

타자기 자판 위로 쏟아져 내리고 있다,
그것들에게 실제보다 더한 존재감을 실어준다. 진솔한 빛……

지구가 움찔댄다. 이제 빈 커피잔이,
숫돌이, 손수건이, 자세를 잡는다

성스럽고 분명한 태도로, 빛의 요술지팡이로 고정된 채
마치 명상가가 마음속으로 그것들에게 집중하는 것처럼.

---

* Burt Dreyfus: 미국의 철학자. 대표적인 하이데거 연구자로서 현상학, 존재론, 심리학에도 정
통하다.

오, 숫돌 속에 담긴, 손가락처럼 쫙 펴진
다섯 개의 연필 속에 담긴 비밀이여!

한 가지를 골라내기 위해서라면 마음속의 열정만으로 충분하다.
모호함은 또 다른 얘기를 가지고 있으니.

1965

소엽집(小葉集)

오리온자리*

아주 오래전 비틀거리며
낙엽송이 늘어선 초원을 걸어다녔던 시절
당신은 나의 천재였죠, 당신은
철갑으로 무장한 나의 바이킹, 감옥에서도
항해 키를 쥔 용맹한 나의 사자왕이었죠.
오랜 세월이 흘러 이제 당신은 젊고

맹렬한 의붓오라비가 되어, 지상을 응시하고 있네요
단조로운 서쪽 하늘에서
가슴을 활짝 펴고, 벨트는 옛날 유행을 따라
아래로 늘어뜨리고, 칼을 차고 있어요,
그건 당신이 절대 포기하지 않을 마지막 허세겠죠,
그 무게로 당신이 구부정하게 걸어야 해도.

---

* 겨울철 북반구에 뜨는 별자리. 별들이 벨트와 칼을 지닌 멋진 사냥꾼의 모습을 구현하고 있는
것으로 여겨진다. 〔원주〕 이 시의 문구 한두 개는 애슈턴E. B. Ashton이 편집한 『원시적 전
망: 글 모음』에 실린 고트프리드 벤(Gottfried Benn, 1886~1956)의 글 「예술가와 옛 시대」
에서 인용한 것이다.

그 안의 별들이 희미해지고
언젠가 더 이상 빛나지 않게 되겠죠.
하지만 당신은 지금도 빛나고 있어요, 난 알아요.
머리를 뒤로 젖히고 당신을 받아들일 때
예전의 수혈 작용이 다시 일어나거든요.
신성한 천문학은 그에 비하면 아무것도 아니죠.

집안일을 하며 난 부딪치고 걸려 넘어져요,
신념을 잃어버리고, 심하게 앓아요
혼자서, 어둠 속에서 태어난 사산아가 되기도 해요.
굴뚝 위로 동이 트기 시작하네요,
시간의 조각이, 얼어붙은 정동석(晶洞石)이
벽난로의 쇠격자 속으로 빗발치듯 쏟아져 내리네요.

한 남자가 내 눈 뒤로 다가와
멍한 내 눈빛을 바라보네요
한 여자가 거울 속 두상에서
시선을 돌리네요

아이들은 나의 죽음을 죽고
나의 삶의 부스러기를 먹지요.

연민은 당신의 강점이 아니잖아요.
그 위에서 조용히 아파해요
그 꼭대기에 당신의 잘난 보금자리에 박혀서요,
침묵하는 해적이여!
당신은 모든 걸 당연하게 여기죠
그래서 내가 뒤돌아 당신을 바라볼 때

별처럼 반짝이는 눈으로
그 차갑고 독선적인 창을 내리꽂죠
조금도 상처 줄 수 없는 곳에.
숨을 깊이 쉬어봐요! 아픔도, 용서도 없어요
여기 밖에서 당신과 함께하는 이 추위 속에서
벽에 등을 대고 서 있는 당신과 말이에요.

1965

저녁에

세 시간 동안 줄담배를 피며 당신은 말을 하고 또 하고
계속 하죠. 우린 현관에 서 있어요,
아주 고풍스러운 두 형체로, 한 여자와 한 남자로.

늙은 지도자들, 낡은 출처들은,
전혀 이해를 못하죠, 절반은 어두웠던 육십 년대 우리가 벌벌 떨며
여기에 서서 무엇에 대해 얘기하는지를요.

우리의 마음은 그 유명한 막다른 골목에서 떠돌고 있어요
서로 밀착되어 있어요. 당신의 손은
내 손을 꽉 잡고 있죠, 추운 밤 얼음 언 난간을 잡았을 때처럼.

그 집의 담벼락에서 피가 흐르고 있네요. 피라칸타*여!
달은, 사방으로 금이 간 채,
꾸준하게 〔제 길을〕 밀고 나가고 있네요.

1966

---

* 장미과의 관목으로, 붉은 열매를 맺는다.

사신(邪神) 애인*

피곤함, 후회. 빛이
주차장에서 사라진다
둘씩 둘씩. 망각이 눈[雪]처럼
교외 지역에 내려앉는다.
욕망. 욕망. 성운(星雲)이
우주에서 피어오른다, 보이진 않아도,
당신의 가슴은 고독하게 그 거대한 박동을
느끼고 있겠지. 새로운
시대가 다가오고 있다.
서툴더라도 우린
우리의 역할을 해야 할 것 같다.

격자무늬 스커트에 실크 스카프,
두 눈은 계속 따끔거린다.
거기, 여자, 물러서. 공기가
실크처럼 번들거린다.

---

* 19세기 영국 낭만주의 시인 새뮤얼 콜리지의 시 「쿠블라 칸」에서 인용하고 있다.

그녀는 사라졌다. 그 대신 거기에

반쯤 자란 체구의

순수함을 간직한

한 여학생이, 아침 햇살을 받으며, 서 있다.

그녀는 그대의 딸인가 그대의 시신(詩神)인가,

황금빛 머금은 이 나무는

가시밭에서 자라난 것인가?

무언가가 관통하더니 망가졌다.

북동부 전체가 컴컴해졌을 때

그리고 수감자들이 울부짖고 아이들이

촛불을 들고 야밤에 뛰어다닐 때,

주의하라. 재빨리 뒤를 돌아보라.

달이 침수된 집 위로

헤엄쳐 올라가는 동안 누가 모른 척하고,

미동도 않고, 나란히 서 있었는가?

누가 만지지도 말하지도 않았는가?

누구의 목덜미가, 누구의 손끝이

침착하게 시간을 속여 빠져나왔는가?

어떤 목소리가 나를 압박한다.

내가 굴복하면 그건

황소가 올라탄 그 소녀가 되지는 않을 거라고,

루벤스*의 모든 육체처럼 행복한 신음을 지르지 않을 거라고 말하면서.

하지만 [내가] 소년처럼 역경과 부딪혀

혀로, 엉덩이로, 무릎으로, 신경으로, 뇌로…… [그리고]

말로 싸우고자 한다면?

그는 모른다. 그는 지켜보고 있다

찢긴 블라우스 아래로 드러난 가슴을 지켜보고 있다

그의 황소 같은 머리를 그리로 집어넣는다. 오래된

포도주가 핏줄을 따라 다시 콸콸 흐른다.

잘 자, 그럼. 잘 자. 우리는

---

* Peter Paul Rubens(1577~1640): 플랑드르 제1의 화가. 기념비적인 작품으로 「마리 드 메디시스의 생애」가 있다.

다시 등을 돌리고 피곤에 지친 우리는
피곤하게 몸을 누인다.
물어볼 필요도 없이, 그런 것들이 우리를 힘들게 한다.
당신은 어떻게 그럴 수 있어요,
지금부터 아침까지 줄기차게? 나는 그런 용기와
번뜩이는 기지와 자존심 그리고 삼킨 눈물로
만들어진 너를 만진다.
집으로 가. 침대로 와. 하늘이
우리를 쳐다보고 있어, 엄중한 눈으로.
그리고 이건 오래된 얘기야.

나는 전쟁에 대한 꿈을 꾼다.
우리는 모두 시카고에 있는 부엌 식탁에
둘러앉아 있다.
방금 일리노이 주가 표적이라는
비명 소리가 라디오에서 터져 나왔다.
아무도 자리를 뜨려고 하지 않았다,
우리는 열린 창문 옆에 앉아서

해가 저물 때까지 이야기를 했다.
그 농담은 내일 말해줄게,
내가 기억할 수 있다면
가장 슬픈 미소를 지으며 너는 말했다.

최후란 건 단지 한 개의 지푸라기,
천천히 감아 돌며 떨어지다가
우연히 빛을 받고 떠오르는 깃털 하나,
오랫동안 짐을 실은 저울 위에 내려앉는 하나의 호흡.
후세(後世)가 잎새처럼 파르르 떨고 있다
그리고 우리는 후계자와 유물을 계속 만들어내고 있다.
세상을, 우리가 그것을 만들어야 해,
함께 있던 친구가 등을 감방 벽에
기대면서 말했다.
그의 뒤로, 시베리아가 거대한 몸짓으로 어슬렁거리고 있다
하지만 그가 그것을 만들지는 않았다.

오 헛되도다

이런 세상에서 접하는 상냥함이란!
얼마나 더 오래, 얘야,
성별이 중요할 거라고 생각하니?
결코 상상된 적이 없었던
어떤 결혼식이 거행되었을지도 몰라.
두 생명체가 강철로 빚은 약속으로부터
자유롭게 태어나는 거야.
그 대신 우리의 손과 마음은
에로틱하게 흔들리고 있어……
가벼움은 아무런 소용도 없어.

개오동나무가 팔을 흔들어 컴컴한 수원 너머로
활기 없는 씨앗 꼬투리를 날려 보낸다.
나는 찬란한 고통을 느낀다.
다만 언어가 있는 곳에 세상이 있을 뿐.
머리카락으로 하프를 만들어, 스스로에게
노래 하나를 작곡해준다. 죽음이 공중에 떠 있다,
우린 모두 그걸 안다. 그래도, 한 시간만,

즐겁게 보내고 싶다. 즐거운 노래는 어떻게 부르더라?

왜, 그게 네 비밀이잖아, 곧 내 것이 될 테지만.

우리는 우리가 말하는 언어야, 거무스름한 타박상을 입어 시퍼러둥둥한.

우리의 피부 아래서, 우린 웃고 있다.

진정한 슬픔이라고?

잘 잡아, 손으로 부드럽게, 자……

식었어!

당신이 머뭇거릴 때, 모든 것이 사라져.

이건 뱃멀미하듯 하는 거야,

이렇게 거의/절대로 달 듯 말 듯, 이렇게

뺄 듯 말 듯, 이렇게 왔다 갔다.

당신의 눈에 세련미가 젖어 있는 게 보여,

당신의 혀는 스스로 아는 것을 알고 있어.

난 당신의 비밀을 알고 싶어—난 그것들이 나오게 하고 말 테야.

뱃멀미가 나서, 난 바다에 빠져버릴래.

1966

예루살렘

내 꿈속에서, 아이들은
까맣게 그을린 쥐엄나무 껍질을
다른 아이들에게 던지고 있다
나는 꿈을 꾼다, 아들이 늙은 잿빛 암말을 타고
반쯤 끝난 전쟁터로
칙칙한 잿빛 길을 따라
선인장과 엉겅퀴 수풀을 지나
가물어 바닥을 드러낸 강을 건너가는 것을.

내 꿈속에서, 아이들은
포연(砲煙)에 휩싸여 있고
덥수룩한 머리는 그을려 있다
여기서,
나무는 그늘을 드리우지 못하고
바위는 그림자조차 만들지 못하는 여기서
나무는 어떤 기억도 담고 있지 않다
단지 돌멩이와
머리카락만 〔있을 뿐〕.

나는 꿈을 꾼다 그의 머리카락이

전혀 다듬어지지 않고

연약한 관자놀이 부근에

가시철망처럼 꼬불꼬불 매달려 계속 자라는 꿈을

처음 난 그의 수염도 불이 난 듯

연기를 뿜어내며 계속 자라는 꿈을

그의 수염은 연기이자 불이다

그리고 나는 그가 말을 타고

인내하며 전쟁터로 가는 꿈을 꾼다.

내가 도시에 대해 꾸는 꿈이란

떠나는 게 얼마나 힘든지

폭파된 벽 밖으로 나가

절반은 죽은 전쟁터를

탄피를 주우며 걸어다니는 것이

얼마나 부질없는지에 대한 것이다

그러다 나는 눈물을 흘리며 깨어난다

그리고 찢어지듯 울려 퍼지는 사이렌 소리를 듣는다
쥐엄나무가 몸을 드러낸 채 서 있다.

밸푸어 가에서

1966년 7월

불침번

그리고 이제, 밖에는, 단단한
검정 벽돌로 만든 벽이, 장님처럼 서 있다.
잠들어 누워 있는 너의 얼굴은 얼마나 창백한가.
사랑. 내 사랑은 유리창에 드리워졌다 사라지는
한번 뿜어진 입김에 불과하다.
모든 것은, 당신마저도,
조용히 도움을 외치고 있다,
거미집은 비에 찢겼고,
거위는 검은 구름 속으로 계속 날아간다.
내가 당신을 위해 해줄 수 있는 게 무엇일까?
내가 당신을 위해 해줄 수 있는 게 무엇일까?
손가락 하나가 망가뜨린 것을
손가락 하나로 고칠 수 있을까?
이제 푸른 눈과 금발 머리로,
나는 오래된 악몽 속에 서 있다
그동안 당신은 그 길옆에서,
반복적으로 그리고 늘
영구차 속으로 터벅터벅 걸어 들어가고 있다.

이따금 당신은 나를 향해 미소를 짓는다

그러면 난—나도 당신에게 미소를 띠어준다.

얼마나 달콤한가, 역장(驛長)이 기르는 장미의 향기가!

얼마나 순수하고, 얼마나 화보 같은가, 이 꿈의 색채가.

1967

어떤 러시아 시인을 위하여*

1. 겨울의 꿈

사방에, 눈이 내리고 있어요. 당신은 붕대 감은 발을
질질 끌며 거대한 차돌길 위를 걷습니다. 종 치는 소리가
멀리 광장에서 시끄럽게 울리고 있습니다.
우리가 반대했던 모든 것이 세상을 정복했고
이제 우리는 그 모든 것의 일부가 되었죠.
목숨을 지킨 게 중요하지, 나는 당신이 말하는 걸 들었어요,
하지만 이 땅덩이와 당신의 목소리가 오랫동안
나에게 그 모습을 보여준 대지 사이로
안개가 점점 퍼져나가고 있어요. 보이는 모든 것은
끝도 없는 황회색의 담벼락뿐, 거기서
그토록 많은 위험이 감수되었죠, 조각난 하늘은
단 하나 남은 정의로 천천히 우리의 대륙을 더럽히고 있어요

---

* 러시아의 시인 나탈리아 고르바네프스카야(Natalya Gorbanevskaya, 1936~)를 가리킨다.
〔원주〕이 시의 제3부는 고르바네프스카야의 설명에 기초한다. 고르바네프스카야는 소련이 체
코슬로바키아를 침공했을 때 저항운동을 했으며, 이후 체포되어 정치범을 수감하는 '정신병
동'에서 아이를 출산하기도 하였다.

발자국들을, 종소리들을 그리고 목소리들을
매우 신중하게 파묻으면서요.

1967

2. 시골에서 보낸 여름

이제, 다시, 몇 년간 매년 하던 대로 생과 사에 대한 얘기를 해요.
지난해 팔월, 여러 가지 전조(前兆)가
자작나무 아래서, 물가를 따라,
타자로 친 글의 행간에서 보였죠

그리고 저녁마다, 깨진 호두 껍데기 속 모양에서
터무니없는 희망을 추적해보았습니다.
                                        그러나 올해는 우리 둘 다
어두워진 뒤 〔의자에〕 앉아 라디오를 들어요
읽을 수도, 쓸 수도 없어서

또렷하지 않은 방송이라도 들으려고 애쓰죠
조금이라도 진실을 알기 위해서요, 취침 전에 산책을 하면서
인간이 무엇을 할 수 있을까 궁금해하고, 외로움이 번개처럼
번쩍일 때 눈물을 흘릴 뻔하면서 그런 걸 물어보죠

3. 시위

"나탈리아 고르바네프스카야
노보페샤나야 가 13/3
아파트 34호

정오에 우리는 난간에 조용히 앉아
우리의 깃발을 폈죠
                    거의 즉시
경찰의 호루라기 소리가
붉은 광장 사방에서 들려왔죠
                    우리는 앉아서

가만히 있었을 뿐 저항도 하지 않았어요——"

이 애가 당신의 아들인가요——?

우리는 이 순간을 반복해서 살게 될 거예요

손에 잡은 깃발을
빼앗기고
　　　피가 흘러내리고
잔인하게 구타당하고 피투성이가 된 장소
침묵으로 공모(共謀)하는 사람들 속에서

적어도 여기서
우리가 그 정도는 했었죠

당신의 아파트에서, 차를 마시며
경찰을 기다리면서
당신은 아이들이 잠든 사이 내일이 되기 전에

부치고 싶은 편지들을
재빨리 썼잖아요

나는 당신의 식탁에 앉아 내가 읽지 못하는 글로
쓰인 시들을 만지작거리던 영혼이에요

우린 서로 만나게 될 거예요 나중에

1968년 8월

권리의 포기

붉은 여우, 암컷 한 마리가

노간주나무 숲에서 어슴푸레한 빛 속에서 춤을 추고 있다,

총기 어린 표정에 섹시한 몸짓으로,

그 날카로움 속에 이집트인의 유연함을 겸비한 듯이——

그 암여우는 무엇을 원하는 걸까

죽은 암컷들에 대해 꿈을 꾸고,

레이너드*를 신으로 숭배하고,

여우 사냥에 대한 문학작품을 쓰는 걸까?

암여우의 신경망을 따라 과거가

자기 보존의 전율을 노래한다.

나는 스코틀랜드인 계약자와 함께

길을 따라 내려간다

못질해서 세운 집으로, 처녀 숲에서

본능적으로 굴욕감을 느꼈다.

그리고 그 암여우는 굴 쪽으로 황급히 달아났다

한 올 한 올 생생하게 털을 휘날리며

---

* 여우 사냥 노래에 등장하는 여우의 이름. 영국 중세시대 전설 '여우 레이너드'에서 유래한다.

한 점 오점도 없는 완벽한 현재의 소식을 가지고.
그들은 나에게 서부의 본질을,
타고난 권리를, 붉은 점 찍힌, 복잡한 문양의
아프간 모포 같은 하늘을 물려주었다.
암여우에겐 기록 보관소도,
유물도 없다, 죽음을 제외하고는
미래도 없다
그래서 난 이 산을 깎아 길을 만든 그들보다는
── 선민이 되고 싶었던 그들보다는
그 암여우의 자매가
더욱 되고 싶었다

1968

내파(內波)

세상은
썩어빠진 게 아니라
단지 난폭하게 요동치고 있을 뿐이에요.

당신조차 변화될 수밖에 없을
언어를 난 선택하고 싶었어요

내 맥박이 고동치는, 사랑스럽고 평범한
그 말을 받아들여요
당신의 신호를 보내요,
당신이 휘갈겨 쓴 검은 깃발을 게양해요
하지만 내 손을
잡아요

어떤 전쟁이든 죽은 이들에겐 소용없잖아요

내 두 손은 밧줄에 묶여 있어
종을 울릴 수 없어요

내 두 손은 스위치에 얼어붙어
그걸 던져버릴 수도 없어요

발은 바퀴살에 끼어 있어요

그게 끝나고 허리 꺾여 짓무른 꽃무더기에
으스러진 동맥혈 점점이 덮어쓰고
눈으로 숨을 쉬고, 입으로 바라보며
우리가 누워 있을 때

난 아무것도 한 게 없는 걸까요,
당신을 위해서조차?

1968

가장자리에서

빙하가 전율을 시작해서
반향이 해분(海盆)을 완전히 가로지를 때
또는 수련 잎이
평온한 수면(水面)을 절단할 때
익사라는 단어가 내 몸을 훑고 지나가요.
내가 몸을 기울여
오래된 갈고리나 이빨을 드러낸 빈 깡통을,
실크 가운 허리띠처럼
유연한 줄기를,
진흙 속에 파묻힌
대천사 같은 호수 불빛을
건져 올리려고 할 때
내 몸을 지탱해주는 바닥
당신이 만들어준 그 바닥은 유리장 같았어요.

이제 당신은 내게 찢어진 편지를 건네주네요.
잿더미 속에, 무릎을 꿇고 앉아, 난
이 찢어진 조각을 결코 모아 붙일 수 없었어요.
택시 안에서 난 아직도 음절 조각을 이어 붙이고 있어요

무용(無用)을 괴물로
역사를 전등갓으로 제 맘대로 오역하는
〔번역〕기계처럼 초고속으로 번역을 하면서요.
다리를 건너면서도 난 온 신경을 모아
인간이 고안해낸 전보를 신뢰하려고 했어요.

그 기계의 칼날은
당신의 손을 리본처럼 갈가리 찢어놓을 수 있어요
하지만 그 기능은 인간적인 거죠.
이것이 당신과 내가 처리해야 하는
이 예민하게 휘어진 글씨체, 낫처럼 굽은 의도에 대해
내가 말할 수 있는 전부일까요? 하루 종일
점자로 찍힌 글자 위에서 뭉툭한 가위에 베이기보다는
차라리 선생님이 말씀하신 대로
갑자기 벤 상처에 그러듯
피 맛을 보는 편이 낫겠어요,
당신 것이든 내 것이든.

1968

소엽(小葉)

1.

큰 별, 그리고 다른 별이
외롭게 검은 유리 하늘에 박혀 있다,
꽁꽁 언 성단과 함께 너무 거대해진,
끝없이 긴 밤
입을 쩍 벌린 석탄 자루 성운(星雲)*
차가운 검은 정맥혈로 유리판에
한 단어를 써놓았다.

불면증

조증(躁症) 때문이 아니라 그저 평범한 종류
잠이 들자마자 시작해서
꺼졌다 켜졌다 하는
이 뱃멀미 일으키는 네온빛 시야(視野),
이 분리(分離).

---

* 밤 하늘에서 가장 잘 보이는 거무스름한 성운으로서, 은하수에 걸쳐진 검게 보이는 부분이 그 예이다.

머리가 달콤한 연기와
독가스 사이에서 맑아진다

경계하지 않는 삶
살 가치가 있는 단 한 가지
한 남자를 위한 사랑
한 여자를 위한 사랑
무방비 상태의
사실에 대한 사랑

그 팔의 최초의 움직임이
자기방어로 여겨질 순 없다

기억은 단지
신원을 알려주는 카드일 뿐인 건 아니다.

난 반년을 살 수 있어
지금까지 결코 살아본 적이 없었던 것처럼──

거의 매일같이 피를 토했던 체호프*

유형지(流刑地)를 향해 다가오는 증기선

부두에서 졸고 있는 사슬에 묶인 사람들

섬을 훤히 밝히며 타올랐던 다섯 번의 숲의 화재

평생 그 섬광을, 기다리고 있다.

2.

당신의 얼굴은

                        마스크처럼 잡아 늘려지고

                                        찢어지기 시작해요

당신이 체 게바라**에 대해서

---

* 안톤 체호프(Anton Chekhov, 1860~1904)는 러시아 극작가로서 인간 사이의 소통 불능
  에 대한 관심을 가지고 작품을 썼다. 대표작으로는 『벚꽃 동산』이 있다. 고딕체로 인용된 부
  분은 여주인공이 남편에게 하는 말이다.
** Ché Guevara(1928~1967) : 아르헨티나 출신 혁명가. 쿠바 혁명에서 피델 카스트로를 도
  왔던 핵심 참모였다.

볼리비아, 낭테르*에 대해서 말하기 시작할 때 말이죠
난 너무 어려서 당신의 엄마가 될 수 없고
당신은 너무 어려서 나의 오라비가 될 수 없어요

당신의 눈물은 정치적이지 않아요
그 눈물은 진짜 물이에요,
텔레마커스가 데었던
눈물**처럼, 아주 뜨거워요.
스페인의 할렘 위로 달이
떠오르고, 열기구의 불이
이 구겨진 신문의
가장자리를 갉아먹고 있네요

　　　　　　　　　　　지금

---

* 볼리비아는 체 게바라가 묻힌 나라. 낭테르는 파리 서쪽 교외 지역으로 이곳에서 게바라의 영
　향을 받은 학생들이 프랑스 68혁명을 일으켰다.
** 전쟁에 다시 나가려는 남편 오디세우스를 말리며 페넬로페가 흘린 뜨거운 눈물이 안고 있던
　아들 텔레마커스에게 떨어졌다. 이에 어린아이였던 텔레마커스는 그 신기함에 매료된다.

깨진 창문으로부터

석탄처럼 검은, 재처럼 희뿌연

성운이 소용돌이치며 나타나네요

그리고 부고 칼럼도 하나둘 까맣게 찹니다,

　　　　　　　　　누가 이런 삶을 택하겠어?

라고 속삭이면서요

우리는 단칼에 베어버리는 인식을 위해

[이미] 찔린 가슴 속으로 단번에 찔러 넣는 법을 찾기 위해

고군분투하는 중이에요

당신이 경험하는 것을 내게 말해줘요* ──

하지만 주의력은 명멸하고 계속 그럴 거예요

독기 서린 공기 속 한 개비 성냥불

한 가닥 실, 한 오라기 빛.

---

* [원주] 프랑스 여자 철학자이자 사회운동가 시몬 베유(Simone Weil, 1909~1943)의 말을
인용하였다.

모든 대답을 모은 총체는 이것이겠죠.
모든 존재하는 것들 중에서 내가 존재하는 것을 안다!

3.

다호메이 족의 악마*가 말하기를,
만약 누군가가 불 속에 들어갈 용기를 가졌다면
그 젊은이는 생명을 다시 얻을 것이다.

그 소녀가 속삭이기를,
만약 내가 불 속으로 들어가지 않는다면
난 영혼을 가지고 살 수 없을 거예요.

(염색 천 터번을 나비 모양으로 둘러 쓴
황갈색 호박처럼 어두운 그녀의 얼굴은 침착하다 〔그리고〕

---

* 서아프리카의 다호메이 부족이 섬기는 신.

겁에 질린 등에는 타조 피부처럼 오톨도톨 소름이 돋았다.)

4.

비늘처럼 밀려오는 파도 틈새로
성전(聖戰) 용사들이 언뜻언뜻 비친다.
유령 깃발을 모두 찢고
〔그들은〕 무수히, 피딱지에도, 용감무쌍하게,
요새에서 질주하고 있다
방금 전 구토 자국은 햇빛에 꾸덕꾸덕 마르고
꼬질꼬질한 그들은 의기소침한 채
걷고 있거나 길을 잃고
성벽을 들락날락한다
교수대, 열다섯 살에 죽은 유대인 테러리스트들의 사진
〔그 속에서〕 눈을 크게 뜬 얼굴이 희미하다
밖에선 성전(聖戰)을 벌이며 햇빛에
그을린 길 잃은 자들이

먼지 덮인 길에서
전쟁 기념관의 말라빠진 해자(垓子)에
살고 있는 미친 사람처럼
여전히 헤매고 있다

우리는 무엇을 향해 가고 있는가
무엇이 우리의 이러한 모습들을 원하는가
누가 그것들을 원하는가

5.

탄생의 긴장감은
　　　　반복적으로 당신의 미소를 갈가리 찢어놓곤 했지
나는 종종 〔당신의〕 미소가 사그라졌다가
　　　　다시 피어오르는 것을 본 적이 있어
그리고 어떻게 그렇게 무정부주의적이며,
　　　　그렇게 거세될 수 없는, 아름다운 여인이

이 세상에서 사랑을 받을 수 있는지 의아하게 여겼었지.

　　　　나는 당신에게 이것을

빗물 혹은 눈물을 흘리고 있는 이 작은 잎새를 건네주고 싶어

　　　　하지만 언어는 명징해지고 있어

당신이 바리케이드를 지난 뒤

　　　　손으로 구겨서

비옷 주머니 속에 쑤셔 넣을 뭔가를 〔주고 싶어〕.

　　　　나는 이것이 당신에게 전달되길 바라

언젠가 시는 신성한 어떤 것이 아니라고

　　　　──그게 당신 삶의 다른 것들보다

더 신성하지 않다고── 말했던 당신에게

　　　　그렇다고 대답한다면, 만약 삶이 타락하지 않는다면

더 좋은 시가 필요하진 않겠지.

　　　　난 이것이 당신의 것이 되길 바라

만약 당신이 그걸 발견해서 읽는다면

　　　　그것은 이미 거기 당신 마음속에 존재하게 될 거란 의미에서.

그러면 그 작은 잎새는 그저 뒤에 남겨질 어떤 것

　　　　전전세* 방에 놓여 있는 서랍장 속에 들어 있을

작은 잎새 하나가 되겠지.

　　어떤 다른 방법으로 그것이 전해질 수 있겠어

작은 인형이나 작은 유리병처럼

　　신문 쪼가리에 싸서 건네주는 것 외에.

　　불에 구워 바싹 마른 찰흙보다 더 강하지도 않지만

그래도 그 안에 상상력이 움츠리고 있기에

　　바싹 마른 찰흙이나 신문보다는 더 강하니까.

모든 진정한 이미지가 진흙에서 퍼내졌다는 사실을

　　거기서 우리의 육신이 저주하고 버둥거렸다는 사실을

스스로에게 일깨우기 위해 우리가 불이 필요하다면,

　　아마 그 불은 필사본자와 시류 편승자 들을 모두

　　빨아들이기 위해서 오겠지,

그리고 당신이 사랑했을 많은 것들 역시 당신이 그것을 처리하고

　　알아차리기 전에 사라지겠지,

우리가 서로를 그리워할 뻔했던 것처럼.

　　불신의 불길한 구름 속에서라도, 우리는 서로의 손을 재빨리

---

* 전세자가 다시 전세를 놓은 경우를 말한다.

만졌을지도 몰라, 음식을 나누었을지 몰라 혹은 서로를 위해
피를 나누었을지 몰라. 난 생각하는 중이야
우리가 필요로 하는 것을 창조해내기 위해 우리가 가진 것을
어떻게 쓸 수 있을지를.

1968년 겨울~봄

가잘, 갈립에게 경의를 표하며*

1968/7/12

—실라 로트너**를 위하여

구름도 전기성을 띱니다, 이 대학에선.
트랙터를 탄 연인들은 건초라도 태울 기세네요.

그 벽을 볼 때 나는 당신에 대해 생각하게 될 겁니다,
그리고 당신이 거기에 그리지 않았던 것에 대해서도요.

오직 진실만이 손을 들어 올리는 수고를 보람되게 해줍니다.
라가***의 관악기 선율 아래서 춤추는 프리즘.

---

* 〔원주〕 이 시는 미르자 갈립(Mirza Ghalib, 1797~1869)이 우르드어로 쓴 터키 정형시 가
잘을 영어로 번역한 아이자즈 아흐마드Aijaz Ahmad의 책을 읽은 뒤 쓰게 되었다. 갈립이
쓴 전통적인 가잘 시 형식의 구조와 음률은 내 시보다 훨씬 더 엄격하게 지켜져 있다. 나는
한 가잘당 최소 다섯 개의 두 줄 각운couplet을 사용하고, 각각의 두 줄 각운이 다음 것들과
독립되도록 하는 것은 지키려고 했다. 어떤 가잘을 보더라도 각각의 두 줄 각운 사이를 오가는
연상 작용과 이미지 사이에는 연속성과 통일성이 흐른다. 내가 아흐마드의 『갈립의 가잘들』 번
역 및 출판에 기여한 것은 사실이지만, 여기 실린 가잘들은 번역 시가 아니고 창작 시다.
** Sheila Rotner: 파키스탄계 미국인 여성 예술가. 철사, 모래, 지푸라기, 돌멩이 등의 재료를
이용한 작품으로 유명하다.
*** 인도음악의 멜로디 형식.

사라지는 지점은 바로 그가 나타나는 지점입니다.
평행을 이루던 두 길이 만나지만, 충돌 사고가 일어나지는 않지요.

사생활의 자유를 단 한 개의 어리석은 음절로 절단하는 것은
필요한 그 한 단어를 찾고자 했던 노력을 수포로 만듭니다.

당신이 이 시를 읽게 되면, 나를 생각해주세요
그리고 내가 여기 쓰지 않았던 것들에 대해서도요.

1968/7/14 (1)

센트럴 파크에서 우리는 스스로의 비겁함에 대해 얘기했죠.
하루에 몇 번이나, 이 도시에서, 그런 얘기가 오갈까요?

　우주의 눈물이 모두 별인 건 아니죠, 당통.*

---

* 조르주 당통(Georges Danton, 1759~1794): 파리 바스티유 감옥을 습격했던 프랑스 혁명
　지도자로서, 후에 로베스피에르의 공포 정치를 반대하다 교수형에 처해졌다.

몇 개는 잘 연마된 알루미늄과 강철로 만들어진 위성들이에요.

그는, 〔우리 곁에〕 잠시 있었지만, 영원에 합류하였죠.
그는 우리를 버렸어요, 다른 편으로 가버렸지요.

더스트 극장에선 어떤 배우도 유명해지지 않아요.
마지막 장면에서 그들은 모두 먼지처럼 사라지죠.

"내가 만약 그들을 알았더라면 아마 그들을 사랑했을지도 몰라."
당신은 미국인이었지요, 휘트먼 씨, 이것이 당신이 했던 말이랍니다.

1968/7/14 (2)

당신은 내가 나의 삶에 대해 말하고 있었다고 생각했나요?
나는 전통을 벽에 바짝 밀어붙이려고 애썼던 건데요.

그들이 태워버린 들판은 나머지 전체보다 더 푸르러요.

그는 말했죠, 당신은 생기가 뿌리까지 전달되는 과정을 지켜봐야 해,
라고.

이 지구의 대기권으로 다시 돌아온다면
우리 아이들의 아이들은 이 돌멩이의 사진을 찍을지도 모르죠.

암실의 붉은빛에 씻길 때, 나는 나 자신을 또렷하게 바라보게 됩니다.
인화가 되고 사진이 건네지면, 그 얼굴은

                              나에겐 아무것도 아니죠.

우리에게 작업이란 반복적으로 스스로를 허무는 것을 의미하죠.
풀은 다시 자라고, 먼지는 쌓이고, 흉터는 벌어지기 마련이잖아요.

1968/7/16 (1)

차에서 완전히 의식을 잃었을 때, 내 삶의 일부가
영원히 잘려나갔어요—— 초록빛 다섯 시간과 자줏빛 사십 분.

꽃샘추위가 라일락이 피는 시기를 늦추었죠, 파도가 자주색/흰색으로,
부드럽고 감각적으로 부서질 때까지요.
그걸 오해할 용기가 있다면 해봐요.

실제로, 진실은, 지금 이 순간, 여기에 있어요
우리의 피부를 투과해 타오르면서요.

영원성이 나의 몸을 타고 흐르고 있어요.
당신의 손으로 그걸 만져봐요.

터널 벽이 허물어질 때까지
그리고 검은 강이 우리 얼굴 위를 지르밟고 지나갈 때까지.

1968/7/16 (2)

그들이 들판에서 잔디를 깎을 때, 나는 세상이 개혁되는 걸 봐요

마치 눈, 불, 혹은 육체의 욕망에 의해서 그렇게 되는 것처럼요.

우선 눈. 도시의 죽음. 공중에 떠도는 혼령들.
그림자 사이로 보이는, 연무(煙霧)와 인터뷰하고 있는 당신의 그림자.

우편물은 매일 도착하지만, 편지는 빠져 있어요.
그래서 난 일이 온당한 방식으로 처리되고 있지 않다는 것을 알았죠.

나무들은 그 긴 공원에서 흐릿하게 변하며
옴스테드*가 원래 그렸던 꿈의 작품들 속으로 되돌아가고 있어요.

공명정대한 학자가 가택 연금 상태에서 내게 편지를 씁니다.
나는 당신이 지옥에서 썩기를 바랍니다, 몽테뉴** 이 개자식.

---

* 프레더릭 로 옴스테드(Frederick Law Olmsted, 1822~1903) : 뉴욕 센트럴 파크 조경과 디자인을 담당했던 미국의 건축가.
** 미셸 드 몽테뉴(Michel de Montaigne, 1533~1592) : 프랑스 철학자, 수필가.

1968/7/26 (1)

지난밤 당신은 벽 위에 써놓았죠, 혁명은 시(詩)라고.
오늘은 쓸 필요가 없네요, 그 벽이 무너졌거든요.

우리는 실재 뒤의 모습을 존중하라고 교육받았죠.
우리의 감각은 집행유예 중이에요, 감시를 받으면서요.

내 두개골 안에 수년간 감금되어 있었던 눈알 한 쌍이
욱신거리며 밖으로 삐져나오려고 해요, 두통이 끔찍하네요.

난 부서진 조각상의 잔해 사이를 걸어가고 있어요,
여기 친구의 척추에, 저기 친구의 손에 걸려 비틀거리면서요.

그 모든 연대들! 그래도 우리는 독특해지기 위해 그렇게 열심히 싸웠죠.
홀로가 아닌, 어떤 사람의 품에서도 아닌, 결국 우리는 자는 걸로 끝맺
겠죠.

1968/8/1

강둑에 있는 작은 마을의 질서는,
어둡지만 별처럼 빛나는 영혼의 질서와 영원히 전쟁 중이죠.

짐, 마침내 자유를 얻었는데, 그럼 당신은 그 백인 소년의 환상을
제외하고 모든 것으로부터, 줄곧 자유로웠나요?

우리는 정직함이 어떤 건지를 알 때까지,
씻은 손, 무감각한 신경, 경직된 눈을 볼 때까지 죄를 인정했어요.

저는 오래전에 순수한 정의에 대한 꿈을 버렸습니다, 판사님─
제 죄는 우리가 잔인함을 폐기할 수 있다고 믿었던 거였어요.

그 시체가 전소(全燒)된 벙커 속에서 파내졌다.
치아의 수가 세어졌고, 위 속에 남아 있는 음식물이 보고되었죠.

그런데, 커스터 씨, 스쿼 족* 킬러이자 미개한 교실의 영웅인
당신은 어디에 묻혀 있는 거죠, 당신 뼈는 어떤 상태인가요?

1968/8/4

─────아이자즈 아흐마드에게

이것이 글자라면, 반드시 오독(誤讀)될 것이다.
만약 벽 위의 낙서라면, 반드시 다른 낙서들과 섞여 있을 것이다.

뒈져라 공산주의자들아   흑인의 힘   천사는 로시타를 사랑한다
──그리고 트랜지스터라디오는 스페인어로 대답한다. 밤이 와야 한다고.

수감자들이, 군인들이, 늘 그렇듯이 움츠리고 앉아, 끼적거리고 있다
용서할 수 없는 짓을 아내에게, 엄마에게, 애인에게 설명하면서.

─────────────────

* 북미 인디언부족의 이름.

그 얼굴들은 희미하게 뒤섞이고 몇몇은 얼굴을 돌리고 있다
그들에게 난 열정적으로 말을 걸곤 했다.

요즘 어떤가요, 갈립, 하나씩 하나씩 되살아나는, 당신의 슬픔은요,
델리에 있는 당신의 어두운 집에서 이 방까지 오는 길을 찾아냈나요?

그들은 나의 이 시를 읽을 때 통역가가 된다.
모든 존재는 그 자신의 언어를 말하고 있[기 때문이]다.

1968/8/8 (1)

이곳에서부터, 우리 모두는 살게 될 것이다
첫번째 망원경을 천체에 고정했던 갈릴레이처럼.

사소한 법칙을 준수하고 큰 법규는 깨는 것이
그들의 헌법의 전문이다.

희망을 가져보는 것은, 사물의 존재 방식을 조롱 섞인 눈초리로 바라보며
미지의 세계로 뛰어드는 것이다.

이 땅 위에서, 두개골 속에서, 그리고 유리 같은 공간 속에서도,
존재하는 것과 존재하지 않는 것 사이의 전쟁이 벌어진다

나는 하루하루를 온전히 살 필요를 느낀다,
완전히 소유하고, 완전히 알 필요를 느낀다,
비록 여기서 내가 마지막에 서 있게 될 곳을 바라보게 될지라도.

1988/8/8 (2)

— A. H. C에게

어떤 용맹스러운 디자인, 압제에 대항하는 마술 같은 어떤 직조법에서
틀어져 나온 실오라기 같아요.

한 여자 대 한 남자로서 난 당신에게 말하고 있는 거예요.

당신이 피를 흘릴 때 난 당신을 품에 안아주고 싶어요.

우린, 그저 숲에서 조용한 장소를 찾고 있을 뿐이었는데
어쩌다 이 숲에 난 화재를 진압하는 일에 끼어들게 되었죠?

우린 얼마나 연약한가요, 하지만, 흩어버려도, 언제든 되돌아와,
그들이 전함에서 계속 떼어내야 하는, 따개비들 같아요.

가슴에 난 곱슬거리는 털은 당신이 거기 누워 있으니 더 반짝이네요,
잠자는 동안에도 강인한 심장이 계속 쿵쾅거리기 때문인가 봐요.

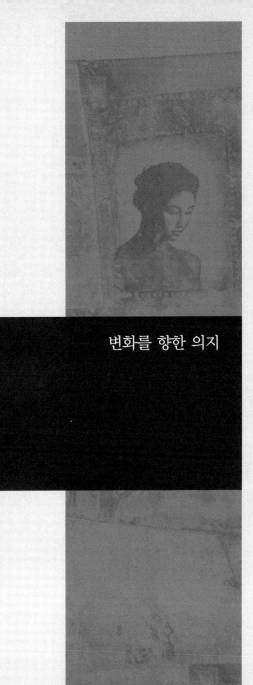

변화를 향한 의지

1968년 11월[*]

옷이 벗겨진 채
당신은 자유롭게 떠내려가기 시작해요
위쪽으로 시가전과
소각로에서 나오는 연기를 헤치고
잎새 없는 가지도 당신을 잡지 못할 거예요
레이더 안테나도요

당신이 일어나리란 걸 가을은 알고 있었죠
마지막으로 원색(原色)이
무너진 이후로
마지막 남은 절대적인 것들마저 갈가리 찢겼으니
당신은 시작할 수 있었죠

당신이 어떻게 활짝 열었는지, 지금 이 순간까지
무엇이 당신을 가두고 있었는지
나는 전혀 아는 바가 없어요

---

* 1968년 5월 프랑스에서 일어난 학생운동을 염두에 둔 제목이다.

당신에 대해 무지했던 나 자신에게 놀랄 뿐입니다
이제 난 지켜보고 있어요
바람에게
비밀을 털어놓기 시작한 당신을

1968

역사 연구

저기 저쪽.　　　강(江)의 마음〔을 생각하고 있어〕
그것이 당신이라도 되듯이.

보이지 않는 배들에 가려진　　　빛
반복적으로 지나가는 형상들
강가에 딱딱하게 달라붙은 무심한 거품
적정 수심 아래로 가라앉은 말없는 짐배.
천천히 힘겹게 나아가는 나룻배.

어두움 속에 누워, 당신에 대해서 생각하고 있어
당신이 처한 복잡한 교통 상황에 대해서도〔그리고〕
당신이 버린 쓰레기를 쪼아 먹는 갈매기들
순수성을 상실한 당신을 애도하는　　　자연사학자들
눈치 없이 당신을 태우고 질주하는
모터보트에 대해서도

하지만 이것은
결국

나룻목이야 그리고 결국

강 상류에서 당신에게 무슨 짓이 행해졌는지

우리는 결코 완전히 알지 못했어

어떤 힘이 구멍을 팠는지

어떤 채널이 말을 바꾸었는지

어떤 안벽(岸壁) 같은 얼굴이 몸을 구부려

위쪽을 바라보는 당신의

무방비 상태의

얼굴을 노려보았는지도 〔알 수 없었어〕.

1968

천체관측소

천문가이자 윌리엄의 여동생 그리고 다른 사람들에게 자매였던
캐롤라인 허셜(1750~1848)*을 생각하며

괴물의 형상을 지닌 한 여자
여자의 형상을 지닌 한 괴물
하늘은 그런 형상들로 가득 차 있다

'눈 속에 서 있는
시계와 도구 사이에서
혹은 막대로 땅을 측량하고 있는'   한 여자

98년 동안
여덟 개의 혜성을 발견한

달이 지배하는 그녀는
우리처럼
반짝거리는 렌즈를 타고
밤하늘 속으로 공중 부양 하여

---

* 천왕성을 발견한 윌리엄 허셜(William Herschel, 1738~1822)을 도와주었던 여동생. 그녀도
오빠 못지않은 천문 지식을 가지고 있었다.

여자들의 은하계,

마음속의   그 공간

거기서 시린 가슴으로

다혈질의 죄를 속죄하고 있다

한 눈으로,

　　　'강건하고, 정확하고, 완전히 확실한'

　　　우라누스보르그의 광기의 거미줄로부터*

　　　　　　　　　　　　신성(新星)을 발견하고

마치 우리에게서 생명이 갑자기 빠져나가듯이

중심핵에서

----

* 덴마크 천문학자 튀코 브라헤(Tycho Brahe, 1546~1601)가 자신의 관측담을 쓴 것을 리치
　가 캐롤라인의 상황에 맞게 인용하고 있다.

빛이 폭발하며 야기하는 모든 충격[을 받는다]

　　마침내 튀코가 속삭인다
　　'내가 헛되이 살았던 것은 아닌 것처럼 해주오'*라고

우리는 우리가 보는 것만을 본다
그리고 보는 것은 변화시키는 것이다

산을 오그라들게 하는 빛
한 남자를 살아 있게 하는 빛**

　맥동성(脈動星)의 박동
　내 몸을 땀으로 적시는 심장

　전자기의 광파가

---

* 튀코 브라헤가 마지막에 한 말.
** "하나님께서 산 위에 모습을 보이시고 그것을 산산조각 내시니, 모세가 쓰러져 의식을 잃었
　다"는 코란의 한 구절을 연상하게 한다.

황소별자리로부터 쏟아져 내리고 있다

　　　　　나는 가격당하고 있다 그래도　　　나는 서 있다

나는 수많은 신호가 우주에서
가장 정확하게 전송되고
가장 번역하기 어려운 언어로
직통으로 수신되는 길에 평생 서 있었다
나는　　　엄청나게 거대하고　　　엄청난 소용돌이를 지닌
광파(光波)가 나를 통과하는 데만　　　십오 년이 걸리는
이 우주의 성운(星雲)이다　　　그리고 〔진실로〕 그만큼
시간이 걸렸다　　　나는 여자의 형상을 하고
〔그녀의〕 요동치는 마음을　　　심상으로 번역하려는
하나의 도구이다　　　육체의 평안을 위해
그리고 정신의 재구성을 위해.

1968

아이들 대신 분서(焚書)를

나는 도덕적 충동을
말로 표현해서 사라지게 할
위험에 처했었다.
— 대니얼 베리건,*
볼티모어에서 재판을 받던 중에 한 말.

1. 과학자이자 예술품 수집가인 이웃이 흥분한 상태로 나에게 전화를
하였다. 그가 말하기를, 내 아들과 그의 아들이, 각각 열한 살과 열두 살
인데, 수업 마지막 날 뒤뜰에서 수학 교과서를 불태웠다는 것이다. 그는
내 아들에게 한 주간 그의 집에 오지 말라고 하고, 그의 아들 역시 그동안
집 밖에 나가지 못하게 하였다고 했다. "책을 불태우는 것은," 그가 말했
다, "끔찍한 생각을 떠오르게 합니다, 히틀러에 대한 기억을요. 책을 불
태운다는 것만큼 저를 몸서리치게 하는 것은 거의 없습니다."

다시 그곳으로. 사방이 녹색
브리태니커 사전으로 채워진 도서관으로.
다시 쳐다보니
좌절한 여인, 멜랑콜리아를 위한
뒤러**의 『전집』이 있다

---

* Daniel Berrigan(1921~   ): 예수교 신부, 평화주의자이자 작가임. 베트남 전쟁에 반대하였
  으며, 동생 필립 및 일곱 명의 동지들과 함께 메릴랜드 주 캔톤스빌 사무소에서 징병표를 태
  워서, 그 죄로 심판을 받고 감금되었다.
** 알브레히트 뒤러(Albrecht Dürer, 1471~1528): 독일 출신의 르네상스 시대 화가.

헤로도토스*의 악어들

『사자(死者)의 서(書)』**

『잔 다르크의 시련』,*** 그녀를 그런 색으로 칠하다니

나는 너무 푸르딩딩하다고 생각했다

내가 너무 자주 그녀에 대한 꿈을 꾸는 바람에

그들은 〔내게서〕 그 책을 빼앗아 가버렸다

가정의 사랑과 공포

압제자에 대한 지식

난 불태우는 것이 고통스럽다는 것을 안다

---

* Herodotos: 기원전 5세기경 그리스의 유명한 역사가. 그의 역사서에 악어에 대해 기술되어
있다.

** 고대 이집트에서, 죽은 사람을 매장할 때 함께 묻던 문서.

*** 배릿 W. P. Barrett이 잔 다르크의 심판과 관련된 문서를 번역하여 책으로 펴낸 것.

158

2. 침묵의 시기(時期)

또는 단어 두세 개

화학과 음악의 시기(時期)

볼깃살 위 손으로 만져지는

오목한 구멍들을 상상해보라

또는, 털은 살이나 마찬가지야, 당신이 말했지

긴 침묵의 시대

이 언어   이 석회 석판

혹은 강화 콘크리트

광신자와 거간꾼 들로부터의

안도감

야생풀빛 적토 해안에 유기되어

연기로 신호를 보낼 때

내쉬었던
한바탕의 바람

압제자에 대한 지식
이것은 압제자의 언어이다

하지만 당신과 말을 하려면 난 그게 필요해

3. 사람들은 가난으로 몹시 고생하는데, 이 고생을 이겨내려면 위엄과 지혜가 필요하다. 고생하는 사람 중 일부는 다음과 같다. 한 아이는 어젯밤 저녁을 먹지 못했다. 한 아이는 저녁 사 먹을 돈이 없어서 도둑질을 했다. 한 엄마가 아이들에게 음식을 살 돈이 없다고 말하는 것을 듣는 것과 한 아이가 헐벗은 것을 보는 것은 당신의 눈에 눈물이 고이게 할 것이다.

(질서의 골절
이 고통을 극복하기 위한
언어의 보수)

4. 우리는 사랑을 나눈 뒤,

이불을 덮고 누워

외로움에 대해 말하죠

책 속에서 평안을 되찾고

책 속에서 다시 살아보며

그래서 그 페이지 위에

응어리지고 벌어진 틈이 드러나죠

고통 받고 있는

한 인간의 말

꾸밈없는 단어 하나가

핏덩어리 속으로 들어가죠

철창 사이로 손을 내밀어

단단히 움켜쥐고 있죠

구원을

우리 사이에 [지금] 일어나는 일들은

수세기 동안 일어났던 거예요

우리는 문학을 통해 그걸 알지요

〔그것은〕지금도 일어나고 있고요

손을 휘두르며
침대를 마구 쳐대는
성적 질투심

헐떡거리는 숨
바싹 타는 입안

이 모든 것을 설명하는 책이 있긴 하죠
하지만 쓸모는 없어요

당신은 집 뒤편 숲속으로 걸어가요
거기 그곳에서
천팔백 년 전에 지어진
교회 하나를 발견해요

당신은 그곳이 어떤 곳인지도

모르고 들어가죠

우리도 그런 것 같아요

책이 모든 것을 말해주기는 하지만

그 누구도 무슨 일이 일어날지 모르잖아요

교과서를 불태워라   아르토*가 말했죠

5. 어젯밤 늦게까지 오늘에 대해 생각하며 타자기로 글을 쓰고 있었다. 우리 모두는 얼마나 말을 잘하는지. 언어는 우리의 실패를 알려주는 지도이다. 프레드릭 더글러스**는 영어를 밀턴***보다 더 순수하게 사용하였

---

* 앙토냉 아르토(Antonin Artaud, 1896~1948) : 프랑스 초현실주의자로서 서구문화를 관통하는 가치와 구조를 파괴할 것을 주장했다.

** Fredrick Douglas(1817~1895) : 미국 흑인 노예해방론자로서, 자력으로 노예 신분에서 벗어나 노예폐지운동에 앞장섰던 역사적인 인물이다. 그가 쓴 자서전『프레드릭 더글러스의 이야기』는 흑인 노예들의 비참한 생활상을 사실적으로 고발하면서도 문학성까지 갖추고 있는 것으로 평가받고 있다.

*** 존 밀턴(John Milton, 1608~1674) : 영국의 시인이자 수필가로 대표작 『실낙원』이 있다.

다. 사람들은 가난으로 극심한 고통을 받는다. 해결책이 있어도 우리는 사용하지 않는다. 잔 다르크는 문맹이었지만, 프랑스 농민의 구어체로 말했다. 그러한 고통 중의 몇 개를 예로 들자면 다음과 같다. 진실을 말하는 것은 어렵다. 이곳이 미국이다. 난 당신의 마음을 움직일 수 없다, 지금은. 미국에서 우리는 단지 현재 시제만을 이용한다. 나는 위험에 처해 있다. 당신은 위험에 처해 있다. 책을 불태우는 것은 내게 어떤 감정도 불러일으키지 않는다. 불태운다는 사실이 고통스럽다는 것은 나도 안다. 메릴랜드 주 캐턴스빌에서 네이팜탄이 터져 불길이 솟는다.* 불태운다는 사실이 고통스럽다는 것은 나도 안다. 타자기는 과열되었고, 내 입은 타들어가는데, 당신의 마음을 움직일 수는 없다, 이것은 압제자의 언어이기에.

1968

---

* 이 시의 헌정 부분에서 등장했던 베리건과 동료들의 반전시위와 진압을 지칭하고 있다.

나는 오르페우스의 죽음이 되기를 소망한다

나는 잰걸음으로 아케이드 아래로 번진
    빛의 줄무늬와 어둠을 통과한다.

나는 전성기를 맞은 여자이다,
거의 얼굴도 보지 못한 권위자들에 의해
엄격한 통제를 받긴 하지만 〔그래도〕 어느 정도 권력을 가지고 있는.
나는 전성기를 맞은 여자이다
검은색 롤스로이스에 죽은 시인을 태우고
황혼 녘 가시관목 숲 경치를 감상하며 지나가는.
한 여자이다, 어떤 사명을 가지고 있으며
그 편지에 순종한다면 스스로를 무탈하게 보존할 수 있을.
한 여자이다, 표범의 심장을 가진
한 여자이다, 지옥의 사자(使者)와 연락이 닿는
한 여자이다, 그 힘을 사용해서는 안 되는 바로 그 순간
스스로에게서 충만한 힘을 느끼는
한 여자이다, 지하도에서 벌어지는
무차별 폭력과 매캐한 불길을 꿰뚫어 보며
〔그것들을〕 밝힐 것을 다짐했던

그녀의 죽은 시인은 바람을 거슬러 뒤로 걸어가는 법을 배우며
거울의 반대편에 서 있다

1968

1969년 3월에 쓴 편지들

1.

미리 예견되었다. 승자는
재앙을 꿰뚫어 보고 또 본다.
구둣발로 저항의 길에 뿌려진
굵은 소금을 으깨며 걷는다.
그가 사랑했을지도 혹은 어울려 살았을지도 모를
무장한 병사들의 얼굴이 줄줄이 늘어선 사이를
어깨로 밀치고 나아간다.
승리는 시체처럼
마을에서 마을로 운반되어
관 속에서 스멀스멀 움직이기 시작한다.
여름은 마을에서 마을로
계속 기만을 당한다, 우리가 탄 기차는
우리가 본색을 드러낼 만큼 오랫동안
철로 위에서 멈추었다 구워지길 반복한다.
밤새도록 병에 든 물을 마시고, 과일을 먹으며,
압도적인 조건들에 대해 얘기할 때

재앙은 우리와 함께 있었다.

밖에서 철로가 끊어진 곳을 따라

그들은 우리의 죽음을 기원하는 노래를 부르고 있었다.

2.

희망은 깨끗한 유리병 속 물처럼 반짝거린다.

평정심을 되찾는 것은

얼마나 빠르던지.

하얀 냅킨, 한 접시의

나폴레옹 파이*와 체리 타르트

우리를 위험에서 벗어나게 해주었던

항공사의 기내식.

그들은 어젯밤 라운지에서

우리와 함께 술을 마셨던 기자를 고문하고 있다

---

* 크림을 켜켜이 바른 프랑스식 파이.

하지만 여기서 활주로를 내려다보며
세 시간 이십 분 동안 다른 삶 속으로 비행하는 동안
우리는 그 점을 확인할 수 없다.
만약 이 일이 우리에게 행해진다면,
(이 일은 우리에게 행해진다)
만약 우리가 붕대를 감고 변장한
건강한 사람들이라면,
만약 우리가 어떤 장면을 선택하여
아무런 소리도 들을 수 없는 곳에 머물면서
롤빵을 뜯어 먹고 그 깨끗한 유리 물병에서
물을 따라 마실 수 있다면,
만약 우리가 군인처럼 탈영한다면,
도둑처럼 도망을 친다면,
우리는 새로운 덕목들을 구입하는 편이 나을 것이다
다른 세상의 문 앞에서.

3.

"난 동이 틀 무렵 일어나서
자료를 수집했어.
그 저수지는 초록빛으로 타오르더군.
당신, 그들이 이 지역에서만 사용하는 칼을 보면
깜짝 놀랄 거야.
그들이 내 직업을 물어보면
무기체계를 연구하는 학생이라고 말할 거야.
내가 모은 기록은 순전히
감상적인 가치밖에 없다고 〔할 거야〕
내 서류가방은 맹세컨대, 외국의 권력자들에겐,
쓸모도 없을걸, 경찰에게도.
난 넘어가지 않을 거야, 진실로,
내 정보처를 누설하고
내 서류의 복사본을
나눠 주어 검토하게끔 하지도 〔않을 거야〕.
힘없는 사람이나 무장하지 않고 다니지.

난 지금 마룻바닥 위를 걷고 있어
터무니없이 비싼 스위스제 사냥용 칼이
머릿속에 떠올라
여덟 개의 날이, 각각 분명한 목적을 가지고,
책상 위에 쫙 펴져 있는
수입상 건지 장물아비 건지 모를 [그 칼이]."

4.

육 개월 전
카본 복사지를 보내줘라고 당신이 말했었죠
하지만 올 겨울은 연필로 단숨에 써 내려가요
그 능력 때문에
공책이 너무 빨리 찢어졌지만.
동틀 무렵 택시 안에서
부엌에서
서커태시 요리*를 태우면서

더 많이 내 인생을 사랑해요 더 많이

당신을 사랑해요. 두려움에

떨 때. 공포감을

주는 도시에서. 휴가가 없는

그런 삶 속에서 페이즐리 무늬는 희미해지죠

햇빛이 있으면 겨울과 여름도 좋지만

가장 좋은 시기는 지금이에요.

아픈 친구가 썼어요. 사랑이 뭐지?

이런 삶은 무가치해, 에이드리언!

창턱에서 그녀의 두 손은 피를 흘렸죠.

그녀는 유리창이 깨졌지만

손을 밖으로 내밀 줄 아는 그런 능력이 있었어요.

칼뱅주의자** 같은 북풍만이

---

* 강낭콩과 옥수수(혹은 귀리와 보리)를 끓인 콩 요리.
** 신앙적으로 보수적이고 완고한 사람을 가리킨다.

바다 쪽에서 불어오며 침을 뱉었죠.

그녀는 총 맞은 영웅이죠. 죽어가는 시인이기도 해요.

지금이라도, 만약 우리가 그녀에게 가본다면——

하지만 그들은 걸레와 퍼티*를 가지고 창문을 고치러 가버렸을 테죠.

그녀는 거울과 분노를 가지고 집 안에 머물죠.

난 과거에 내가 했던

대답들을 다 찢어요, 폭동과 기아 상태에서 보내졌던

우편엽서들은 벽 위에 고정되어 있어요

밸런타인 카드들이 거울에 붙어 있고

불같던 성미, 곱슬머리, 충성 맹세들은 사그라지고

메마른 빛이 우리 눈물샘을 마르게 하죠

안도감도 없어요. 난 머릿속에서

계속 당신에게 돌아오게 돼요, 하지만 당신은 그걸 알 리가 없죠,

그리고 난 카본 복사지도 없어요. 동정심의 왕자님,

---

* 공사용 접합제.

무엇이 당신의 손을 파먹고 있는 건가요?

전기 충격처럼 사라지지 않고, 혼란스럽고, 떨리는

쥐새끼 같은 고통인가요?

잠을 자기 위해서라도 당신 손에 난 상처를 빨아주었을 거예요

하지만 내 입술은 떨고 있었어요.

말해줘요, 어떻게 하면 내가 잘 참을 수 있는지,

어떻게 그게 행해져야 하는지, 가벼운 키스가

정확히

그 상처 난 손바닥 위에

닿아야 하는지.

1969

174

석비

—아널드 리치*를 위하여

어젯밤 동생 집에서 당신을 만났죠
〔당신은〕 죽은 자들 가운데 일어나
당신의 수집물을 보여주었죠

당신은 그것들을 거의 내다버릴 뻔했었죠

제가 원한 건 벽에 걸려 있는
전에 결코 본 적이 없었던 석비였어요

당신은 다른 걸 주겠다고 하죠
제가 여러 번 봤던 것들을요

당신은 뭔가 소중한 걸 제게 주는 거라고
생각하는 것 같아요

거무스레하고, 무심하고, 기호들이 새겨진 품이

---

* 리치의 아버지.

석비는 당신과는 너무 달라요
당신은 결코 그것들을 해독한 적이 없었죠

저는 전혀 알지 못했어요, 당신이 그런 걸 갖고 있었는지도
당신이 그것들을 줘버릴 건지 궁금하네요

1969

이별을 슬퍼하지 말아요*

소용돌이치는 내 욕구. 당신의 얼어붙은 두 입술.
문법이 돌아서서 날 공격했어요.
강요되어 쓰인 주제들.
기록들의 공허함.

그들은 상처의 회복을 더디게 하는 약을 주었죠.

제가 떠나기 전에 당신이
죽음과 같은 반복의 경험을
고통의 장소를 파악하려는 비평의 실패를
다음과 같이 쓰인 버스 포스터를 알았으면 해요.
출혈은 이제 꽉 잡혔어요.**

빨간색 나무 한 그루가 플라스틱 화환이 걸린 공동묘지에 서 있네요.

---

* 이 시의 제목은 17세기 영국 형이상학파 시인 존 던(John Donne, 1572~1631)이 쓴 시의
제목이기도 하다. 존 던의 시에서 여행을 떠나는 남편이 아내에게 이별을 슬퍼하지 말라고 당
부를 한다.
** 약을 선전하는 광고 문구.

마지막 시도를 하나 해볼까요. 언어는 비유라고 불리는 사투리예요.
머리, 빙하, 손전등 같은 심상은 주석이 없어도 통하지요.
어떤 풍경을 생각할 때 전 어떤 시대를 떠올리게 된답니다.
여행을 떠나는 걸 말하며 영원을 의미하기도 하고요.
〔이제〕 이렇게 말할지도 몰라요, 저 산들은 어떤 의미를 지니고 있어
하지만 그 이상은 나도 말할 수 없어, 라고요.

정말로 공통되는 어떤 일을 한다는 것〔은 뭘까요〕, 나만의 방식으로.

1970

촬영 대본*

제1부 1969년 11월~70년 2월

1.

우리는 끊임없는 대화의 바퀴에 묶여 있다.

이 소라 껍데기 안에서, 조수(潮水)는 누군가 들어오기를 기다리고 있다.

독백(獨白)은 당신이 그것을 중단시키기를 기다리고 있다.

한 남자가 파도를 헤쳐 나가고 있다. 바위와 부서지는 파도가 나누는 대화.

파도는 바위에 부딪히자마자 변한다. 바위도 변한다
다시 또다시 달려드는 파도에 의해.

---

* 이 선집에는 총 14편의 시 중에서 7편만 실려 있다.

밤새도록 혹은 사는 동안 지속되는 대화.

리듬 속으로 끊임없이 녹아드는 소리의 대화.

당신이 귀 기울여주길 기다리는 소라 껍데기 하나.

인적 없는 대륙으로 밀려왔다 밀려가는 한 차례의 조수(潮水).

그 리듬이 어휘들의 의미를 변화시키기 시작하는 한 주기(週期).

눈부신 빛의 파장을 일으키는 바퀴로부터 바퀴살들이 튕겨져 나온다,
우리의 의견이 일치할 때, 대화가 끊임없이
돌고 돌던 중에.

소라게처럼 숨어 있는 단어를 찾는 것의 의미.

한 사람의 청취자를 기다리는 하나의 독백.

단 한 개의 소리만이 공명하는 한쪽 귀.

의미가 뚫고 들어간 한 개의 소라 껍데기.

4.

상상 속에서 나는 새 출발의 주축이었다.

뗏목을 타고 그들은 바다를 건너왔다. 〔그리고〕 우리가 다만
추측할 수만 있는 방법으로 그들은 그 섬에 그 돌덩이들을 쌓았다.

만약 식물이 이렇게 무성하게 자란다면, 우리는 어떻게 알 수 있을까,
그들이 무엇을 보고 있는지?

앙코르 와트 사원에선 불도저가 모든 곳을 말끔하게 밀어버린다.

녹지는 가장된 신비이다. 지금 돌멩이들을 파내는 것은

결코 우리를 위한 해결책이 아니다.

낙엽이 지고 있다. 콘크리트가 부어지고, 유리판들이 육로로 운반된다
아주 커다란 트럭에 실려, 아주 비싼 비용으로.

여기서 우린 결코 일해본 적이 없다, 결코 신을 벗고 걸어본 적이 없다
마지막 일 킬로미터조차도.

이리 와서 이 지하 구멍을 들여다보라. 그것은 숲에서
발견된 것이다.

예전에 사람들이 여기 산 적이 있었던 것 같다.
그곳은 그들이 떠난 후에야 비로소 신성하게 되었다.

5.

그들은 단순한 선택을 하는 시골 사람들이다. 그들의 옷가지는

그들이 걸어다녔던 적토(赤土)길처럼 늘 그들과 함께했다.

마음속으로 암송되고 몸에 딱 맞게 마름질된
손바닥은 편지이고, 발바닥은 지도이다.

그들의 사투리를 회상하기 전까지 내게는 그들이
이상하게 보였었다.

메마른 양토(壤土)에 삽을 내리꽂는 순간, 탁 하는 소리가 들렸다
갈색, 흑색 깨진 도기 조각이 찌그러진 깡통 속에 가득 차 있었다.

저녁때마다, 식탁 위에, 발견한 조각을 꺼내놓고, 손가락으로
만지작거렸다, 그것들을 잘 짜 맞추는 꿈을 꾸기 시작하였다.

비록 그들이 나를 도와주긴 하였지만, 난 이 모든 것을
그들로부터 숨겼다.

밤에는 깡통을 장롱 속에 숨겨놓고, 〔자러〕 올라간다

거기 뒤쪽 선반 위엔 갈라진 비닐 장판이 놓여 있다.

아직 형성되지 않은 것을 꿈꾸며 잘 때,
젖은 흙, 선택의 리듬, 잃어버린 방법들 위로
얇은 수막(水膜)이 쏟아져 내린다

제2부 1970년 3월~7월

9.
단편 뉴스 영화

이것은 우리가 참전했던 전쟁일 리가 없다. 보라, 낙엽이
더 두텁게 깔려 있지 않은가, 거기엔 그 정도로 큰 산도 없었다.

하지만 내가 처음 알게 된 이후 〔지금까지〕 만나보지 못했던
실존 인물들을 찾아보지 않는 것은 불가능한 것 같다.
나 자신을 찾아보지 않는 것은 불가능한 것 같다.

그 장면이 나를 화나게 한다, 나는 뭔가 잘못되었다는 것을 안다,
태양은 너무 높이 떠 있고, 풀밭은 과도하게 뭉개져 있으며,
농부들의 얼굴은 너무 넓적해 보인다. 그리고 수도의 중앙 광장에
그런 아케이드*는 없었다.

그럼에도 불구하고 죽은 자의 모습은 정확한 것 같았다,
허름한 집 지붕들도, 그리고 곤두박질친 비행기 동체가 고비 풀밭에서
타고 있는 것도.

하지만 영화 표를 사서, 어둠 속에서 넘어질 뻔하면서, 졸고 있는 이와
자위하는 자를 지나 내 자리를 더듬어 찾았을 때
이것은 내가 보러 온 전쟁이 아니었다.

나는 우리를 저주했던, 그들이 고속도로에 그의 이름을 붙여주었던
장군의 얼굴을 보게 될 것으로 생각했다. 나는 죽은 사람들의 얼굴을

---

* 지붕이 있는 상가.

기억하고 싶었다, 그들이 살았을 당시의 모습으로.

예전에 난 그들이 우리를 영상에 담았다는 것을 알고 있다,
그때 행렬 뒤편 캠프에서, 나무 아래서 샤워를 하고,
우리 딸들의 사진을 보여주는 모습을.

거기 어딘가에 우리가 참전했던 전쟁에 대한 영상물이 있을 것이다,
틀림없이 그것은 화염 장면, 전리품들, 그물망에 덮여 있는 잡목림,
줄 지어 늘어선 죄 없는 사람들, 저 정도로 크지는 않은 산들의 모습을
담고 있을 것이다.

내 몸 어딘가가 빗발치는 총탄 아래서 바짝 긴장하고 있다,
늘어선 줄 뒤편 어딘가에서 나는 발가벗고 있다,
그 전쟁터의 물로 몸을 씻으면서.

누군가가 그 전쟁을 이용할 수 없는 기억으로
철제 깡통 속에 보관해놓았다,
어딘가에서 내 무고함이 내 죄와 함께 증명되겠지만,

이 전쟁은 내가 참전했던 전쟁일 리가 없다.

12.

난 평생 위로에서 벗어날 수 있는 한 가지 방법을 찾고 있었어요.

우리는 햇빛에 흠뻑 젖은 폐창고들, 쇼윈도들〔을 구경하며〕,
도매상가 구역을 걸어다니고 있었죠.

나는 말했죠, 저 옷들은 너무 낡았어요. 당신이 말했죠,
창가에 오랫동안 걸려 있어서 그래.

앙상한 뼈대로 남은 계획들이 석양빛 속에서 완전히 사라질 때,
허드슨 강의 의미가 우리에게서 없어질 때, 단지 동쪽〔하늘〕에서
태양이 사라진 사실로 내가 서쪽에 살고 있다는 점을 알게 될 때.

내가 다른 표현으로 묘사되는 것을 포기할 때, 내가 집착을 버릴 때,

그 납작한 크리스털 병에 든 아름다운 해결책이 햇빛에 바싹 말라버릴 때,
번개가 쳐서 전구가 터져버릴 때, 터진 전구가 씨앗 든 꼬투리처럼
딸깍딸깍 소리를 낼 때.

저 옷들은 무덤 속에 넣어졌던, 미라의 옷처럼,
너무 낡았어, 손님에게 팔 옷들이 아니야, 이런 실수는 곧
비극을 불러올 게 틀림없어.

맨해튼의 건물 위에서 흔들거리는, 시간과 기후를 알려주는 침(針).
모든 다른 것을 놓치는 대가로 이런 설명을 사야 하다니.

13.

우리는 뜻밖의 시도를 할 처지에 내몰렸다. 일단 보트를 타고 나간다는
그 생각이, 그저 내게 문득 떠오르지는 않았을 것이다,
적어도 이런 밤에는.

그래도, 그것은 하나의 수단이다. 그리고 난 맹세했었다. 내게 허락되는
어떤 수단이든지 시도해보기로. 결코 아무것도 할 수 없을 거란 확신
때문에 어떤 것을 거부하지는 않기로.

오랫동안 난 그저 작은 보트를 조종하는 법을 배우고 있었다.
어떤 특별한 훈련을 받은 적도 없었고 스스로 알아낸 방법들도
도움이 되지 않았다.

늘 어둠과 물은 위험하다고 들었었다.

그럼에도 불구하고, 어둠과 물은 내가 여기 도착하는 데 도움을 주었다.

오래전에 떠나온 해안의 불빛을 바라보았다. 하나하나가 그 옛날
내가 켜놓았을지도 모르는 불빛인 것 같았다.

14.

그것이 무엇이었든지. 부츠 바닥에 덕지덕지 끼인 눈 찌꺼기든,

하얀색 포마이카 탁자 위에 엎질러진 재였든.

고배율 렌즈를 통해 보이는 죽음의 기압골이든,
스테인리스 그릇 안에서 녹고 있는 각얼음이든.

그것이 무엇이든지, 당신을 멈추게 한 이미지, 당신에게 슬픔을
느끼게 하는 그것, 텅 빈 벽 위로 반복해서 비춰보게 되는
〔그런 것이 있다〕.

이제 영사기의 유혹을 떨쳐버리고, 그 대신 〔있는 그대로〕
석회 벽을 가로질러 거미줄처럼 퍼져나가는 선들을 본다.

애초의 균열 지점에서 방사되어 나오는 길들을, 그 막다른 골목에서
뻗어 나오는 가는 선들, 거기서 미래에 대한 지도를 읽는다.

당신의 손바닥에서 다시 교훈을 읽어낸다. 거기서 어떻게
그 생명선이, 끊겼는데도, 계속 그 방향을 유지하는지 발견한다.

몇 년 전 유리창에 난 총알구멍으로 들어오는 햇살의 긁힌 자국을 본다.
빛의 모든 굴절 속에 어떤 균열이 있는지를 알아본다.

당신의 주머니 속에 프리즘, 얇은 유리 렌즈,
도심의 지도, 모눈종이 공책을 넣는다.

당신 자신의 뿌리를 잡아당겨 스스로 일어난다.
〔그리고〕 당신이 살았던 옛 동네 근처에서 마지막 식사를 한다.

난파선 속으로 잠수하기

말할 수 없는 대화

여기 사막에 나와 있으니 우리가 핵폭탄 실험을 하고 있는 것 같아요,
하긴 바로 그게 우리가 여기 나온 이유이긴 하지만요.

이따금 난 느껴요, 땅속을 흐르는 강물이
가파르고 흉물스러운 절벽 사이를 힘겹게
꿈틀거리며 흘러가는 것을,
날카로운 각도를 유지하는 이해심이
태양의 궤도처럼 움직이며
이 저주받은 사막의 풍경 속으로 사라지는 것을.

이렇게 되기까지 우린 무엇을 포기했어야 했나요——
엘피 레코드판 전집, 동네에서
우리가 주연을 맡아 촬영했던 영화들,
초콜릿 크림 넣은 바삭바삭한 유대식 쿠키가 잔뜩 진열된
빵집 창가, 연애편지에 자주 쓰던 말들,
자살을 기도하며 남긴 쪽지에 썼던 말들,
천진한 아이들마냥
강둑에 앉아 보냈던 오후의 시간들.

이 사막으로 나오면서
평범한 상록수 사이를 운전할 때
우린 표정을 바꿀 생각이었죠.
고요함에 둘러싸인
유령의 도시 같은 곳을 대낮에 걸어다니니

우리의 침묵이 마치 그곳의 침묵인 것 같네요,
단지 그 침묵이 우리를 으레 따라다닌다는 점과
그 침묵이 〔우리에겐〕 친숙하다는 점,
그리고 지금까지 우리가 말하고 있었던 모든 것이
그 침묵을 없애버리려는 노력이었다는 점을 제외한다면——
여기 나오니 침묵을 직면하게 되네요.

여기 밖에 나오니 난 더 무기력하게 느껴요,
당신이 없을 때보다 당신과 함께한 지금.
당신은 위험에 대해 얘기하고
장비들을 열거하죠.

우린 위급한 상황에 닥쳤을 때——피부의 찰과상이나

갈증과 같은——서로를 돌보고 사랑하는 사람들에 대해 얘기하죠.

하지만 당신은 내가 그런 위급 상황에 처해 있는 것처럼 바라보네요.

당신의 메마른 열기는 권위처럼 느껴지고

당신의 두 눈은 서로 다른 광도를 지닌 행성 같아요,

그 눈은 "출구"라고 쓰인 빛을 반사하고 있어요,

당신이 자리에서 일어나 바닥을 초조하게 걸어다니며

마치 우리 자신은 그렇지 않은 것처럼

마치 우리가 다른 것을 실험하고 있는 것처럼

위험에 대해 얘기할 때 말이에요.

1971

우리가 완전히 깨어났을 때

——E. Y.를 위하여

당신에게
스테인드글라스 유리창을 통해
해부되어 보이는 공원의 구조에 대해,
게릴라들이 광산을 지나
전진하는 모습에 대해,
끊임없이 불타오르는 쓰레기 처리장에서
재 먼지가 하늘로 날아가는 모습에 대해
어떻게 말해야 할지 애를 썼어요——
우리의 몸 바깥에서 일어나는 모든 일은
이런 고통의 심상들이에요.
탁자 위에 놓여 있는 돌멩이들은
내가 신뢰하던 두 손이 가져왔었죠,
내가 행복하다고 말했었던 그곳에서
기념물로요.
내 몸 바깥에서 일어나는 모든 일은
내가 내린 결정으로 인해 남은 상처조차,
돌비늘 결을 따라 반짝거리는 햇빛조차,
똑같은 피조물이고, 자매이기도 한, 당신조차,

나를 절뚝거리게 했던 실수들에 대해 말해주고 있어요,
사랑에 어두워진 [당신은] 내 건너편에 앉아서,
이 축 늘어진 뜨개질감, 이 어둠의 옷,
이 여성의 옷 하나를 집어 들고 나처럼
다시 만드는 작업을 함께하려고
엉클어진 실타래를 풀려고 애쓰고 있네요.

2.

떨어져 산다는 사실이
마치 하나의 가구처럼 당신의 생활 속을 파고듭니다
── 북쪽 어떤 지방에서 만들었다는
17세기 나무 서랍장 같은 가구 말예요.
그 서랍장엔 봉긋하게 부풀린 여자의 머리 모양 같은
커다란 자물통이 달려 있는데
[당신은] 그 열쇠를 도무지 찾을 수 없는 거예요.
서랍 속에는 어딘지 모를 방의 열쇠들

알 하나가 없는 안경테 같은 것들만 들어 있어요.
당신은 서서히 당신의 물건들로
그 서랍들을 채워나가죠.
〔방 안을〕 들락날락하는 당신의 모습이
서랍장 표면에 비칩니다.
당신은 기념일을 챙기는 걸 그만두게 됩니다,
당신은 일기를 쓰기 시작합니다
그 어느 때보다 더 정직하게.

3.

노천광(露天鑛)으로 망가진
남부 오하이오 주의 아름다운 경치,
간통자의 손가락에 끼워진 그 두꺼운 결혼 금반지,
해안에서 좀 떨어진 무허가 방송국이 송출하는 지직거리는 프로그램들
이런 것들이 우리를 주저하게 해요.
여기, 필요와 분노가 엉겨 있는 기반 구조 속에서

우리가 가능하다고 여겼던 것이 거부되고,

약을 먹어도 효과가 없고

다른 사람의 존재를 의심하고

── 그런 걸 말하고 또 말하고, 말은

하면 할수록 아무런 의미 없이 중첩되기만 하잖아요──

하지만, 우린 그 어느 때보다 더 진실에 가까워요,

우리가 살고 있는 거짓의 진실에 말이죠, 그러니 내 말을 들어요.

내가 상상할 수 있는 신의는

찐득거리는 검은 타르를 뚫고 꽃을 피우는 잡초나,

밑바닥에 단단히 깔린 불신의 원자 덩어리를 관통해 뿜어져 나오는

푸른색의 에너지와 같은 거예요.

1971

감옥으로부터

내 눈꺼풀 밑에서 또 하나의 눈이 떠졌다
그것은 맨눈으로 불빛을
바라본다

내가 자고 있는 동안에도
고통으로 가득 찬 세상에서 새어 나오는 〔불빛을〕

그것은 꾸준히 내가 겪고 있는
모든 것을

그리고 그 이상을 바라본다

그것은 몽둥이와 소총 개머리판이
오르락내리락거리는 것을 본다
그것은 본다

티브이에선 보이지 않는 자세한 장면들을

여경찰의 손가락이
젊은 창녀의 질 안을 후벼 파는 것을
그것은 본다

D동에서
그들이 돼지고기를 요리할 때
프라이팬으로 바퀴벌레가 떨어지는 것을

그것은 본다
침묵 속에 숨겨진
폭력을

이 눈은
울기 위해 존재하는 것이 아니다
그 시선은
비록 얼굴 위로 눈물이 흐른다 해도
절대로 흐려져선 안 된다

그것의 목적은 명징함이다
그것은 잊어서는 안 된다
그 어떤 것도

1971

두 사람이 하나로 보이는 거울

1.

그녀는 당신이 자매라고 부르는 여자이다.
긴 손가락을 자유자재로 움직이며
부엌칼로 생선 비늘을 다듬어낼 때처럼
그녀의 가장 단순한 행동조차 멋지고 화려하다
사랑에 대해 빠른 속도로 말하며
우그러진 주전자를
철망으로 박박 닦아 광을 낼 때처럼
어느 한 동작도 그저 낭비되는 법이 없다

토마토를 먹고 갑작스러운 공복감으로
속이 쓰린 당신은
든든해질 때까지 시리얼을 먹는다, 손수 딴
잘 익은 포도송이도
사랑. 문이 열려 있는
냉장고
적출된 심장처럼 선홍색 피가 흘러내리는

비닐랩에 싸인 숙성된 스테이크
부드러운 크림버터, 살구
시큼해진 먹다 남은 음식들

당신이 과일을 가득 담아주길 바라며
나무 상자가 과수원에서 기다리고 있다
당신의 두 손은 그 달콤한 나무의
거친 줄기와 날카로운 가시에 긁혀 생채기가 나 있다
[당신은] 따고, 따고, 또 딴다
이번 수확은 실패이다
즙이 당신의 두 뺨 위로 줄줄 흘러내린다.
땀인 듯, 눈물인 듯

2.

그녀는 당신이 자매라고 부르는 여자이다
당신은 방 안을 돌아다니며 벼락치듯 성을 내고

불같이 흥분한 상태로 그녀의 주변을 돌며
그녀의 눈이 휘둥그레지도록 잘난 척을 하고,
그녀가 미처 느끼지도 않는 욕구들을 나열하고,
그녀의 두 손에
당신의 삶의 원칙들을 받아 들게 한다.

그녀는 인도산 그림에 그려진 세계를 모두 돌아다닌다
나긋나긋한 몸매로
낙낙한 면 드레스를 입고 거리를 활보할 때면

엉덩이 언저리에서 페이즐리 무늬가 춤을 춘다
그녀는 신선한 무화과 열매를 산다, 당신이 굉장히 좋아하니까
가난한 동네의 사진을 찍는다, 당신이 그녀를 거기 데려갔었으니까

왜 울고 있어, 눈물을 닦아
우린 자매잖아
굶주린 그녀의 시선을 바라보면 당신은 할 말을 잃는다
당신은 연필로 끼적거린 뒤

책 한 권을 그녀에게 건네준다
당신은 플루트 두 대로 인도 음악을 연주한 음반 한 장을
그녀에게 건네준다

3.

작년 어느 여름밤 벌레들이
둥그런 노란 전등 불빛 속에서 지지직 타 죽고
당신의 피부가 그 밑에서 황금빛으로 달아오르던 때였다
이 거울 속에 비친, 당신은 누구인가?
여수도원에 대한 꿈, 그 엄격한 규율, 간호사가 지키는 유아실,
힘 있는 자들은 모두 마스크를 쓰고 있는 병원,
아이를 낳다가 죽은 여자들과
태어나자마자 죽은 여아(女兒)들의 무덤이 있는,
당신이 [지금] 앉아 있는 공동묘지.
당신의 자매가 태어나는 꿈.
어떻게 멈출지 몰라

당신을 임신하고 또 임신하는 〔그리고〕
계속 아이를 낳다가 죽는
당신의 어머니

당신의 어머니는 죽었고 당신은 아직 태어나지 않았다
당신은 두 손으로 당신의 머리를 잡아
삶의 칼날 아래로 끌어당긴다
당신은 산파처럼 온 정신을 집중한다
아기를 받아내는 법을 배우면서

1971

대화

그녀는 한 손으론 턱을 괴고,
다른 손으론 오래된 결혼반지를 뱅글뱅글 돌리면서
불빛 아래 앉아 있다,
몇 시간째 우리의 대화는
방충망을 때리는 빗줄기처럼 계속 부딪히고 있다
팔월의 느낌 그리고 마른번개
나는 일어나, 차를 만들어, 돌아온다
우린 서로를 쳐다본다
그때 그녀가 말한다 (그리고 이게 내가 계속 견뎌야 하는 것이다)
—그녀가 말한다. 난 잘 모르겠어
섹스가 환상[에 불과한 것]인지

난 잘 모르겠어
그걸 했을 때 내가 누구였는지
내가 누구라고 말했었는지
또는 내가 책에서 읽은 걸
억지로 느끼려고 했었는지
아니면 실제로 누가 나와 함께 거기 있었는지

내가, 그때조차, 이 모든 것에 대해 의심하고 있다는 것을
알고 있었는지

1972

난파선 속으로 잠수하기

우선 신화에 대한 책을 읽고,

카메라에 필름을 채우고,

칼날이 날카로운지 확인한 뒤,

나는 몸을 보호할 검은색 고무 잠수복

우스꽝스러운 물갈퀴

무겁고 불편해 보이는 잠수 마스크를 착용한다

민첩한 잠수 팀과 함께

햇살 가득한 배를 타고 다니는 쿠스토*와 달리

난 여기서 홀로

이 일을 해야 할 것이다.

사다리가 있다.

배의 측면 가까운 곳에

무심하게 매달린

사다리는 항상 거기 있다.

우리는 그것이 어디에 쓰이는 줄 안다,

---

* 자크 쿠스토(Jacques-Yves Cousteau, 1910~1997) : 프랑스 해저 탐험가이자 작가.

그걸 사용했던 사람이 우리니까.
그렇지 않다면
그건 말라비틀어진 선원의 밧줄에 불과하다,
그저 잡다한 여러 장비 중 하나일 뿐이다.

난 아래쪽으로 내려간다.
사다리를 하나씩 하나씩 밟으며
조용히 산소가 차오른다
푸른 불빛
우리 인간 세계의 대기를 구성하는
확실한 원소.
나는 계속 내려간다.
물갈퀴 때문에 절뚝거린다,
벌레처럼 사다리에 딱 붙어 기어간다.
거기엔 시작되는 지점을 알려줄 사람이
아무도 없다.

공기는 처음에는 푸르스름하다가 그 뒤엔

더 퍼레지고 그 뒤엔 녹색으로 그 뒤엔 검은색으로
변한다, 난 눈앞이 캄캄해지며 정신을 잃을 뻔했지만
강력한 잠수 마스크 덕에
피돌기가 재빨리 이루어졌다
바다는 전혀 딴 세계이다,
바다엔 권력의 문제가 없다
나는 홀로 배워야 한다,
무리하지 않게 내 몸을 바다 깊숙이
집어넣는 법을.

그리고 지금, 총안마냥 구멍 난 부채처럼 흔들리는
산호 사이에,
항상 여기서 살아왔던
수많은 존재 속에 있고 보니
내가 여기 내려온 이유를
잊어버리기 쉽다
게다가
여기 이 밑에선 숨도 다르게 쉬어야 한다.

난 난파선을 탐색하러 내려왔다.
단어들이 목적이다.
단어들이 지도이다.
난 이미 행해진 파괴의 정도와
그럼에도 살아남은 보물들을 보러 왔다.
난 손전등에 불을 켜 비춰본다
물고기나 해초보다
더 영원한 어떤 것의
측면을 따라 천천히

내가 찾으러 왔던 것을.
[그것은] 잔해 그 자체이지 잔해에 대한 이야기가 아니다
그 자체일 뿐 그것을 둘러싼 신화가 아니다
익사자의 얼굴은 언제나 태양을 향해
시선을 고정하고 있다
훼손된 증거
소금에 절고 물결에 쓸려 너덜너덜해진 아름다움

참변을 당한 갈비뼈가
멈칫거리며 찾아드는 물고기 사이에서
그 주장을 굽히고 있다.

이곳이 바로 그곳이다.
그리고 난 여기 있다, 짙은 검은색 머리칼을 나부끼는 인어 아가씨로,
갑옷같이 탄탄한 몸매를 뽐내는 인어 총각으로.
우리는 조용히 원을 그리며
난파선 주변을 돈다
우리는 이물 짐칸으로 잠수를 한다.
나는 그녀다, 나는 그다

그 익사자는 눈을 뜬 채로 잠자고 있다
가슴엔 아직도 스트레스를 품고 있다
은빛, 구릿빛, 선홍빛 짐이
모호하게 담겨 있다, 절반쯤 해저에 처박혀 부식이 진행된
여러 개의 드럼통 안에.
우린 반쯤 망가진 도구들이다

예전에 항해에 쓰였던
물먹은 일지
고장 난 나침판이다

우린, 난, 넌
소심해서 혹은 용감해서
여기에 다시 돌아오는 길을
찾는 사람이다.
칼 한 자루, 카메라 한 대,
우리의 이름이 적혀 있지 않은
신화에 대한 책 한 권을 가지고.

1972

노래

당신은 내가 외로운지 궁금해하죠.
그럼 말하죠, 그래요, 난 외로워요
방향 지시 전파를 따라
로키 산맥을 통과하여
대양 위로 펼쳐진 비행장의
파란 불빛이 직선을 그린 활주로를 향해
수평으로 홀로 날아가는 비행기처럼

당신은 묻고 싶겠죠, 내가 외로운지?
글쎄요, 물론, 외롭죠,
매일매일 차를 몰고
몇 킬로미터를 달리다가,
도중에 멈춰서 혼자 잠도 자고 식사도 하고
그 작은 마을들을 뒤로한 채
전국을 여행하는 여자란 점에선, 외롭죠

만약 내가 외롭다면,
그건 아마도 제일 먼저 깨어나, 동틀 새벽녘

도시에 서린 찬 기운을 제일 먼저 들이마시는,
온 집 안이 깊은 잠에 빠져 있는데
혼자만 깨어 있는 그런 외로움일 거예요

내가 외롭다면,
그건 그해의 마지막 불그스름한 빛을 받으며
해안에 꽁꽁 얼어붙은 작은 나무배 한 척을 가져서일 거예요
그게 무슨 의미인지 알면서
그게 얼음도, 진흙도, 겨울 햇살도 아닌,
훨훨 타오르는 능력을 지닌 나무란 걸 알면서

1971

마침내 성적인 내용이 이해된
베토벤의 제9번 교향곡

성불구, 또는, 불임증, 그 차이를 알지도 못하면서

공포심에 사로잡힌 한 남자

뭔가 말하려고 애쓰면서

길고 좁은 자아의 터널에 갇혀

환희를 향해 고함치고 울부짖는

갱년기의 남자

완전히 고립된 영혼으로부터 터져 나온 음악,

그 속에 다른 사람의

영혼을 담지 못한 음악,

뭔가가 알려지길 바라지 않는, 환희의 화음(和音)으로 주둥이를 틀어막고,

꽁꽁 묶고, 매질을 해서라도, 그가 할 수만 있다면

지키고 싶어 애쓰는 음악,

거기선 모든 것이 침묵이며

피 흐르는 주먹으로 가시 돋친 탁자 위를

쳐대는 소리만이 있다

1972

강간

경찰관이 한 명 있다, 그 사람은 순찰관이자 아버지이다.
그는 같은 동네 출신이고, 당신의 형제들과 함께 어울려 자랐으며,
어떤 이상(理想)이란 것도 갖고 있다.
〔하지만〕긴 부츠를 신고 은 배지를 달고 말 등에 올라타 한 손으로
총을 만지고 있는 그를 마주치면 잘 알아볼 수 없을 것이다.

그를 거의 알진 못하겠지만 그래도 당신은 그를 알아야만 한다.
그는 당신을 죽일 수 있는 기계적 조직에 연이 닿아 있다.
그는 말을 타고 군벌인 양 쓰레기 사이를 따각따각 지나간다,
그가 품은 이상이 공중에 걸려 있다, 웃지 않는 입술 사이에서
새어 나와 얼어붙은 구름처럼.

그러나, 때가 되면, 그에게 도움을 청해야 한다,
미친놈의 정액이 아직도 가랑이 사이에 범벅이 되었고
정신이 아득해지고 미친 듯이 빙빙 돌 테니까.
그에게 자백해야 한다,
당신은 강간을 당한
죄를 졌으니까.

그리고 당신은 그가 파란 눈을, 당신이 가족처럼 친숙하게 보아왔던

그 파란 눈을, 가늘게 뜨고 반짝거리며,

두 손으로 자세한 사항을 타이프로 치고 있는 것을 본다

그는 모든 것을 상세하게 알고 싶어 하지만,

그를 가장 즐겁게 하는 것은 겁에 질려 흥분한 당신의 목소리이다.

당신은 그를 거의 알지 못하지만, 그는 이제 당신을 잘 안다고 여긴다.

그는 당신 인생에서 가장 괴로운 순간을 타이프로 쳐서

서류로 만든 뒤, 그것을 서류 정리함에 집어넣는다.

그는 안다, 혹은 안다고 생각한다,

당신이 얼마나 많이 그런 상상을 했는지를.

그는 안다, 혹은 안다고 생각한다, 당신이 남몰래 무엇을 원했던지를.

그는 당신을 보내버릴 수 있는 기계 같은 조직에 연이 닿아 있다.

그리고 만약, 경찰서의 구역질 나는 불빛 속에서,

그리고 만약, 경찰서의 구역질 나는 불빛 속에서,

당신이 말한 자세한 사항이 당신의 고해신부의 모습을 그려낸다면

당신은 수치심을 삼키며 그 사실을 부인할 것인가,
거짓말을 하고 집으로 돌아갈 것인가?

1972

화인(火印)

이스트사이드에 있는 서점에서
남베트남에서 어떤 나이 든 여자를

아무런 이유도 없이
미군 트럭이 치어 죽인 사건에 대한
전쟁 용사의 증언을 읽었다

폭염이 끝나고
쨍쨍한 햇빛 속에 활기 없는 이스트사이드가
차양 아래서 쉬고 있다

또 다른 여름
불길은 지칠 줄 모른 채 타오르고,

무감각한 열기는 정신의 기반 깊숙한 곳까지
스며들어, 마침내 지지기를 끝냈다,

마치 남은 인생을

남은 역사를
통째로 삼켜버릴 권리가 있는가에 대해
더 이상 의문을 제기할 필요가 없다는 듯이

이런 유의 정보는
산더미처럼 쌓여 있다

그런 정보는 계속된다. 우리의 의지와는 상관없이,
또 다른 여름, 그리고 또 한 해
우리는 조용히 고통을 겪는다.

서점에서, 공원에서
우린 비명을 지를지도 모른다,
우리가 조용히 고통을 겪고 있다고

1972

어떤 생존자로부터

우리가 맺은 협정은 당시
보통 남자와 여자가 맺던 그런 평범한 것이었어요

난 모르겠어요 우리가 스스로를 어떤 사람이라고 생각했었는지
우리의 인간성이
인류가 겪어온 실패를 이겨낼 수 있으리라고 생각했었는지

다행이든 불행이든, 우린 몰랐었죠
그 부분에서 인류가 그렇게 많은 실패를 겪었다는 걸요
그리고 우리도 그 실패를 공유하게 될 거란 사실을요

다른 모든 사람들처럼, 우린 스스로를 특별하다고 생각했죠

당신의 몸은 내게 아주 생생해요,
옛날처럼요. 훨씬 더하기도 해요

그건 당신의 몸에 대한 내 느낌이 더욱 명확해졌기 때문이지요.
난 [이제] 알아요, 그것이 할 수 있었던 것과 할 수 없었던 것을요

당신의 몸은 더 이상
신의 몸이 아니에요
내 인생에 강력한 영향력을 행사하던 그 어떤 것도 아니고요

다음 해면 이십 년이 되네요
당신은 죽은 채 세월을 낭비하고 있어요
우리가 얘기하곤 했었던, 지금은 그러기엔 너무 늦은,
도약을 할 수도 있었을 텐데요

난 지금 살고 있어요
그런 도약은 아니라도,
짧고 강렬한 움직임을 유지하면서 말예요

각각의 움직임은 다음 것을 약속해주거든요

1972

팔월

말 두 마리가 황금빛 햇살을 받으며
바람에 나무 밑으로 떨어진 사과를 먹고 있다

여름이 둘로 찢어질 때   밀크위드는 휘청거린다
잡초는 더욱 무성해진다.

사람들이 말하기를 태양 속엔 이온이 있어서
지구를 둘러싼 자기장 막을 중성화한다고 한다

이번 주는 어땠는지, 또 그 전주는 어땠는지
설명할 수 있는 대단한 방법이다!

만약 내가 바위에 누워 햇빛을 쬐고 있는 육체라면,
만약 내가 형광등 불빛 속에 열을 받고 있는 두뇌라면,

만약 내가 찌지직 불꽃을 일으키며
펄떡거리는 전선 같은 꿈이라면

만약 내가 사람들에게 죽음을 의미한다면,
난 알아야만 한다

그의 정신세계는 너무 단순하다, 난 그의 악몽을 공유하며
계속 살 순 없다

내가 꾸는 악몽은 더욱 명확해지고,
선사시대까지 확장된다

그 시대는 피로 불타는 마을처럼 보인다
거기서 모든 아버지가 울부짖는다, 내 아들은 내 거야!라고

1972

미출간 시

수감자들*

이 불안한 숲에 갇혀, 서로
똑같은 나무 가시에 비슷한 상처를 입고,
하나의 정체성으로 고통을 받으면서도
우린 가망 없는 전투를 벌이며 서로의 피를 찾아다닌다.
각자가 서로의 먹이가 되어 그리고 사냥꾼이 되어,
아직도 서로 투지가 넘쳐서, 혼자일 때보다 더 외롭게 지내며.

패자와 버림받은 자의 이상한 결합!
애도자 못지않게 경직된 얼굴로, 우리는
각자 다수로부터 등을 돌리고,
각자 이중의 고독에 휩싸여 헤매면서
영원히 하나를 공격한다.
자존심에 사로잡혀 속죄하지 못하는 열정의 영혼들
그리고 고립감 속에서, 나란히, 잠을 깨는 〔영혼들〕.

1950

---

* 〔원주〕『하버드 애드버킷 *The Harvard Advocate*』에 처음 실렸다.

유대력 신년에*

오천 년도 넘는 세월 동안

잎새가 노랗게 단풍 든

이 고요한 구월의 하루가

시간의 씨알 속에 놓여 있다

벽 바깥쪽 세상이

격정적인 말을 쏟아내는 동안

그리고 역사가 기다란

뱀처럼 그 길을

계속 기어가는 동안.

그리고 그 끔찍한 과거에 대한 것 말고는

이 축제 혹은 어떤 축제에 대해서도

우리는 거의 할 말이 없었다.

오천 년이란 세월이

어리둥절한 표정으로

그 세월을 대속할 아이 앞에 던져져 있다.

---

* 〔원주〕『뉴요커 *The New Yorker*』에 처음 실렸다.

우리 중 몇몇은

젊은 시절의 까칠함으로

혹은 중년의 냉소로 대답했다.

"만약 지금이 불만족의 시대라면,

그리고 우리 선조가 겪었던 모든 것이

결코 충분치 않다면,

그렇다면, 왜 우리가 망각을 택하겠소.

우리 그 오래된 논쟁들부터

잊기 시작합시다

진부한 도덕군자들처럼

그들의 마음도 배배 꼬였으니.

노인들을 기쁘게 하였지만

이미 우리에게 낯설게 된

그 소중한 역사 역시

잊기로 합시다."

"또는, 요즘은

너무 합리적이라 고함을 칠 수도 없고

어떤 〔시대적〕 풍취를

간직하고 있다고 여길 수 있는 것들을—

비록 뿌리째 뽑힌 것 같긴 해도—

발로 밟아버릴 수도 없는 시대이니,

우리 두려움과 죄의식으로

타협을 이루어냅시다

그리고 기이한 유품들로 봅시다,

예전엔 일상적으로 사용되었지만

시간이 그 오래된 순수함을 변질시킨,

〔또〕 아직도 노란 불꽃을 일으키며 타오르지만

그 불은 우리를 위한 것이 아닌

신화체계나 이름들을."

그럼에도 불구하고, 우리는

부인할 것인지 기억할 것인지

선택을 해야 한다, 달력상으로나마

우리는 깨어나 고통을 받는다,

구월의 삼십 일 중에서

오늘은 단지 하루일 뿐이다——
정신의 씨알 속에서
새로운 한 해는 이날을 새롭게 해야 한다,
오천 년에 걸쳐서
우리 자신이 되고자 하는 임무를 수행하며
살아온 우리 종족을 위해.
무엇을 잊어버리고자 애쓰던 간에,
우리의 기억은 지속되어야만 한다.

가장 신랄한 혓바닥 아래서조차
꿀맛의 여운이 남아 있기를 바라며.

1955

디엔비엔푸*

전장의 간호병은
자기도 다친 채, 환자를 돌보며

손길이 닿은 환자들이
인간 수류탄으로 변하여

살상무기가 되어
품속에서 폭발하는
꿈을 꾼다

얼마나 오랫동안 그녀는
자신의 생명을 보전하기보다
인정을 베풀며
지낼 수 있을 것인가

---

* 베트남 북서부의 도시로서 인도차이나 전쟁에서의 프랑스군 기지였던 곳이다. 1954년 베트남
독립동맹군에게 함락되었다. 〔원주〕 이 시는 『님로드*Nimrod*』지에 처음 실렸다.

그녀는 걸어가고 있다
흙과 피로 얼룩진
하얀 가운을 입고

　　　　들판 옆 길을 따라
　　　　아래쪽으로 오래전
　　　　폭파되어 유기된

　　　　한두 사람의 이름이 보이는
　　　　공동묘지를 지나

손 하나가
날카로운 철사처럼 툭 튀어나와 있다
그 손은 끔찍하게도 외로워 보인다

만약 그녀가 그 손을 잡는다면
　　　　그것은 그녀의 손목을 다시 벨 것인가

만약 그녀가 그 손을 그냥 지나친다면

그녀는 전쟁 신경증을 앓으며
멍한 눈으로 영원히

텅 빈 차트를 바라보게 될 것인가
기억을 상실한 채

1973

크리스털을 재구성하며

여자를 원한다는 것이
당신에게 어떤 느낌일지
난 상상하려고 애쓰고 있어요

볼록렌즈처럼 초점이 맞춰진
성기에 집중한
욕망을

차별 없는 욕망을,
마약처럼 여자를 원하는 욕망을
환상으로나마 불러내려고 애쓰고 있어요

욕망. 그렇다. 〔그건〕 독감에 걸릴 때처럼 육체가 성적이란 사실을 갑작
스레 알게 되는 것. 그 사실을 알고 길을 걸어가는 것. 그날 저녁 피츠버
그에서 탄 비행기 안에서, 당신을 만나는 상상을 하는 것. 생기와 기쁨에
넘쳐 공항을 빠져나가는 것. 하지만 줄곧 당신이 그 생기와 기쁨의 원천
은 아니었다는 사실을 알고 있는 것. 당신은 한 명의 남자이자, 한 명의
낯선 사람, 하나의 이름, 전화기에서 들리는 하나의 목소리, 한 명의 친

구. 이 욕망은 나의 것이었고, 이 생동감도 나의 것이었다. 그건 수많은 방식으로 이용될 수 있을 거고, 당신을 만나려고 하는 것이 그 한 가지인 지도 모른다.

> 오늘 밤은 〔좀〕 다른 밤이에요.
> 차에 앉아, 엔진에 시동을 걸며,
> 얼음판의 얇은 정도를 측정하죠.
> 머릿속으로는 벌써 이 도시 주변을 지나는
> 지선을 꿰고 있어요,
> 그 지역을 여행할 때 다녔던 옛길은
> 모두 사라져버렸네요.
> 오늘 밤 난 면허증 위의 사진이 내가 아니라는 사실을,
> 나의 이름,
> 결혼증명서 위 그 이름이 내 것이 아니라는 사실을 이해해요.
> 당신에게 나의 아버지가 가장 사랑했던 딸을 상기시킨다면,*
> 다시 보길 바라요. 그 여자

* 리치는 여성주의 의식을 갖기 전의 자신과 현재 여성주의 시를 쓰는 자신을 구분하고 있으며, 그 둘의 관계를 엄마와 딸의 관계에 비유하고 있다.

내가 엄마라고 불러야 했던 그녀는
내가 태어나기도 전에 이미 침묵당했거든요.

오늘 밤 건전지가 충전되면 난 빙판 길로 차를 몰고 나가고 싶어. 기계와
자연재해에 대해 가지고 있는 내 두려움에 대해 이해하고 싶거든. 당신을
향한 나의 욕망은 사소한 게 아냐. 난 그 욕망을 사건 중에서도 제일 큰
사건에 비유하고 싶어. 하지만 그것이 끌어내는 에너지는 차가운 엔진에
시동을 걸게 하거나, 얼어붙은 거미줄을 산산조각 낼 수도 있어, 위험한
철망으로 둘러싸인 시의 들판으로 낙하산을 타고 내리거나, 계곡과 협곡
을 지나 분화구 같은 여자의 기억 속으로 여행하는 것일 수도 있어, 거기
에서 어떤 여자 수장(首長)이 화산지형 위에 자기가 선택한 자들의 이름을,
세심하게 그리고 굉장히 조심스럽게, 새겨 넣고 있어.

1973

백야

창가에 켜진 불 하나. 누군가 깨어 있다
달팽이처럼 천천히 지나가는 이 시각에.
우리는 종종 이런 식으로 고독하게
일하곤 했다. 난 그녀가
나처럼 자기 피부를 꿰매고 있는지
추측해야 했던 적이 있다
비록
바늘땀의 모양은
다르겠지만.

새벽마다, 이 이웃은
촛불을 켠다
그 어두운 방에서
그 어두운 침대 위로 침대보를 펼치며
그녀의 머리는
핀란드 시로, 음절로, 후렴구로 가득 차 있다,
이 꼼꼼한 몽상가는

잠결에도 부엌을 돌아다닌다
하얀 나방 한 마리처럼,
코끼리 한 마리처럼, 죄인처럼.
누군가 풀빛과 핏빛 양모 실로 짠
모포를 덮어 그녀를 진정시키려고 한다

하지만 그녀는 일어난다. 전등 불빛이
차가운 유리창을 핥고
여명 속으로 녹아든다.
과거에 대해선 죽은 듯 잠이 들어버린,
약에 취한 듯 잠들어버린 그녀를
그들은 결코 막지 못할 것이다.
수정같이 반짝이는 일 초 동안, 나는 눈을 깜박인다

어떤 눈[眼]이 추위를 가로질러
우리 사이에 빛을 풀어놓고
어둠을 꿰뚫는 그녀의 눈 속으로 들어간다
──그게 전부다. 여명은 시험이다, 고통이다

하지만 우린 그걸 보도록 되어 있다.

이 시기가 지나면, 나의 자매여, 우린 잠을 잘 수 있을지도 모른다,

불꽃이 높이 더 높이 타오르는 동안, 우리는 잘 수 있다.

1974

미국의 오래된 집으로부터

1.

오래전에 의식적으로
죽였던 곤충의

〔바싹 마른〕 오래된 시체가
창문 홈에서 바스라졌다

그리고 우린 여기서 잠을 자기 시작했다
갓 태어난 유월의 왕풍뎅이*가 금년 유월의

방충망을 두드리고, 유월의 번개가
거미집을 두드리고

난 나무 상자에서
톱밥을 떨어낸다

---

* '왕풍뎅이'는 영어로 'June bug'으로, '유월'의 영어 'June'과 상응하고 있다.

진공청소기 주둥이로
과거를 말끔히 빨아들인다

2.

대부분 분명히 표현되지 않았던
다른 삶들이 여기서 살아졌다.

하지만 시골 정취를 풍기는 나르키소스꽃*이
띄엄띄엄 들판의 잡풀과

살갈퀴 덩굴 사이로 피어 있는 길을 따라
누군가가 크림색으로 서명을 남겼다

---

* 그리스 신화에 의하면 나르키소스는 복수의 신 네메시스에게 저주를 받아 자신의 미에 심취한
나머지 자살을 하게 되고 그의 죽은 몸이 꽃으로 변했다고 한다. 수선화과인 이 꽃의 이름 역
시 나르키소스이다.

추위 때문에 방 안에 갇힌 가족들은
가까이 모여 앉아 숨을 고르고 있다

어려운 시절, 짧은 경작 기간
낡은 빗물 탱크

지하실의 잡동사니들

3.

서랍 속 물건을 뒤적일 때처럼.
이 녹슨 나사못, 이 쓸모없는

빈 병, 바짝 말라 녹일 수도 없게 된—
이 수채화 물감

하지만 이것—
이 카드 한 벌은 한 장도 빠짐없이

아직 쓸 만하다
그리고 퓨즈 세 개도 온전하다

그리고 이 장난감. 작은 빨강색 트럭
좀 긁히긴 했지만, 바퀴는 모두 잘 굴러간다

사람들의 손길을 기다리는, 몇 개월, 몇 년이고 기다리는
변변찮은 물건들의 끈질긴 생명력

4.

종종 비난을 당하면서도 늘 다시 돌아와*

---

* 〔원주〕 에밀리 브론테(Emily Bronte, 1818~1848)의 시 「시들」에서 인용하였다.

문틀 위에 찍혀 있는

죽은 자의, 보이지 않는 그 손바닥 자국 위에
내 손을 올려놓는다

틈새로 원추리들이 고개를 삐죽 내밀고 있고
녹색 담쟁이덩굴은 방충망에 착 달라붙어 있다

나는 압정에 꽂혀 끝이 말려 올라간,
오래된 엽서 뒷면을 읽는다, 겨울과 여름은

거미줄로 화려하게 치장된 유리창을 통해 희미해져간다──
노르웨이에 있는 하얀색 교회 건물

하늘색 피를 흘리는 네덜란드 히아신스꽃
코르시카 섬의 붉은 해변

세상의 정해진 계획이

이 판잣집에 붙어 있다

난 수년이 지나도록 싸움에서 헤어나지 못했던
아내와 남편을 반추해본다

말라빠지고, 흐릿한 잉크가 축축해졌다
그 서명도

5.

만약 그들이 나를 남성 혐오자라고 부른다면,
당신은 그게 거짓말이란 걸 알았을 거야

하지만 내가 진정 말을 걸고 싶은 당신은
줄곧 죽어 있는 상태였어

만약 요즘 내가 당신에 대한 꿈을 꾼다면

그 꿈은 나의 것이지 당신에 대한 것이 아니야

그래도 우리 사이엔 〔아직〕 우리 자신보다
더 오래되고 더 낯선 뭔가가 남아 있어

반투명 커튼, 한 장의 물막,
먼지 낀 유리창 같은

축소할 수 없고, 완성할 수도 없는 관계가
죽은 자와 산 자 사이에 있는

또는 야만스럽게도 아빠만 있고 엄마는 없는 세상을 살아가는
남자와 여자 사이의 관계가 〔남아 있어〕

6.

반투명 커튼의 이면(裏面),

한 장의 물막, 먼지 낀 유리창

비존재*가
대사를 발성하는 법을 배운 배우처럼

무미건조한 어조로
스스로를 파멸시키는 자의

그 마지막 자폐증적
선언을 말한다

죽은 자들을 일으키는, 죽지 않은 자들이
탄생의 길을 다시 바라보게 하는

저 너머에 있는 기적을 이해하기 위해
내 모든 에너지는 오늘 밤 〔사방으로〕 뻗어나간다

---

* 영어는 'Non-being'으로서 무상nothingness의 의미를 함축하고 있다.

7.

나는 미국 여자이다.
그 사실을 난 뒤집어본다

책갈피에 꽂혀 있는 잎새 하나를 바라보듯
나는 멈춰 서서 눈을 들어

난로 속 석탄을
또는 검은 사각형이 된 창문을 쳐다본다

부지런히 베링 해협을 건너
아벨라 호에서 내 죽음을 향해 뛰어내린다

내 옆에 있는 시체에 사슬로 묶여
나는 고통이 시작되는 걸 느낀다*

난 이 대륙에서 말끔히 씻겨

열매를 맺도록 배편으로 이곳에 보내졌다

내 육체는 텅 빈 배처럼

미개지에 아들들을 낳아주고

그 아들들은 말 등에 올라타

떠나갔다, 딸들은

그들의 체액은 내 것처럼

사산아들〔과〕 대학살의 계곡에서 고갈되었다

마녀처럼 교수형을 당하거나, 번식용 색시로 팔려서

내 자매들은 날 떠나간다

---

* 〔원주〕 많은 아프리카 여성이 노예선에 실려 '중간항로Middle Passage'로 알려진 대서양을
 지나는 동안 쇠사슬에 묶인 채로 산고를 겪고 아이를 낳다가 그 와중에 죽었다고 한다. 이 항
 해는 죽어가는 자 혹은 죽은 자들에게 가는 것이나 마찬가지였다.

난 밀밭도 아니고
처녀 숲도 아니다

난 결코 이곳을 선택한 적이 없다
하지만 지금은 그 일부가 되었다

멋있게 칼라 세운 옷을 입고, 은판 사진을 찍어
나의 시선으로 그 전설을 꿰뚫는다

두 손으로 야생 닭들의 목을 비튼다
난 피를 보는 일에 익숙하다

남자들이 유랑 길을 떠날 때
난 아이들과 함께 머물렀다

내 힘은 일시적이고 지역적이지만
난 내 힘을 알고 있다

난 고독하게 살아왔다
다른 여자들과 너무 멀리 떨어져서,

광산 캠프에서, 처음 보는 도시에서
대초원에서 겨울을 보내며

대부분의 시간 동안, 나의 성별로는, 나 혼자인 채로

8.

오늘 밤 이 북동쪽 왕국에서
줄무늬붓꽃이 수선화와 함께 꽃병에 꽂혀 있다

고슴도치는 굴속에서 갉작거린다
반딧불이 반짝거리다 잦아든다

애벌레들은 그 지난하고, 순수한 기어오름을

다시 시작한다

긴 우엉 잎사귀들
정원 의자를 덮은 거미줄

평범하고 일상적인 것들이
부드럽게 말을 건다

낡은 벽지 위에 엷은 정사각형이 보인다.
그 아래로 포스터 하나가 떨어져 있다

로버트 인디애나*의 「사랑」이
십 년 세월의 찌꺼기인 듯

---

* Robert Indiana(1928~   ): 본명은 로버트 클라크Robert Clark. 1928년 인디애나에서 태어
난 미국의 대중미술가이다. 굵은 붉은색 글씨로 LOVE의 철자를 LO와 VE로 나누어 층으로 쌓
아놓은 작품 「사랑」은 그의 대표작으로 여겨진다.

9.

난 단순화하고 싶지 않아
또는, 복잡함에 이름을 붙임으로써

단순화하려고 해
그것은 줄곧 과도하게 단순화되었어

권력의 분리
고통의 할당

일하다 다친 그녀의 척추뼈
인디언들의 묘지를 가로지르는 그의 쟁기

무심히 요람을 흔들고 있는 그녀의 손,
야생 기러기 떼와 함께 날고 있는 그녀의 마음

그를 지구에서 떠나고 싶게 하는

어머니에 대한 증오심

종이 상자에 짐을 챙겨
다 쓰러져가는 층계참에 서 있는 난민 부부

손가락이 그의 율법에 얼어붙은 그 남자
무쇠같이 단단한 밤을 퀼트 솜이불로 견디는 그 여자

── 낡은 세상의 무게가, 〔그들에게〕 실려
그들 뒤에서 질질 끌려온다, 아무 데서나 주운 닭털 침대처럼

10.

그녀의 아이들은 디프테리아로 죽었다, 그녀는
등유를 끼얹고 자기 몸에 불을 붙였다

(오 주여 저는 변변치 못한 사람이었습니다

당신이 저를 찾아내셨습니다)

부엌 마룻바닥을 골마다 박박 닦던
그녀는 떠났다

"불임의 형벌은
공허함이다

나의 형벌은 나의 죄과이다
내가 실패했던 것은, 나 자신이다……"

—— 쇼를 하지 않고 지낸 또 한 달
그리고 올해로 칠 년째

오 아버지 제발 이것이 절 지나가게 해주세요
당신께 맹세하오니

전 다른 이들을 위해 살겠습니다, 아무 대가 없이

전 아무것도 요구하지 않겠습니다, 절대로, 제 자신을 위해서도

11.

이 오래된 집 뒤편 저 바깥쪽으로
흰 독말풀*이 보다 순한 잡초와 뒤엉켜 자라고 있다

그 뾰족한 꼬투리는
나쁜 꿈과 죽음의 냄새를 풍긴다

욕정의 잎새를 털어내기 위해
지난 악몽의 등뼈를 더듬으며

나는 어둠을 헤치고 나아간다,
유연성에 대한 꿈이

---

* 〔원주〕독성이 있는 환각제. 뾰족한 녹색 씨주머니와 하얀 꽃을 가지고 있다.

역사에 대해 내가 알고 있는 모든 것과 씨름을 한다
이제 난 함께 누워 있을 수가 없다

나의 힘을 두려워하는 남자와
혹은 나를 마치 죽음인 양 대하는 남자와

또 우리가 위험에 처해 있지 않다고
상상하는 애인과도

12.

우리에 대해 정의를 내리고자 한 것이 욕정 때문이었다면——
우리의 은밀한 장소에 대한 그들의 욕정과 두려움 때문이었다면

우리는 우리의 형기를 모두 채웠다
불길에 휩싸인 얼굴 없는 상반신 조각상들처럼

우린 탁 트인 곳에 있다, 우리의 길을 걸어가면서—
우리가 대적할 것들은

어치새, 작은
금박 날개 달린 곤충

덜컹거리며 수평을 잡는 세스너 비행기
협곡을 유연하게 날아가는 갈까마귀

어둠이 가득한
장밋빛과 보랏빛의 흙동굴

하지만 그 깊은 곳에는 불그스름한, 인간이 만든
불꽃 하나가 타오르고 있다

그리고 근처에서 그리고 서쪽의 행성에서
조용히 그녀의 시간을 기다리고 있다

13.

그것들은 욕정과 두려움, 그것들은 주위를 산만하게 하는 것들이다
하지만 그 자체로

열쇠이기도 하다
사용될 수 있는 모든 것은, 존재할 것이니.

의식을 거행하는 아버지들
성기를 건 투쟁

그들을 낳아준 여자의 시선만으로도
장님이 될지 모른다는 두려움 때문에

치모에서 피가 닦여지고
태반은 땅에 묻혀 보존된다

만일 당신이 그 두려움과 증오심을
믿지 못하겠다면

그 교훈을 다시 읽어보길 바란다
오래된 사투리로

14.

하지만 나를 한 인간으로 봐줄 수는 없는 거요
그가 말했다

한 인간이 무슨 의미죠
그녀가 말했다

난 이해하려고 애쓰고 있소
그가 말했다

당신이 무슨 책임을 지겠다는 거죠
그녀가 말했다

당신은 그간의 일로 나를 벌줄 작정이오
그가 말했다

당신이 무슨 책임을 지겠다는 거죠
그녀가 말했다

당신은 집단 죄의식을 믿소
그가 말했다

당신 눈을 쳐다보게 해줘요
그녀가 말했다

15.

만약 당신이 그 손상에 대해
고백하지 않았다면

만약 당신이 수선(修繕)의 어머니를
알아보지 못했다면

만약 당신이 거울 속의 여자들과
타협하지 않았다면

만약 당신이 그 비명(碑銘)과
타협하지 않았다면

그 시련의 조건과
그 훈련과   그 평결과도

만약 당신이 아직도 당신의 길을 가고 있다면

아직도 그녀가 당신이 오길 기다리고 있다면

누가 여기 있는가 보십시오. 에리니에스*입니다.
한 명은 심판을 내리기 위해

한 명은 유연성에 대해서 말하기 위해
한 명은 계곡 벽 위에 평결을 새겨 넣기 위해 왔습니다.

16.

"그런 여자들은 위험하죠
사물의 질서에"

그래요, 우리는 위험할 거예요
우리 자신에게요

---

* Erinyes: 그리스 신화에 등장하는 복수의 여신.

악몽의 등뼈를 더듬으며 헤쳐 나갈 때 말이죠
(흰 독말풀이 보다 순한 약초와 뒤엉켜 자라고 있다)

왜냐하면 어두움과 명징함을
가르는 그 선이

아직 확실하게 그려지지 않았거든요

고립감,
농장 울타리 위에

장총을 수평으로 올려놓고 사는
개척지 여인의 꿈

아직도 우린 자존심에 올가미를 치고 있죠
태양의 눈 속에 있는

볼록렌즈 아래 놓인

── 자살하는 잎새처럼요

어떤 여자의 죽음이든 〔그건〕 나를 갉아먹어요

1974

문턱 너머 저편*

은 천천히 내 이마를
나무에 대고 문지르며
가장 오래된 고통의 행위 가운데 하나를
수행하는 동안, 두 손으로 부여잡을 만한
무언가 있다는 걸 의미해,
마케바**가 용사들을 위해
격려의 노래를 불렀던 것처럼
음악은 극대화된 고통인 것 같아

난 어떤 거위 소녀의 이야기를 생각해
높다란 성문을 지나게 된
〔그 아인〕자기가 가장 아꼈던 암말의 머리가
성문 꼭대기에 걸려 있는 걸 보게 되었지

---

* 이 시에서 문턱은 리치가 서문에서 설명한 대로 언어이자 시 자체를 의미한다. 리치는 시인이
자신이 속한 사회의 언어를 재료로 사용하여 시를, 하나의 문턱을 만들어내야 하며 그럴 때
비로소 개별적인 경험을 넘어서는 공동체의 경험이 나뉠 수 있는 장이 마련된다고 본다. 이런
맥락에서 시의 제목을 의역하였음을 밝힌다. 이 시에서 리치는 시의 제목이 첫 행의 주어가
되는 실험적인 형식을 취하고 있기도 하다.
** 미리엄 마케바(Miriam Makeba, 1932~2008): 남아프리카 출신 흑인 여가수.

그리고 팔라다*의

그 머리가

인간의 목소리로

그대 어머니가 지금 그대를 볼 수 있다면, 그녀의 마음은 찢어질 거요

라고 말했다지

이제, 다시, 시에 대해 생각해,

격렬하고, 신비롭고, 평범한,

가장 흔한 삶의 본체에서 쪼개져 나와

아치로, 입구로, 문턱으로 만들어지는 것을.

난 널 꽉 잡을 거야, 너의 피 묻은 가시를

——대지가 요동칠 때〔조차 유지하는〕——

너의 오래되고 고집스러운 균형감을

너의 〔나뭇〕결 속에서 소진된다 해도

1974

공동 언어를 향한 소망

힘

우리의 역사가   흙이 되어 퇴적된 곳에서   산다는 것

오늘 부스러지는 흙더미 경사면에서   굴착기가 파냈다
열병   또는 우울증을 고칠
이런 겨울철 기후에   이 땅에서 살기 위해 필요한 물약이 담긴
백 년 된   호박색의   병 한 개를   온전한 상태로

오늘 나는 마리 퀴리의 전기를 읽고 있었다.
그녀는 틀림없이 자기가 아픈 것을   방사선 때문에 병이 생긴 것을
알고 있었을 것이다
자기가 정제했던   바로 그 요소 때문에   수년간 시달린 그녀의 육체
그녀의 두 눈에 생긴 백내장의 원인을
그녀의 손끝마다   피부가 갈라지고 고름이 나오는 원인을
시험 튜브나 연필조차   더 이상 들고 있을 수 없을 때까지
부인했던 것 같다

그녀는 상처를   부인하면서   아주 유명한 여인으로 죽었다
자신의 상처가   자신이 지닌 힘과 똑같은 원천에서   나왔다는 것을

부인하면서

1974

갈망

― 오드리 로드*를 위해

1.

거대한 대륙 위 안개가 자욱한 산의 모습,

공포심을 일으키는 친밀함,

흐릿하게 번진 중국인 화가의 의도적인 일련의 필치들,

휑뎅그렁한 풍경,

전경에 무심하게 배치된

막대처럼 길쭉한 배를 타고 서로 기대 서 있는 두 사람의

모습 덕에 위로가 되는. 아마도 우리가 이런 모습인 건 아닐까,

잘 모르겠다. 난 궁금하다

우리가 가졌다고 여기는 것을 우리가 진짜 가지고 있기는 한 건지―

피난처를 상징하는 불 켜진 창들,

부스러질 것 같은 지붕 위로 펼쳐진

얄팍한 가정의 분위기. 내가 조금 다른 어떤 곳에 있다는 것을 안다―

가뭄이 지속된 대지를 가로질러 일렬로 서 있는 판잣집들은

---

* Audre Lorde(1934~1992): 미국의 흑인 시인이자 행동가. 백인 중산층 여성 중심의 여성주의가 오히려 흑인 여성의 억압을 가중했다는 논지의 흑인 여성주의 이론을 펼치고 시를 썼던 것으로 유명하다. 유대계 레즈비언 여성주의자였던 리치는 로드가 처한 아웃사이더의 입장을 공유하였다.

내 것이 아니다, 다 말라 쭈글쭈글한 젖들도,
내 것이면서 내 것이 아니다,
아이들이 굶주려 여위어가는 걸 지켜볼 수밖에 없는 엄마도 아니다
나는 서양인의 피부를 가지고,
서양의 시각으로, 내가 통제할 수 없고
가늠할 수조차 없는 것으로부터 분리되고 내던져진 채 살고 있다.
고통을 계량하라, 그러면 세상을 지배할 수 있을지도 모른다.

2.

우리의 고통이 어떤 질서에 속한다고
우리를 설득할 수 있다면 그들은 진실로 세상을 지배할 수 있다.
기아로 죽는 것이 자살로 죽는 것보다 더 나쁜 것인가,
기아와 자살에 〔동시에〕 시달리는 삶보다 〔더 나쁜 것인가〕,
만약 흑인 레즈비언이 죽는다면,
만약 백인 창녀가 죽는다면, 만약 여류 천재가 타인들을
먹여 살리면서 스스로는 아사(餓死) 한다면,

자기혐오 때문에 몸을 망친다면?

우리를 죽이거나 절반의 삶을 살게 하는 어떤 것이

"신의 섭리"라는 이름으로 맹위를 떨치고 있다

채드에서, 니제르에서, 오트볼타에서—

그렇다, 우리와 우리의 아이들에게 그 남성 신의 이름으로

우리와 우리의 아이들에게 그 남성 국가의 이름으로

우리의 두뇌가 영양실조로 멍해질 때까지

이윽고 생존에 대한 거센 본능으로 예리하게 될 때까지

영향을 미친다

하지만 떨어지는 물 한 방울에서조차

우리의 아이들에게 어떤 삶을 물려주려는

우리가 사랑하는 이들을 위해 현실을 바꾸려는 투쟁을 하며

우리의 힘은 날마다 커져간다.

3.

우린 중국 수묵화 속 광활한 여백에 함께 내던져진

막대처럼 생긴 배를 탄 두 사람처럼

한평생 서로를 쳐다볼 수 있다.

친밀할 때조차 우리는 공포감에 절어 있다.

고통을 계량하라고? 나의 죄의식은 적어도 공개되어 있다,

나는 모든 신념을 확신하며 서 있다――

당신들도, 마찬가지겠지. 우린 우리가 지닌 힘을

만져보기도 전에 물러선다. 얼굴을 돌린다,

자신뿐만 아니라 서로를 굶주리게 한다,

우리가 지닌 사랑을 쟁취하고, 이용하고, 도시 위로, 세계 위로

호스로 사랑을 뿌리고, 그 사랑의 물방울을 조절하고 잘 인도하여,

독, 기생충, 쥐, 바이러스 같은 것을 파괴하면 어떨까

상상하는 것만으로도――우리는 마치 우리가 갈망하면서 동시에 겁을 내는

끔찍한 엄마의 모습을 보기라도 하듯 지레 놀라 겁을 먹는다.

4.

세상을 먹여 살리려는 결정은

진정한 결정이다. 어떤 혁명도

그런 선택을 한 적이 없었다. 왜냐하면 그런 선택은

여성을 해방하는 것을 전제로 하기 때문이다.

북미 대륙에서 나는 빵을 먹다가 목이 메었던 적이 있다

하지만 북미 대륙에서 맛보는 허기는

나를 독살하고 있다. 그렇다, 나는 아직 살아 있어 이 시를 쓴다,

페이지마다 기록한다, 고생에 찌든 아이들을 고생에 찌든 품에 끌어안은

콜비츠*의 여자들을, 젖이 마른 "엄마들"을,

자아를 낙태하고 자신을 굶기고, 가혹하고, 단단하고,

말이 없는 전망에 내몰린 "생존자들"을.

나는 아직 살아 있고 단순히 생명을 유지하는 것 이상을 원한다,

기아에 허덕이고 아직 태어나지도 않은 이들을 위해 그렇게 살길 원한다,

---

* 케테 콜비츠(Käthe Kollwitz, 1867~1945): 독일 출신 여성 화가이자 조각가. 가난, 기아,
전쟁에 허덕이는 여자들의 비참한 모습을 사실적으로 표현한 작품으로 유명하다.

내 의지를, 내 애정을, 꿰뚫는

정신을 파괴하는 과격분자들의 반격을 받고 있는

내 딸들, 자매들, 사랑하는 이들의 뇌를 꿰뚫는

그 결핍 상태에 이름을 지어주고 싶다.

검은 거울 같은 지하철 창문 속에

분노와 욕망으로 핼쑥한,

내 자신의 얼굴이 걸려 있다. 짓밟혀 구겨진 신문 위엔

기진맥진한 상태에서 어떤 여자가 죽은 아이를 카메라로부터 보호하려

는 사진이 실려 있다.

존재하려는 열정이 그녀의 몸에 아로새겨져 있다.

우리가 서로를 발견할 때까진, 우리는 혼자일 수밖에 없다.

1974~1975

침묵의 지도학

1.

대화가 시작된다
거짓말로. 그리고 각각의

화자는 이른바 공통어를 사용하지만
커다란 얼음장이 쫙 갈라지고, 멀리 떨어지는 것을 느낀다

마치 힘이 없는 것처럼, 마치 자연의
거대한 힘을 마주친 것처럼

시는 시작된다
거짓말로. 그리고 찢긴다.

대화는 다른 법칙을 가지고 있다
스스로를 재충전한다

그 자체의 거짓 에너지로. 절대로 찢길 수 없다.

우리의 피 속으로 스며든다. 스스로를 반복한다.

되돌릴 수 없는 철필로
스스로 부인하는 고립감을 새겨 넣는다.

2.

그 아파트에선 매 시간
고전음악 채널에서 음악이 흘러나온다

전화를 받고, 받고
또 받는다

낡은 대본의 음절들이
말해지고 또 말해진다

품위 있게 거짓말을 늘어놓으며 사는

거짓말쟁이의 외로움

말해지지 않은 말 아래 숨겨진
공포를 익사시키기 위해 주파수를 돌린다

3.

침묵의 기술
의식, 예절

용어의 모호한 사용
침묵은 부재가 아니다

단어 또는 음악 또는
거친 소음조차 부재한다는 게 아니다

침묵은 엄격하고 혹독하게

수행되는 계획일 수 있다

인생을 살아가는 한 청사진일 수도 있다

그것은 존재에 관한 것이다
그것은 역사를   형태를 가지고 있다

그것을 어떤 종류의 부재와도
혼동하지 말라

4.

얼마나 조용히, 얼마나 악의 없이 단어들이
나에게 보이기 시작하는가

비록 슬픔과 분노에서 시작되긴 하였지만
내가 이 추상성의 얇은 막을 뚫고 나갈 수 있을까

나 자신을 혹은 너를 다치게 하지 않아도
이곳엔 고통이 충분하다

이것이 바로 고전음악이나 재즈음악 채널이 방송을 하는 이유일까?
우리의 고통에 어떤 의미의 근거라도 주기 위해?

5.

드레이어가 감독을 맡았던 「잔 다르크의 수난」*에서
팔코네티**의 얼굴, 싹둑 베어진 머리카락, 카메라가

조용히 조망하는 거대한 지형처럼
침묵은 노골적으로 몸통을 드러낸다.

---

* 칼 테오도르 드레이어(Carl Theodor Dreyer, 1889~1968)가 감독했던 1928년 무성영화의
  제목으로서 잔 다르크의 이야기를 다룬 영화이다.
** 잔 다르크 역을 맡은 여배우 마리아 팔코네티(Maria Falconetti, 1892~1946)를 지칭한다.

두 사람이 동틀 때까지
얘길 나누었던 그 밤처럼

빈 공간을 좀 두거나 단어들이
피부처럼 늘어나 의미를 덮는 식이 아니라

침묵이 맨 마지막에 스며드는 식으로
시에서도 그런 일이 일어날 수 있다면

6.

비합법적인 어떤 목소리가 지르는
비명 소리

그것은 스스로를 듣는 것을 멈추었다. 그러므로
그것은 스스로에게 묻는다

나는 진실로 어떻게 존재하는가?

이것이 바로 내가 너를 길들여서라도 알게 하고 싶었던 침묵이다
난 여러 가지 질문을 했지만 넌 대답하려 하지 않았다

난 여러 개의 답변이 있었지만 넌 그것들을 이용할 수 없었다
이것은 너에게 그리고 아마 다른 사람들에게도 필요 없을지 모른다

7.

그것은 나에게조차 아주 오래된 주제였다.
언어가 모든 것을 할 수는 없다——

죽은 시인들이 묻힌 장엄한 무덤 벽 위에
분필로 그렇게 쓰라

만약 시인의 의지로 시가
측면이 노출된 화강암, 이슬로 반짝거리는

치켜든 고개처럼
어떤 사물로 변할 수 있다면

만약 그것이 너를 돌아서게 하지 않고,
그저 꾸밈없는 눈동자로 너의 얼굴을 쳐다볼 수 있다면

너와, 이런 일이 일어나길 갈망하는 내가,
그 응시 속에서 마침내 함께 해명에 이를 때까지

8.

싫어. 내가 이 티끌을 갖게 해줘,
고집스레 꾸물거리는 이 창백한 구름도

눈먼 아이의 손가락처럼
또는 굶주림에 정신없이 움직이는

갓 태어난 아기의 입처럼
매우 신속하고 정확하게 움직이는 이 단어들도 갖게 해줘

느슨하게 묶인 포대 자루에서 쏟아지는 밀기울에 대해서든
푸른 불꽃을 뿜으며 나지막히 타오르는 분젠 버너의 불길에 대해서든

아무도 내게 줄 수 없어, 나는
오래전에 이 방법을 선택했어

만약 때때로 아름다운 환상이
순수한 수태고지가 눈앞에 계시되는 것을 부러워한다면

만약 때때로 단순한 이삭 한 알을 들고
그 깊은 의미를 해석해내는 엘레우시스*의 사제처럼 되고 싶어 한다면

그 구체적이고 영원한 세상에 대한 보답으로서
실제로 내가 늘 선택하는 것은

매번 진실이 촉촉히 신록의 빛으로 터져 나오는
이 단어, 이 속삭임, 대화 들이야

1975

---

* 고대 그리스에서 종교의식을 집행했던 사제. 곡물과 풍요의 여신 데메테르에게 제를 바치는 의
  식을 밀과 보리 농사를 지었던 엘레우시스 마을에서 거행하였다.

스물한 개의 사랑시

I

어딜 가든 이 도시에선, 스크린 위로 포르노 영화가
번쩍거린다, 공상과학물의 흡혈귀,
채찍질에 굴복하는 대리자의 희생으로 가득하다.
우리도 걸어야 한다…… 빗물에 흠뻑 젖은 쓰레기 사이를
이웃에 대한 선정적인 기사가 담긴 잔인한 신문이 널린 거리를
단순히 걷는 것이라 해도.
우리는 삶을 단단히 붙잡을 필요가 있다,
악취 나는 그런 몽상, 그런 금속성의 소음, 그런 수치와 불가분인,
그리고 허름한 육 층 아파트의 한 창턱에
위험스레 놓여 있는 빨간 베고니아꽃으로부터
혹은 중학교 운동장에서 공놀이를 하고 있는
긴 다리의 소녀들로부터 불가분인,
아무도 우리에 대해 상상해본 적이 없다.
우리는 동물적인 열정으로 이 도시에 뿌리를 내리고
나무처럼 살고자 한다,
유황 냄새 밴 공기를 뚫고 번쩍거리는, 생채기로 얼룩덜룩하지만

여전히 풍성하게 새순을 틔우는 플라타너스처럼 살고자 한다.

Ⅱ

너의 침대에서 잠을 깬다. 나는 꿈을 꾸고 있었던 것을 안다.

한참 전에, 자명종 시계가 우릴 서로에게서 떼어놓았다,

너는 몇 시간이고 책상 앞에 앉아 있었다. 나는 무슨 꿈을 꾸었는지 안다.

우리 친구인 그 시인이 내 방에 들어온다

거기서 난 며칠 동안 초고를 쓰고 있었고,

복사지, 시를 쓴 종이가 사방에 어질러져 있었다,

난 그녀에게 보여주고 싶어 한다

내 인생에 대해 쓴 시 한 수를. 하지만 망설이다가,

꿈에서 깬다. 머리 위로 너의 키스를 느끼고 나는 잠을 깬다.

나는 네가 시 한 수로 변하는 꿈을 꾸었다, 내 말은,

그 누구에겐가 보여주고 싶어 했던 시로 변하는……

그리고 나는 웃다가 다시 꿈에 빠진다

내가 사랑하는 모든 사람에게 너를 보여주고,

거리낌 없이 함께 돌아다니고,
간단치 않겠지만, 허공에 불어 올린
깃털같이 가벼운 풀잎조차 저만치 아래로 잡아당기는 중력을 느끼기를
갈망하며.

III

이제 우린 더 이상 젊지 않기에, 서로를 그리는 몇 주간이
몇 년처럼 느껴진다. 그래도 [아직은] 이 이상한 시간의 뒤틀림만이
우리가 젊지 않다는 걸 내게 말해준다.
내가 느껴본 적이 있었던가, 스무 살 때 아침 거리를 거닐며
순수한 기쁨이 내 팔다리로 쭉 번져나가는 것을?
이 도시를 굽어볼 수 있는 어느 창가에 기대어
미래의 소리에 귀 기울여본 적이 있었던가,
지금 여기서 온 신경을 집중하여 너의 전화벨 소리에
주파수를 맞추고 있는 것처럼?
그리고 너, 너는 나를 향해 나와 같은 속도로 움직여 왔다.

너의 눈빛은 초여름 푸르스름한 풀잎이 뿜어내는
초록빛 섬광(閃光)처럼, 봄기운에 씻긴 싱그러운 야생 냉이풀의
초르스름한 푸른빛처럼 영원하다.
스무 살, 그렇다. 그때 우린 영원히 살 거라고 생각했었다.
마흔다섯, 지금 난 우리의 한계까지도 알고 싶다.
우리가 내일 태어나지 않을 것을 알기에, 나는 너를 만져본다,
그리고, 우린, 어떻게든, 서로가 살 수 있도록 도울 것이다,
그리고, 우린, 어디서든, 서로가 죽을 수 있도록 도와야만 한다.

IV

봄날 이른 아침 햇살을 받으며 나는 너를 만나고 집으로 돌아온다
평범한 담벼락, 페즈 도라도 상점,*
할인 판매점, 구두 가게가 빛에 화답하며 반짝거린다……
나는 찬거리를 장바구니에 잘 담고, 엘리베이터로 달려간다

---

* 뉴욕 브로드웨이 거리에 있는 상점의 이름.

그 안엔 단정한 옷차림에 늙수그레해 보이는 어떤 남자가

신중하게 서 있다, 그는 내 앞에서

엘리베이터 문이 거의 닫히고 있는데도

그대로 서 있다. 문 좀 잡으면 안 돼요! 나는 그에게 꽥 소릴 질렀다.

거 되게 신경질적이네, 내 쪽으로 숨을 내쉬며 그가 말했다.

나는 부엌으로 가서, 장바구니에서 찬거리를 꺼내고,

커피를 내리고, 창문을 열고, 니나 시몬*의 판을 튼다,

「여기 해가 나오네」**란 노래가 흘러나온다…… 나는

맛있는 커피를 마시며, 즐거운 노래를 들으며, 우편물을 뜯는다,

나의 몸은 아직도 너로 인해 가볍기도 하고 무겁기도 하다.

우편물 속에서

포로가 되어, 감옥에서 고문을 당한, 스물일곱 살의

어떤 남자가 쓴 편지의 복사본 한 장이 떨어진다

제 성기가 그런 끔찍한 가학적 유희의 대상이 되었어요

---

* Nina Simone(1933~2003): 미국 출신 흑인 여가수. 피아니스트이자 작곡가로도 활동하였다. 대표곡으로 「포 위민」이 있다.

** 「Here Comes the Sun」은 원래는 비틀스의 노래로서 1969년 앨범 「애비로드」에 실린 곡인데, 니나 시몬이 다시 불렀다.

그들은 고통 주며 절 끊임없이 잠에서 깨워요……
살아남기 위해서라면 무슨 일이든 하게 되잖아요.
있죠, 제 생각에 남자들은 전쟁을 사랑하는 것 같아요……
이에 치유할 수 없는 나의 분노가, 나의 아물지 않는 상처가
눈물로 더 크게 쩍 하고 벌어진다. 나는 무기력하게 울고 있고,
그들은 세상을 지배하고 있다. 그리고 너는 내 품에 안겨 있지 않다.

V

책으로 가득한 이 아파트는 무너질 수 있다
괴물의 툭 튀어나온 눈과
그 두터운 아구 앞에서, 쉽게. 일단 책을 펼치면, 너는
네가 사랑했던 모든 것의 이면을 목도해야만 한다——
준비된 고문대와 조임쇠,
목청 좋은 사람조차 웅얼거리게 만들 재갈,
아무도 원치 않는 아기들을——
여자들을, 일탈자들을, 증인들을—— 사막의 모래 속에

묻어버리는 침묵과 같은 이면을.

케네스는 타자를 치는 동안 블레이크와 카프카*를 쳐다볼 수 있도록

책을 정리하고 있었다고 말했다.

그렇다, 그리고 우리에겐 아직 직면해야 하는 일이 남아 있다

여자의 마음씨는 칭찬하면서 그 육체는 혐오했던 스위프트**

엄마란 존재를 두려워했던 괴테와, 지드를 중상모략 했던 클로델,***

그리고―― 몇 세기 동안이나 손이 묶인 채 떠돌아다니는――

아기를 낳다 죽은 예술가들의, 화형대에서 처형된

똑똑한 여자들의 혼령들과

쓰인 적이 없이 선반 뒤에 수세기 동안 쌓여 있는 책들과도.

그리고 아직 우린 우리의 삶에 대해 말하려 하지 않는 남자들,

---

* 윌리엄 블레이크(William Blake, 1757~1827)는 영국 낭만주의 시인으로서『순수의 노래』
  『경험의 노래』 등의 대표작이 있다. 프란츠 카프카(Franz Kafka, 1883~1924)는 체코 출
  신 소설가로서 인간의 억압에 대해 쓴 소설 『변신』으로 유명하다.
** 조너선 스위프트(Jonathan Swift, 1667~1745)는 18세기 영국 소설가이자 풍자가로서 유
   명하지만, 에스터 판홈리흐Esther Vanhomrigh의 사랑을 풍자한 시 「캐드너스와 버네사
   Cadenus and Vanessa」를 써서 여성의 수동성을 조롱하기도 했다.
*** 독일 극작가 괴테의 연극『파우스트』제2부 1막 5장에서 파우스트가 모성에 대한 두려움을
    표현한다. 앙드레 지드(André Gide, 1869~1851)와 폴 클로델(Paul Claudel, 1868~
    1955)이 1947년 나눈 인터뷰에서 클로델은 독실한 기독교 신자인 줄만 알았던 지드가 사실
    상 동성애자이자 반기독교였다는 사실을 전혀 모르고 있었다고 말한 바 있다.

말할 수 없는 여자들의 부재(不在) 속을 들여다봐야 할 것이다

── 문명이라 불리는 아직 발굴되지 않은 이 구멍, 이 번역의 행위, 이 절반의 세상을.

VI

너의 작은 두 손── 다만 엄지손가락이 좀더 두껍고, 좀더 길 뿐

──내 손이랑 정확히 똑같은 그 손에

나는 세상을 맡길 수 있을 것이다, 또는 전기기구를 다루거나 자동차를

몰거나 사람의 얼굴을 만지는 그런 다른 많은 손들에게도……

그런 손은 태어나지 않은 아기를 올바르게

산도(産道)로 인도할 수 있을 것이다

혹은 탐사용 구조선을 빙하 사이로 조종해 나갈 수 있을 것이다

혹은 거대한 분화구의 양쪽 면에 황홀경에 빠진 여자들이

시빌레*의 은거지 또는 엘레우시스**의 동굴을 향해

---

* 아폴론 신을 모시는 여자 예언자, 무녀.
** 고대 그리스의 도시.

성큼성큼 걸어가는 모습이 새겨져 있는 그 정교하고,
바늘같이 가느다란 조각들을 이어 붙일 수 있을 것이다,
그런 손은 불가피하게 폭력을 행사하게 될지도 모른다
〔하지만〕 폭력의 범위와 한계에 대해
지극히 조심하고, 지극히 통제를 하므로
이후로 폭력은 영원히 설 자리를 잃게 될 것이다.

VII

어떤 짐승이 그 생명을 언어로 바꾸겠는가?
이 모든 것은 어떤 속죄에 대한 것인가?
── 하지만, 이렇게 글을 쓰면서, 나 역시 살아가고 있다.
이 모든 것이 울버린의 울부짖음, 그 야생성을 알리는 조율된
칸타타*에 근접할 수나 있는 것일까?
혹은, 너에게서 멀리 떠나 언어로 널 창조해내려고 애쓸 때,

---

* 17세기 성악곡으로서 합창, 솔로, 서술 등으로 구성되어 있다.

난 단지 널 이용하고 있는 걸까, 강이나 전쟁처럼?

그렇다면, 최악의 상황에 대해서 쓰는 것을 피하기 위해——

다른 사람들이 저지른 범죄 행위에 대해서, 심지어

우리 자신의 죽음에 대해서도 쓰지 않고,

자유를 열망할 수 없게 된 실패에 대해 쓰면서

말라빠진 느릅나무가, 병든 강물이, 대학살이 단지

우리 자신의 신성이 훼손된 상태를 보여주는 단순한 상징물인 듯 만들

었을 때

난 어떻게 강을 이용했던 건가, 어떻게 전쟁을 이용했던 건가?

VIII

몇 년 전 수니온*에 있을 때의 내 모습을 볼 수 있다,

여자의 형상을 지닌 필록테테스**처럼

---

* 그리스의 섬.

** 그리스 신화에 의하면, 필록테테스는 독사에 물려 한쪽 다리를 절며 트로이를 향해 걸어가고
   있었는데, 한 무인도에 이르자 동료들에게 버림을 받는다.

감염으로 욱신거리는 발로 그 긴 길을 절뚝절뚝 걸어가,

컴컴한 바다가 내려다보이는 곳에 누워

잠잠한 흰 물거품을 보고 파도가 쳤음을 짐작했었다,

불그스레한 바위를 내려다보고,

파도가 솟구쳤다 밀려가는 상상을 했었다,

의도적인 자살 시도는 내 장기가 아니란 걸 알면서,

계속 상처를 돌보고 상태를 살펴보았다.

글쎄, 이제 끝났다. 자신의 고통을 소중히 여기던

그 여자는 죽었으니. 난 그녀의 후손이다.

난 그녀가 내게 물려준 상처투성이 몸을 사랑한다,

하지만 지금 여기서부터는 너와 함께 가고 싶다

고통을 천직(天職)인 양 받아들이라는 유혹에 맞서 싸우면서.

IX

오늘 너의 침묵은 침수된 것들이 살고 있는 연못이다

물이 뚝뚝 떨어지는 그것들을 건져 올려 햇빛에 말리고 싶다.

거기서 내가 보는 것은 내 얼굴이 아니라, 다른 사람들의 얼굴이다,
심지어 다른 나이대의 너의 얼굴이다.
거기서 상실된 게 무엇이든 그것은 우리 둘 모두에게 필요하다——
오래된 금시계, 물얼룩이 진 발열 진료차트,
열쇠 하나······ 밑바닥에 깔린 침적토와 자갈조차
나름대로 순간이나마 인식될 가치가 있다. 난 이 침묵이,
이 말로 표현할 수 없는 삶이 두렵다. 난 얇은 물막을
단 한 번만이라도 부드럽게 들추어줄 바람을,
그리고 내가 널 위해 뭘 할 수 있는지 보여줄 바람을 기다리고 있다.
넌 종종 이름을 붙일 수 없는 것에 이름을 붙여주곤 했었지
다른 사람들을 위해서, 나를 위해서조차.

X

너의 강아지가, 평안하고 순진한 모습으로, 졸고 있다
우리가 소리치는 동안, 새벽녘 음모론을 중얼거리는 동안
전화벨이 울리는 동안에도. 그 암캉아지는 알고 있다——

뭘 알 수 있을까?

인간으로서 내가 거만하게 그 눈빛을 읽을 수 있다고 주장해도,

거기서 난 결국 내 동물적인 생각만을 발견해낼 것이다——

피조물은 육체의 안락을 위해 서로 만나야 한다는 것을,

마음의 목소리는 육체를 통해 고밀도의 두뇌가

예견할 수 있는 것보다 더 멀리 퍼져나간다는 것을,

행성에서 보내는 밤은 똑같은 여행을 하며

피조물이자 여행자인 어떤 사람과 접촉하길

끝까지 분명하게 희망하는 사람에게는

점점 춥게 느껴진다는 것을,

유연함이 없다면, 우리는 지옥에 있는 거나 마찬가지라는 것을.

XI

모든 봉우리는 일종의 분화구이다. 이것이 화산을

영원히 그리고 눈에 띄게 여성적인 것으로 만드는 법칙이다.

비록 우리가 신은 짚신 깔창이 응고된 용암 위에서 갈가리 찢긴다 해도

깊이가 없는, 타오르는 핵이 없는, 높은 곳은 없다.
난 너와 함께 삼각대 위로 허릴 굽히고 있는 무녀 시빌레처럼
내부에서 연기를 뿜어내는 모든 신성한 산을 여행하고 싶다,
우리가 능선을 올라가는 동안 너의 손을 잡고 싶다,
내 손에서 너의 핏줄이 달아오르는 것을 느끼고 싶다,
천천히 변하는 바위에 매달린 ── 낯선,
우리가 이름 붙여줄 때까진 이름도 없는,
그 작은, 보석 같은 꽃을 절대 놓치지 않고 싶다,
우리 자신을 돌아보게 하는 외부의 그 사소한 것들이
여기 우리 앞에 있었다, 우리가 올 것을 알고 있었다,
그리고 우리 너머를 바라보고 있다.

XII

잠을 자며, 행성처럼 궤도를 돌며
한밤중에 초원에서 회전하고 있다.
잠잘 때조차 우리가 외로운 우주 속의 존재가 아니라는 사실을

깨닫기엔 한번 만져보는 걸로 충분하다.
두 세상에 걸쳐 사는 꿈속 영혼들은
유령 도시를 걸어다니며, 서로에게 거의 말을 건넬 정도이다.
몇 광년 또는 암년(暗年)이 떨어진 곳에서 말해진 듯한,
마치 내 목소리로 말했던 것 같은 네 중얼거림에 난 잠을 깼다.
하지만, 우린, 잘 때조차, 목소리가 다르다,
그리고 우리의 몸도, 매우 비슷해 보이지만, 아주 다르다
우리의 혈류를 통해 메아리치는 과거는
다른 언어이며, 다른 의미들을 싣고 있다—
비록 우리가 공유하는 세상의 어떤 기록에
그것이 새로운 의미로 쓰일 수 있다고 해도,
우린 같은 성(性)을 지닌 두 명의 연인이다,
우린 한 세대에 속한 두 명의 여자이다.

XIII

규칙은 온도계처럼 깨지고,

수은이 도표 위로 방울방울 퍼져나간다,

우리는 언어도, 법도 없는 곳에 나와 있다,

우리는 새벽부터 난생처음 가보는 협곡을 통과하여

갈까마귀와 굴뚝새를 쫓아가고 있다

우리가 함께 무엇을 하든 그것은 순수한 창작물이다

그들이 우리에게 주었던 지도는 몇 년이나 지난

오래된 것이었다…… 우리는 물이 모자라지는 않을까 걱정하며

차를 몰고 사막을 지난다

환각으로 소박한 마을을 불러내기도 했다.

라디오에서 들리는 음악은 또렷해진다—

법의 보호 밖에 사는 여자들이 손가락으로 연주하는

나직하고 조용한 베이스기타와 플루트에 맞춰 한 여자가

「장미의 기사」도 「신들의 황혼」*도 아닌 옛날 노래들을

새로운 가사로 부르는 목소리가 들린다.

---

* 「장미의 기사」는 왈츠로 유명한 독일 작곡가 리하르트 슈트라우스(Richard Strauss,
1864~1949)가 작곡한 오페라이다. 「신들의 황혼」은 독일 작곡가 리하르트 바그너(Richard
Wagner, 1813~1883)가 작곡한 「니벨룽겐의 반지」의 일부로서 세계 종말의 전망을 얘기하는
오페라이다.

XIV

그 선장에 대한 너의 예지력이

너에 대한 나의 환상을 확인해주었다. 고의적으로 그가

파도 속으로 곤두박질을 거듭한다고, 네가 말했다,

세 시간 동안 생피에르와 미클롱* 사이

화물창구 쪽으로 나와 웅크리고 앉아 우리가

비닐봉지에 토하고 있는 동안.

난 그때보다 너를 더 가까이 느낀 적이 없었다.

신혼여행 가는 부부가 서로 팔짱을 끼고 무릎을 맞대고

다정히 앉아 있던 객실에서 난

네 허벅지 위에 손을 얹었다

우리 둘 모두를 위로하려고, 〔그러자〕 너의 손이 내 손 위로

겹쳐졌고, 우린 그렇게 그냥 있었다, 몸으로 느끼는 고통을 함께 나누

며, 마치 모든 고통은

육체적이란 듯이, 우리는 낯선 사람들 사이에서

---

* 캐나다의 뉴펀들랜드 섬 인근의 여러 섬으로 이루어진 프랑스의 해외 공동체.

그렇게 〔서로를〕 어루만졌다,
그들은 아무것도 몰랐고 신경도 쓰지 않은 채
그들의 사사로운 고통을 토해내고 있었다
마치 모든 고통은 육체적이란 듯이.

(번호를 붙이지 않은, 유동적인 시)

우리에게 어떤 일이 일어나든——유연하고, 섬세한
사랑의 동작들, 햇빛에 방금 씻긴
숲속 어린 고사리의 반쯤 오므린 순 같은 너의 몸은
늘 내 몸에서 느껴질 거야.
여행을 많이 다녀 튼튼해진 네 허벅지 사이로
난 얼굴을 묻고 또 묻어——
거기서 혓바닥으로 찾아낸 순수하고 지혜로운 그곳——
입안에서 생생하고 감질나게 춤추었던 젖꼭지——
떨림 없이, 조심스럽게, 나를 찾아내던,
너의 손길, 너의 단단한 혓바닥과 가느다란 손가락이

내가 몇 년 동안 너를 기다리고 있었던
촉촉한 장미 동굴을 찾아들고 있어—
무슨 일이 일어나든, 이제 어쩔 수 없어.

XV

만약 내가 너와 함께 걸프 만의 난류가 섞이는
그 하얗고, 텅 빈, 맑은 초록빛 바닷물이 적시는
그 해변에 누워 있게 된다면,
그러면 우린 거기 그대로 누워 있을 수는 없을 거야
왜냐면 마치 우릴 반대한다는 듯이
모래바람이 몰아칠 테니
만약 우리가 그걸 견디려고 했지만 실패한다면—
만약 우리가 차를 몰고 다른 곳에 가서
서로의 팔을 베고 잠을 잔다면
그러면 그 침대는 죄수의 간이침대처럼 좁게 느껴질 거고
우리는 피곤해져서 함께 잠을 잘 수 없을 거야

이런 것이 우리가 발견했던 것이었다,
그래서 이런 것이 우리가 했던 일이다—
우리가 실패했던 것일까?
만약 내가 환경에 집착한다면, 난 책임감을
느끼지 못할 것이다. 자기가 선택하지 않았다고
말하는 그녀는, 결국엔 패자가 될 뿐이다.

XVI

네게서 도시 하나 정도 떨어진 곳에 있지만, 난 너와 함께 있어,
달빛이 비치던 팔월 어느 날 밤처럼,
바닷물에 씻긴, 따스한 포구(浦口)에서
네가 자는 모습을 바라보고 있던 때처럼.
서랍 속이 빗, 책, 이런저런 약병으로 뒤죽박죽인
무광택으로 잘 마감된 화장대의 나뭇결도 달빛 속에서 보였지—
또, 찝찔한 안개에 덮인 과수원도,
네 곁에 누워 오두막집 방충망 틈새로

붉은 석양을 바라보면서 난
모차르트의 「G선상의 아리아」 테이프를 틀어놓고,
철썩거리는 파도 소리를 들으며 잠이 들었던 때처럼.
이 맨해튼 섬은 우리 둘 모두가 살기에
충분히 넓으면서, 좁기도 해.
오늘 밤 난 네 숨소리를 들을 수 있어, 네가 고개를
천장 쪽으로 돌리는 모습도 알아, 어슴푸레한 불빛이
너의 그 관대하고 세심한 입을 비추는 것도
그 입에서 슬픔과 웃음이 함께 잠든다는 것도.

XVII

어떤 사람을 사랑하라고 정해져 있거나 운명 지워진 사람은 없다.
사건은 일어나기 마련이고, 우리는 여주인공이 아니다,
차가 충돌하듯이, 책이 우리를 변화시키듯이, 이사 온 곳의 이웃을
사랑하게 되듯이, 사건은 우리의 삶 속에서 그냥 일어난다.
「트리스탄과 이졸데」*는 거의 꾸며낸 이야기라고 볼 수 없다.

여자는 적어도 사랑과 죽음의 차이점을 알아야 한다.

독사발도 없고, 고행도 없다. 다만 어떤 생각이 들 뿐이다,

그 녹음기가 우리 몇몇의 영혼의 소리를 녹음했어야 한다는,

그 녹음기가 음악을 재생할 뿐만 아니라

우리의 목소리를 담았어야 했다는

그럼 우리 뒤에 올 세대에게 이런 것들을 가르칠 수 있을지 모른다는.

이것이 우리의 과거 모습이고, 이것이 우리가 사랑했던 방식이고,

이것이 그들이 우리를 반대편에 가둬두었던 힘이고,

이것이 우리가 내면에 간직했던 힘이라는 것을,

우리 내면에 그리고 우리 반대편에, 우리 반대편에 그리고 우리 내면에.

XVIII

웨스트사이드 고속도로에 내리는 비,

---

* 바그너의 오페라. 사랑의 묘약으로 인해 사랑에 빠진 중세시대의 두 연인에 대한 이야기를 담
  고 있다.

리버사이드*의 빨간불 신호.

오래 살면 살수록 더 많은 것들을 생각하게 된다

두 사람이 함께 산다는 것은 기적이다.

넌 자신의 삶을 이야기하고 있다

단 한 번, 어떤 떨림이 너의 언어의 표면 위로 번진다.

우리 삶에 대한 이야기는 우리의 삶이 된다.

이제 확신컨대 너는 어떤 빅토리아조 시인이

바다를 멀어지게 하는 소금**이라고 불렀던 것을 가로지르는

푸가*** 속에 있다.

이것이 내 마음속에 떠오르는 말들이다.

낯설음을 느낀다, 그렇다. 새벽녘 동이 트려고 할 때

느꼈던 것처럼. 어떤 것. 한 조각의 빛이라고나 할까──?

슬픔과 분노 사이는 가깝다. 〔거기서〕 어떤 공간이 열리고 난

홀로 서 있는 에이드리언이 된다. 그리고 점점 더 추위를 느낀다.

---

* 뉴욕 시의 거리 이름.

** 매슈 아널드(Matthew Arnold, 1822~1888)의 시 「마거릿에게」 제24행에서 인용.

*** 하나의 성부가 주제를 나타내면 다른 성부가 그것을 모방하면서 대위법에 따라 좇아가는 악
곡 형식으로서 대표적인 작곡가로는 바흐(Johann Sebastian Bach, 1685~1750)가 있다.

XIX

내가 자아에 손을 대는 작업을 시작할 때, 집착들을 떨쳐낼 때,
그것을 내가 더 차가워지는 것이라 할 수 있을까?
뒤쪽을 쳐다보던 맨얼굴로 천천히
현재를 바라볼 때,
겨울, 도시, 분노, 가난, 그리고 죽음의 눈을 〔바라볼 때〕
그리고 다물었던 입술을 떼어, 난 계속 살아갈 작정인가? 라고——
말할 때, 내가 차갑게 말하는 것인가,
꿈에서 또는 이 시에서, 기적은 없어라고 말할 때도?
(처음부터 난 하루하루 살아가고 싶다고,
이 맨해튼 섬은 내게 충분하다고 네게 말했다.)
만약 너에게 〔이런 것들을〕 알게 할 수 있다면——
두 여자가 함께 사는 것은 일종의 과업이라고
어떤 문명도 그런 작업을 쉽게 해준 적은 없었다고,
두 사람이 함께 사는 것은 일종의 과업이라고
평범한 일상 속에 숨겨진 영웅적인 행위라고,
천천히 선택되고, 정지하듯 내던지는 투구

가장 맹렬한 관심조차 일상적인 것으로 바뀌는 한 번의 투구라고
──〔이제〕 그것을 선택했던 사람들의 얼굴을 바라봐.

XX

우리가 늘 하려고 머뭇거렸던 그 대화가,
내 머릿속에서 요동을 친다,
어두운 밤 허드슨 강은 뉴저지의 불빛을 받으며 잔잔히 흐른다
오염된 강물이지만 이따금 달빛을
반사하기도 한다
그러면 난 내가 사랑했던, 비밀에 잠긴, 목 주변을 머리칼로
칭칭 감은 듯한 공포감으로 숨막혀 하는 어떤 여자를 찾아낸다.
이 여자가 바로 내가 표현하려고 애썼던 여자이다. 그녀의 상처,
고통으로 고개를 틀고 뭔가를 표현하는 그 두상,
그것은 내 말을 들을 수 없는 곳으로, 더 깊은 곳으로
빨려 들어간다,
그리고 난 곧 알게 될 것이다

내가 내 자신의 영혼에게 말하고 있었다는 사실을.

XXI

짙은 색 석조 상인방, 돌도끼로 오톨도톨 다듬어진
푸르스름한 이국적인 커다란 원형의 돌,
한여름 밤, 빛이 지평선 아래서 솟구친다──이것이 바로
내가 "한 조각의 빛"이라고 말한 것이다.
단순히 스톤헨지*를 혹은 다른 곳을
말하는 게 아니다, 그녀의 고독이,
공감될 수 있고, 고독감 없이 선택될 수 있는 곳으로
돌아갈 수 있는 마음을 말하는 것이다,
그 마음은 그 원을, 그 무거운 그림자를, 그 거대한 빛을
쉽게, 노력도 않고 기다리지는 않을 터이니.
나는 그 빛 속에 존재하는 형상이 되기로 선택한다,

---

* 선사시대 의식을 거행했던 곳으로서 영국 윌트셔 지방의 솔즈베리 평원에 위치해 있다.

어둠으로 반쯤 가려진 존재, 공간을
가로질러 움직이는 어떤 존재, 달을 반갑게 맞이하는
유채색 돌, 하지만 단순한 돌멩이 이상인 존재.
한 여인이 되기로. 이 길을 걸어가기로 선택한다.
그리고 이 원을 완성하기로.

1974~1976

사십대에 죽은 어떤 여자

1.

당신의 두 가슴은 /   완전히 절단되었죠   그 상처는
희미해졌어요   몇 년이 지나면
상처 난 곳이 그렇게 되듯이

나와 함께 자란 여자들이 모두
바위 위에 반쯤 벌거벗고   햇볕을 쬐고 있어요
우리는 서로를 쳐다보지만
부끄러워하지 않아요

당신도 블라우스를 벗었지만
그건 당신이 원한 바가 아니었죠.
당신의 상처 난, 제거된 상반신을 보여주는 것 말이에요

난 당신을 잘 쳐다볼 수 없었어요
마치 내 눈초리가 당신을 화끈거리게 할 것 같아서요
당신을 사랑했던 사람은 나 하나였는데도 말이죠

내 손가락으로 느끼고 싶어요
당신의 가슴이 있었던 곳을요
하지만 우린 그런 행동을 절대로 하지 않았어요

당신은 모두가 어떤 절단 수술도 없이
그렇게 완벽해 보이리라고
생각한 적이 없었죠

당신은 블라우스를 다시
끌어당겨 입어요.   〔그리고〕엄숙하게 선언을 하죠.

내가 모든 사람과 공유하고 싶지 않은
그런 것들이 있어요

2.

당신은 날 돌려보내 공유하게 해요

나 자신의 상처를 　　 그 누구보다도
나 자신과 나누게 해요

내가 그녀에게서 숨겨왔던 것
내가 그녀에게 보여주지 않았던 것
내가 겪었던 상실감이 어떠했던가를요

어떻게 그녀가 이 수치스러운
몸뚱이 속에 숨어

석방되기를 기다렸는지를요
통제할 수 없는 빛이 모든 상처와 실밥으로부터

그리고 모든 신성한 깨달음으로부터
쏟아지기 시작할 때까지 말이에요

3.

전쟁 중.   우린 따스한,
낡고, 폭신한 회색 판자 위에 앉아요

당신이 거머리들이 움직이고 있다고
말한 곳이 사다리에서 반짝거려요

난 등유가 타는
냄새를 맡아요   우린 그 소나무 판자를

좁은 간이침대로 삼아
나란히 누워 잠을 청하죠

밤이 내린 들판은
어둠을 내쉬고 있어요   부르면서요

여자 안에 있는 아이를

여자 안에 있는 아이를
여자를

4.

아홉 살 이후로 우리 사랑의 대부분은
농담과 암묵적인 충성의

형태를 띠죠.   당신은 나를 넘어뜨리겠다던
소녀와 싸웠죠

우린 서로 숙제를 해주었고
편지를 썼고   가깝지는 않았지만, 연락을 유지했어요

우린 삶에 대해서 거짓말도 했지요. 난 결혼 생활을
적절히 유지하는 듯한 표정을 지었고

당신은 독신 여성의 표정을 띠고 있었어요
우리는 그 공간을 가로질러 서로에게 나아갔죠

사랑과 소외로 짜여진
거미집을 손가락으로 헤치며

그 부인과 의사가 당신의 가슴을 더듬어
손으로 만져지는 단단한 혹을 잡아냈던 그날까지

5.

당신은 영웅인 듯 행동했어요, 죽음이
필연적인 게임인 듯 처신했죠

당신이 속한 개신교 집단 속에서 무(無)의 공간은
부재로 여겨졌기 때문이었죠

최신 유행의 개념이란 점 말고는
당신은 아무 생각도 하지 않았죠

난 오늘 밤 당신이 여기 있었으면 하고 바라요
난 당신에게 소리치고 싶어요

받아들이지 마
포기하지 마

하지만 내가 용감하고 흠잡을 데 없는 당신의 삶에 대해,
여자들의 수장인 당신에 대해, 당신의 불공평하고, 멋도 없고,

용서할 수 없는 여성으로서의 죽음에 대해
내가 어떤 의미를 만들어낼 수나 있을까요?

6.

당신은 내가 사랑했었고 거부했었던

모든 여자예요

몇 년을, 광활한 공간을 가로질러
피투성이로 번들거리는 줄 하나가 뻗어나갔죠

내가 이 열정을 우리의 겸손함과
당신이 물려받은 칼뱅주의 전통과

여러 형태로 동결된 나의 소녀 시절과
어떻게 조화시킬 수 있을까요

어떻게 내가 이 임무를 계속할 수 있을까요
당신 없이

네가 느끼는 것이 모두 사실이니? 라고
내게 말해주었을지도 모를, 당신 없이

7.

반복적으로 꿈에서
당신이 역정을 내며 일어서요

한번은 위험한 고속도로 건너편
당신 아버지가 밀어주는 휠체어에 앉아 있다가 [일어서요]

이미 죽은 모든 사람 중에서 당신만이
종결되지 않은 채로 내게 찾아와요

당신은 내게 이집트의 어떤 무덤에서 나왔다는
터키석이 섞인 호박구슬 목걸이를 남겨주었죠

나는 그 목걸이를 걸고 생각해봅니다.
어떻게 해야 난 당신에게 진실한 걸까요?

당신을 위한 시를 쓰는 게 두렵단 생각이

들기도 해요   〔당신은〕시를 많이 읽은 적이 없으니까요

그래서 난 비밀과 침묵으로
쉬운 언어로 말하려고 애쓰고 있어요

내가 얼마나 당신을 사랑했는지 당신에게 결코 말한 적이 없었어요
당신의 임종을 지키면서도 우린 죽음에 대해 결코 얘기하지 않았어요

8.

어느 가을날 저녁 기차를 타고
다이아몬드처럼 빛나는 석양빛을 따라가고 있었어요

허드슨 강을 따라 물웅덩이들을 지나며
난 생각했죠.   삶과 죽음을 이제는, 그 선택을

이해하겠어

난 당신의 선택을 이해하지 못했었죠

그때까지 당신이 어떤 선택을 할 수 없었단 사실도
세포가 급증할 때 육체가 어떻게 진실을 말하는지도

우리 사랑의 대부분은 말없이 신의를 지키는
그런 형식을 따랐어요

당신의 임종을 지키면서도 우리는 죽음에 대해 결코 얘기하지 않았어요

하지만 이제부턴
더 격렬하게 애도하고, 더 크게 소리 지르고, 더 날카로워지고 싶어요

우린 침묵하고 배신하며 살았죠
두려웠기 때문이에요

난 손가락으로 느꼈을지도 몰라요
당신의 젖가슴이 놓여 있던 곳을요

하지만 우린 그런 행동을 절대로 하지 않았어요

1974~1977

천연자원

1.

우뚝 솟은 산의 가장 깊은 곳. 이해될 수 없는 곳.
나무 밑둥에 거름으로 뿌려진 나뭇잎에서 피어오르는 열기

거기서 예견되지 않았던 산불이 퍼져나간다.
그 열기, 그 광산의 비밀〔이 퍼져나간다〕.

손발을 쭉 뻗은 무지개〔여신〕
그 찬란한 빛으로 바큇자국과 그루터기만 남은 들판 위를 덮으며

순전히 자기가 가야 하는 곳에 도달하려고 애쓰는 그녀를
거기선 사람도 소도 이해하지 못한다.

은빛 광맥을 따라 자리 잡은 에메랄드는
빛이 도달하길 기다리며, 고통스레 숨을 쉰다.

숨을 몰아쉬는 광부는

머리에 전조등을 달고, 죽음과도 같은 무게를 견딘다.

2.

광부는 은유가 아니다. 그녀는 나머지 사람들처럼
새장 속으로 들어가 그들처럼

중력을 받아 밑으로 내던져진다, 자신의 몸을
나머지 사람들처럼 틈새에 맞추고

등에 무거운 곡괭이를 매달고
광맥을 캐낼 수 있도록 변화시켜야 한다, 나쁜 공기가

짙게 깔려 있다, 광산은 바위로, 목재로, 안개로
그녀의 가슴을 짓누른다

그녀의 폐 조직 속에

천천히 광분(鑛粉)이 내려앉는다

3.

새장이 어둠 속으로 떨어진다,
일상은 계속된다.

어떤 여자가 문손잡이를 돌린다, 아주 천천히
아주 조용하게, 아무도 깨지 않게

어두운 침실을 바라보는 건
그녀 혼자뿐, 그녀는 확인한다

그들이 자는 모습을, 누가 그녀의 손길을 필요로 하는지
이월의 차가운 바람이 어느 창문에서

새들어오는지 그리고 누가 보호되어야 하는지를.

오직 그녀만이 그런 것을 볼 수 있다, 그렇게 훈련되었으니까.

4.

여자들만의 세상을 상상할 수 있나요,
인터뷰 기자가 물었다. 여자들이 없는 세상을

상상할 수 있나요. (그는 농담을 하는 것으로
믿었다.) 하지만 나는 상상해야 했다

그 순간 동시에, 두 세계 모두를. 왜냐면
난 그 두 세계에 살고 있으니까. 남자들의 세계를,

그 인터뷰 기자가 물었다, 상상할 수 있나요?
(그는 농담을 하는 것으로 생각했다.) 그럼, 만약 그렇다면,

남자들이 없는 세계는요?

아무 생각 없이, 피곤해져서, 난 대답했다, 그래요.

5.

이해심 많은 남자의 환영(幻影),
잃어버린 형제이자, 쌍둥이인——

그를 위해 우린 어머니를 떠났고,
계속 반복적으로 자매를 부인했단 말인가?

우리가 그를 창조해냈고,
눈에 갇힌 오두막집에서, 밤마다, 늦은 시각에

숯불 장작 위로 불러냈던가,
맑은 깜부기 불빛 속에서

우린 우리에 대해 알고자 용기를 내는 남자

그의 얼굴을 꿈꾸었던가, 수정으로 점을 쳤던가?

6.

그자는 결코 강간범이 아니었다.
그는 잃어버린 형제였다

동지/쌍둥이인 그의 손바닥에도
결단력 있고, 뾰족한,

만족을 모르는 욕망선이 생명선에서 번개처럼 갈라지며
우리 것처럼 그려져 있었다.

우리가 뒤쫓았던 것은
결코 거친 절굿공이나, 맹목적인 쇠꼬챙이가 아니었다.

다만 우리와 동등한 천연자원을 부여받은

피조물이자 동료였다

7.

한편, 또 하나의 존재가
맹목적으로 자신을 형성하고 있었다

── 돌연변이라고, 누군가가 말했다.
"망쳐버린 문명"*의

피에 굶주린 전형이라고
누군가가 불렀던 것처럼

장총을 드는 게

---

* 에즈라 파운드(Ezra Pound, 1885~1972)의 시「휴 셸윈 모벌리 Hugh Selwyn Mauberley」
  에서 인용하였다.

남자가 되는 거라고 믿었던 소년들

칠 년 동안 우린 폭력과 함께 살았어요
한 사람의 목숨도 가치가 없었어요——

하지만 애국자의 주먹이 그녀의 목구멍을 틀어막고,
그녀의 목소리는 이제 생사의 기로에 놓여 있다

그리고 그런 존재가 우리의 침대에 누워
자신이 우리의 욕망이라고 선포하고

자신의 목숨을 위해 여자들의 피를 요구하며
자신의 악몽을 펼치기 위해 여자들의 가슴을 요구하고 있다

8.

그리고 그런 존재가 다른 형태를 취했다.

── 우리가 절망적으로 탐색을 하는 가운데──

우리가 부드러움으로 착각했었던
수동성이라는 형태를

하지만 부드러움은 적극적이다
부드러움은 딱지 앉은 상처를 면봉으로 닦아줄 줄 안다

상처 너머의 상처를 만져줄 수 있는
보다 자비로운 도구를 만들어낸다

역겨움으로 기절하지도 않는다
추방되지도 않을 것이다

약탈자에게, 아첨꾼에게 저항하며
조용히 증인이 되어줄 것이다

9.

난 마음이 약하다는 것에 싫증이 난다,
평범한 여자로서 인생 여정을 걸어가며

할 수 있는 것을 하기 위해서
그들은 예외적인 존재가 되어야 한다

난 여자들이 가장 본질적인 〔여성적〕 성향을 드러내려는 듯
허리를 반쯤 굽히고 서 있는 게 짜증 난다

우리가 견뎌온 것이 그런 비용과 그런 우월감으로
우리 눈앞에서 낭비되는 것에 신물이 난다

(── 그 여광부가 산의 몸뚱아리를 탐사하며
자신의 고통 속에 새겨 넣은 것이 무엇을 위한 것이었단 말인가?)

10.

이게 바로 나야, 거미가 집을 다시 짓는 것을
지켜보면서—"끈기 있게," 그들이 말한다,

하지만 그녀에게서 난
—내 것과 같은— 초초함을 목격한다

그러한 허물기가 지배하는 곳에서
짓고 다시 짓고자 하는 열정을

희생자가 되길 거부하는 것을 목격한다
우린 너무 오랫동안 폭력과 함께 살았다

나 자신을 위해, 그녀를 위해
이건 내 몸이야,

가져가서 망가뜨려라고

난 계속 말할 것인가?

11.

가장 단순한 것들의 거대함.
이 추운 헛간 작업대 위에

사기 접시들, 독일산 은으로 만든
구둣주걱, 금박 테두릴 둘러

액자처럼 보이는 책 한 권——
삼십 년대 양철 과자통 한 개가 놓여 있다.

바깥엔, 눈이 치워지지 않은 넓은 들판이
북쪽으로 펼쳐져 있다, 모든 것은

멀리 떨어져 있지만 친숙하다

집은 제각기 필요한 것을 반드시 가지고 있다

여자들은 깨끗이 털 뽑은 칠면조를 푹 삶고,
깨끗이 닦은 유리잔들을

잘 넣어둔다 그리고 침대 시트를 물에 담가놓는다
어둠이 일찌감치 유리창으로 돌진한다

12.

여자들이 보관해놓은 이런 것들이
그들에 대해 또는 그들에게 소중했던 사람들에 대해

우리가 알고 있는 전부이다
리본에 묶인 편지들, 사진첩 각 장마다

몇 년 동안 정성껏 붙여놓은

스냅사진들

조각보로, 인형 옷으로 변해버린,
천 조각들, 지혈용으로 쓰려던

희고 깨끗한 천 조각들
누렇게 변색된 신부의 손수건

지하실 문틀에 연필로 표시된 아이의 키
이 추운 헛간에서 우리는 꿈을 꾼다

사소한 것들로 이뤄진 세상에 대해——
이런 것들 없이는, 아무런 기억도

아무런 진정성도, 미래에 대한 아무런 목적도
과거에 대한 아무런 존경도 없을 것이다

13.

내가 다시 선택할 수 없는 단어들이 있다.
인본주의   양성성

분노하며 눈물을 참는 할머니들 앞에서
그 단어들은 이제 수치심이나 어떤 망설임도 담고 있지 않다.

그 반짝거림은 너무 미약해서
염료처럼

지금, 우리가 사는 그대로의
삶의 조직 속으로 스며들지 않는다

우린 오래된 얼룩이 보이는 이 해진 담요를
아픈 아이의 어깨까지 끌어올려 덮어주거나

살인 훈련을 받은 영웅의

무감각한 다리에 감싸준다

우린 미완성인 이 우툴두툴한 뜨개질에
손을 댄다, 반복적으로

중단되기도 하겠지만, 미완성인 채로,
헛간의 낡은 서랍장에서 발견된 채로,

〔이제는〕 사라졌지만
그 거대한 성운 속에서

틈새를 메우는 우리의 작업을 격려하고
지구의 분만 작업을 도우라고 계속 격려하는

그녀의 자존심과 염려가 그 속에 깃들인 채로
물려준다

14.

처음으로 자신이 광부라는 사실을 알았던
그 여자들은, 이제 죽고 없다. 무지개가

마치 구름벽에서 튀어나온 부축벽*처럼 떠오른다,
은빛 감도는 초록빛 광맥이

곡괭이의 조탁을 기다린다
거무스름한 광맥이 빛을 기다리며 눈물을 떨군다

내가 보존할 수 없는 모든 것 때문에 가슴이 아프다.
너무도 많은 것이 파괴되었다

내 운명을 그들에게 걸어야겠다,

---

* 고딕식 성당의 건축양식의 특징으로서 본 건물과 외벽을 이어주는 기다란 벽을 말한다. 파리
　노트르담 대성당 동쪽 벽면에 있는 플라잉 버트리스가 대표적인 부축벽으로 알려져 있다.

시대가 바뀌어도, 그저 비딱한 시선으로,

특별한 힘도 없이
세상을 재구성하는 그들에게.

1977

미칠 듯한 인내심으로 여기에 오기까지

인테그러티

완전한 상태 혹은 성질, 온전한
상태, 나누지 않은 통째
——『웹스터 사전』 정의

미칠 듯한 인내심으로 여기까지 왔다

요동치는 배의 엔진
낡은 스웨터, 그물, 스프레이로 얼룩이 진 책을
뱃머리에 던져 넣고
햇빛이랄 수 있는 것이 내 쇄골을 따갑게 내리쬐는 동안
해안에 배를 대야만 했던 것처럼.
노걸이에 물이 튄다. 말없는 분노처럼
무심한 안개 속에 감춰진 태양은
살갗을 태운다. 양 팔뚝은 화상을 입은 듯,
고통으로 화끈거린다.

내가 이 먼 북쪽에서
사십구 년간 살아보니
일광(日光)의 길이는
매우 중요하다.

오랫동안 꿈꾸었지만, 본의 아니게

내해(內海)의 만(灣)에 도착한
나에게 빛은 매우 중요하다.
반짝이는 사주(砂洲)가
어둠 속으로 사라지는 것을
문득 알게 된다. 실제로는 검보랏빛이지만,
오래된 우편엽서에는 녹색으로 보이는 소나무들이
우뚝 서 있는 것도.
그러나 사실 나는 의지할 사람이라곤
나 자신밖에 없다. 순수한 필요성의 영역에선
내 두 손으로 잡을 수 있는 것을 제외하고는
아무것도 지속하지 않는다.

나 자신을 제외하고는……? 나 자신들[이겠지].
아주 오랜 시간이 흐른 뒤, 이 답을 얻었다.
단순히 내가 그 배를 몬다는 사실을
언제나 알고 있었다는 듯이.
해변의 자갈에 닿자 모터가 꺼져버렸다
맴맴거리던 매미들이

갑자기 조용해졌다.

분노와 부드러움, 나 자신들.
이제야 난 그들이 대적자로서가 아니라 천사로서
내 안에서 숨 쉬고 있다는 것을 믿을 수 있다.
분노와 부드러움, 자기의 몸으로부터, 어떤 곳에서든——
찢어진 거미집에서조차
똑같은 행동으로 실을 잣고 집을 짜는
거미의 천재성〔을 보라〕.

소나무 숲 속 오두막집은
아직도 매매 중이다. 난 이것을 안다. 그 마지막 발자국을,
현관문을 쾅 닫고 잠가버린 그 손자국을 알고 있다.
나는 멈춰 서서 격자무늬 울타리에 피어난
클레마티스덩굴*이 비에 맞아 흐트러진 것을 다시 잘 감아둔다
누구를 위해서라기보다 그 자체를 위해서.

---

* 으아리속 식물.

벽 게시판에 핀으로 고정된 도표를 난 알고 있다
버너 위에 웅크린 듯 놓여 있는 차가운 주전자도.
그 핀을 박았던 두 손이
마지막으로 한 번 더 그 주전자를 비웠던 두 손이
바로 이 두 손이다
그리고 그 두 손으로 떨고 있는
두 다리 사이로 그 애기를 잡아 올렸다
그리고 그 두 손으로 진공기*를 돌렸고
관자놀이 땀을 닦아주었으며
이 뜨거운 안개 낀 햇빛을, 그 치명적인 빛을 뚫고
여기까지 배를 운전해 왔다
눈치 채지 못하게 화상을 입은 피부에
이 두 손으로 연고를 발라줄 것이다.

1978

* 낙태할 때 쓰는 기구.

기억에 대하여

진부한 단어들,　　신뢰　　충의
아직 새로운 단어가 그 자리를 대신하진 못했어요.

낙엽을 긁어모으며, 뜰을 청소하죠, 시월의 잔디는
황금빛 낙엽 밑에서 고통스레 초록빛을 유지하고 있어요
말없이 일하는 동안 당신에 대한 생각이
떠올라요
전화선을 따라 따갑게 귀를 찌르던
당신의 목소리를 들어요.　　불충　　배신

고엽을 부대 자루에 집어넣어요
아직도 낙엽은 떨어지고 아직도
내 일이 끝나지 않았단 걸 알아요

한차례 비가 뿌리고 지나간 스산한 어느 날 오후
그 모든 일이 완료될 거예요

당신이 말해주지 않는 이상

난 당신이 뭘 아는지 몰라요

이 세상을

이해하는 데 있어서 우리 사이엔 깊은 골이 놓여 있어요

공통된 분노를 느끼며

우린 함께였어요

거의 이견을 말하지 않았죠

(무엇 때문에 우리는 고운 머리카락을 가져와서

말로 표현된 적 없는

그 깊숙하고 까다로운 여물통에

불을 지폈던 걸까)

난 지하실 난간에서 미끄러졌어요

학기 시작 첫날 이마에 상처를 입다니——

당신에게 말한 적이 있나요? 사십 년도 넘게

나는 아직도 내 피 냄새를

새로 받은 교과서 냄새처럼 기억하고 있다고요

그런데 당신이 말한 적이 있었던가요

당신의 어머니가 놀고 있던 당신을 불러들였다고

누구에게서였더라? 무엇으로였더라?

평범한 먼지막이 덮인 원자 같은 우리

우린 각자 그리고 모두 궤도에서 이탈해 공동의 삶

그곳으로 돌아가 단순하게 말해야만 해요

이곳이 내가 탄생했던 곳이야

이것이 내가 알고 있던 거야라고

과거는 껍질이 아니에요   변화는 아직 진행 중이에요

자유. 그것은 일회성이 아니에요, 밖으로 나가 걸어다녀봐요

은하수 아래를, 빛으로 반짝이는 강물을 느끼면서,

어두움의 들판도——

자유는 매일, 산문으로 쓰인, 일상을

기억하는 거예요. 잃어버린 그 모든 수집품으로부터

조금씩 조금씩 별빛 가득한 세상들을 모아놓는 거예요.

1979

에셀 로젠버그를 위하여

남편과 함께 "첩보 행위를 공모한 죄로"
유죄 선고를 받고 전기의자에서
1953년 6월 19일에 사형됨.

1.

1953년 유럽.
몽유병으로 정처 없이 돌아다니는 동안
그 단어들이

벽에, 도로에 휘갈겨 쓰여 있고
철로 아치 위에도 페인트로 쓰여 있는 것을 보았다
로젠버그 부부를 석방하라!

집에서 도망친 뒤 나는
도처에 집이 있다는 사실을 알게 되었다.
유대인에 대한 질문, 공산주의

결혼 자체
충성
혹은 처벌의 문제

유대계인 나의 아버지가
열일곱 장의 편지에
깨알 같은 글씨로 장황하게

충성
그리고 처벌의 문제에 대해 쓰셨다
내 결혼식 일주일 전

그 부부는 의자를 얻었고
전기가 그녀를 휘감았지만, 충분히 빨리
그녀를 죽이진 못했다

로젠버그 부부를 석방하라!
나는 깨닫지 못했었다
우리 가족 간의 논쟁이 그렇게 중요했는지

범죄의   처벌에 대한
내 좁은 소견으로는

이 고통을 표현할 언어가 없는 것 같다

세상의 모든 신문 일면에
늘 두 사람의 얼굴이 함께 〔실리게〕 하는
결혼이란 제도의 신비로움

너무나 충격적인   가늠조차
할 수 없는 어떤 것
그런 것은 제쳐두어야 한다.

2.

그러나 그녀는 내 영혼 속에 가라앉았다   무거운 슬픔으로
얼마나 깊이 그녀에 대한 기억이 가라앉았는지
난 거의 측정할 수 없었다 자기 아이들 말고는

그 어떤 것으로부터 그 어떤 것도 취하지 않았던

그렇게 수많은 여자들과 다름없는
아내이자 엄마였던 그녀

여자 괴물을 필요로 하는
그렇게 수많은 가족과 다름없는
한 가족의   딸

사실 그녀는 예술가가   되고 싶었다
가난에서 벗어나길 원했다
혹은 정말 원했을지도 모른다
                              혁명을

그 여자는   의자에 묶여
두려움도 후회도 없이
후세에 의해 기소되었다

공산주의자들에게 비밀을 팔았다는 게 아니라
나쁜 딸이 되어   나쁜 엄마가 되어

유명해지기를   원했다는 이유로

그리고 난   결혼식장에 걸어 들어가면서
나쁜 딸   나쁜 누이라는 똑같은 징표를 달고
그 거의 혁명적이지 않은 노고(勞苦)에

온 정신을 집중하였다
그녀의 삶과 죽음   배신이
가능한 영역

그런 것들은 너무나 고통스럽고   너무나 심오해서
제쳐두어야 한다
몇 년이고 무심하게

3.

그녀의 어머니가 그녀에게 반대 증언을 하였다

그녀의 오라비가 그녀에게 반대 증언을 하였다
그녀는 죽은 후에

당연히 도색 작가들의 먹이가 되었다
그녀의 몸이 줄에 반쯤 묶인 채   달팽이처럼 휘둘려   지글거리며
죽음 자체가 볼거리를 제공했으니 말이다

그녀는 극단주의의 희생자가 되었다
그럼에도 강인한 의지를 가진 것으로 묘사되었다
그때까지 그녀의 정치적 신념이 무엇이었는지   아무도 몰랐다

그녀의 모습이
납으로 봉인되고
익사한 조각상이 되어 내 영혼 속에 가라앉는다

몇 년 동안 그것은 동화되지 않은 채   거기 잠겨 있었다
처음엔 내 자신을 결혼에 굴복시켰던 그 주(週)의
세상의 일면 기사에 실린   죽은 부부의 일부로서

그 뒤로는 천천히 끊어지며   표류하며
분리된 죽음이 되었다
삶 자체를 살아가는 동안

더 이상 로젠버그 부부가
더 이상 선택된 희생양도
가족의 괴물도 아닌 존재가 되었다

그제야 나는 그녀가
여자 유치장에서
창녀에게 자장가를 불러주었다는 것을 들었다

에셀 그린글래스 로젠버그   당신은
그날 밤을 되찾고자 행군을 했는가*
살인을 저지른 매 맞는 여성들을 위해

---

* 성폭행에서 여자들을 구해내자며 집회를 열고 구호를 외쳤던 것을 말한다.

서명을 모았는가
당신은 우리에게 무엇을 말해야 했는가
당신은 그물을 찢어버리고자 했는가

4.

왜 난 고통을 달래려고
그녀를 불러내고 싶어 하는 걸까   (그녀는 전혀 고통을 느끼지 않는데)
왜 나는 마음을 편하게 하려고

그런 질문을 던지고 싶은 걸까   (그녀는 전혀 고통을 느끼지 않는데
그녀는   그렇게 수많은 사람들처럼   결국 불에 타 죽었는데)
왜 이렇게 뒤늦은 생각을 해대는 것일까?

왜냐면   내가 그녀에 대해 상상이라도 하려면
나는 우선 여자들이   그녀에게 가했던 고통을

가늠해야 하기 때문이다

그녀의 어머니가 그녀에게 반대 증언을 하였다

그녀의 시누이가 그녀에게 반대 증언을 하였다

그리고 그녀가 그것을 어떻게 보았는가를 〔가늠해야 하기 때문이다〕

몰개성적인 힘도 아니고

역사적인 이유도 없다면

왜 그들이 그녀의 힘을 미워했었나를 〔가늠해야 하기 때문이다〕

만약 지금까지 내가 그녀를 지근거리에 두었다면

만약 아직도 내가 그것이

나의 신의였다고, 나의 당면한 형벌이었다고 믿는다면

만약 그녀가 생존했다면 어땠을까를 감히 상상해본다면

나는 그녀의 삶에 대해 공정해야 한다

나는 그녀가 마침내

내 방식대로가 아니라   그녀 나름대로 정치적이었다는 점을

내 것과 전혀 다른   그녀의 절박함이 아마도
그녀가 원하는 대로 혁명을 정의하게 했을 거라는 점을 인정해야 한다.

또는 "정치성"에 대해
뼛속까지 지치고
오랜 고통에 만성이 되어 지긋지긋하게 느꼈을지도

〔혹은〕 사소하게, 진짜 아주 사소하게 느꼈을지도 〔모른다는 점을〕
그녀가 육십대 후반까지 살았더라면
그녀는 자신의 방을 좋아하면서   자신의 사생활을 지키면서
홀로 살았을지도 〔모른다는 점을 인정해야 한다〕

아마 아무도 당신을 인터뷰할 수 없을 것이다
아마 그녀는 결코 팔아넘긴 적이 없었던 비밀들로
공책을 가득 메우고 있을지도 모른다.

1980

나의 할머니들

1. 메리 그레이블리 존스

우리에겐 당신을 부르는 애칭도, 짧막한 이름도 없었어요,
당신은 늘 아버지 집을 공식적으로 방문하는 손님이셨죠.
당신은 〔그저〕 "존스 할머니"였어요, 좀처럼 방문하시진 않았지만.
당신이 정원을 이리저리 거니는 것을 봅니다,
불안한 표정으로, 남부 사투리를 쓰며, 내성적인, 당신은
어머니의 어머니 또는 그 누구의 할머니로 보이지 않았지요.
당신의 이름은 메리이고 윌리엄 할아버지의 미망인이었고
가모장은 아니었죠,
그래도 아무도 들어주지 않았던 생각들과 함께,
특히 아버지가요, 끝까지 절망스러운 삶에 대한
한을 지니고 사셨죠.
어느 여름밤 당신은 저와 동생을
나무 그네에 앉혀놓고 황혼이 내려앉은 이후에도 오랫동안
감정에 복받친 말들을 쏟아내며 우리를 사로잡았었죠.
당신은 제가 들어본 적이 있었던 모든 시를 암송할 수 있었어요,
『아편 복용자』, 에미엘, 그리고 버나드 쇼까지,*

당신의 녹색 눈동자는 반대 의견에는 치를 떠는 듯 보였어요.
당신은 수녀원 학교를 졸업하자마자 곧바로 결혼을 하셨죠,
시골 출신이었지만, 당신은 버와 해밀튼의 결투**에 대한
한번도 연기된 적이 없는 극본을 타자기로 쳐서 남기셨죠
당신은 어떤 권력도 없었지만 똑똑했어요. 아무도 당신이
어떤 생각을 하는지 관심을 가지지 않았지요. 당신은 다른 곳에서
일생을 마감했을지도 모르죠. 그네에 앉아
당신이 쓰지 않은 소설을 아이들에게 암송하는 대신.

2. 해티 라이스 리치

자상한 영혼을 지닌 당신은 저에겐 수수께끼 같았어요,

---

* 원제는 『아편 복용자의 고백』(1822)으로, 영국 작가 토머스 드퀸시(Thomas De Quincey, 1785~1859)의 자전적인 소설. 버나드 쇼(George Bernard Shaw, 1856~1950)는 아일랜드 극작가로서 『바버라 소령』 등의 대표작이 있다.

** 애런 버(Aaron Burr, 1756~1836)와 알렉산더 해밀턴(Alexander Hamilton, 1757~1804)은 유명한 19세기 미국의 정치가로서 재무부 장관이었던 해밀턴이 대통령 선거에서 제퍼슨의 편을 들어줌으로써 부통령이 된 버의 미움을 사게 되었다. 이에 버는 해밀턴에게 결투 신청을 하였고, 그에게 부상을 입힘으로써 어느 정도 상처 난 자존심과 분노를 진정시킬 수 있었다.

당신은 의자에 커버를 씌워놓고, 깨진 접시를 아교로 붙이고,

우리 집에 와서 손님방에 옷가방을 들여다놓고 여름과 가을을

보내다가, 진청색 드레스를 입고 밀짚모자를 쓰고,

풀먼 기차를 타고, 앨라배마로 가서,

아들과 딸 집에서 육 개월씩 번갈아 지내셨죠.

자상한 영혼을 지닌 당신은 모두에게 편안함을 주었어요,

새소리와 아이들의 소리를 듣고 깨어나, 달걀을 삶고,

부둣가로 나가, 우산을 펼치고, 몇 시간 동안 낚시를 하고,

버스를 타고 시내로 가서 끊임없이

쇼핑을 했죠, 변덕스러운 당신의 아들을 위해, 변덕스러운 천재를 위해,

그리고 가계부에 항목을 기입하고, 매일 편지를 썼죠.

당신은 제2차 세계대전 내내 유대계라는

금지된 단어를 아들 집에서 언급한 적이 거의 없었죠.

당신의 분노의 불길은 헤아릴 수 없는 것들 위에서 너울거렸죠.

한번은 당신이 두 손이 하얗다 못해 퍼레지도록 침대 귀퉁이를 꽉 잡고,

울면서 손님방 침대 위에 쪼그리고 앉아 있는 것을 보았어요,

아주 짧은 순간이었지만 저항하던 당신의 모습이 제 기억에 남아 있어요.

당신은 그해 남부로 돌아가려 하지 않았죠.

당신은 결코 "리치 할머니"라 불린 적이 없었고 "아나나"로 불렸어요.
당신은 나름대로 경제력이 있었지만 가정은 없었죠,
죽은 새뮤얼 할아버지의 아내였지만 가장은 아니었던 해티,
당신은 자식과 손주 들 사이에서 분산된 존재였어요.

3. 손녀

어린아이 혹은 희생자, 영사기사 역할을 맡아,
주고받은 인상들을 담은 슬라이드 쇼를 보여주면서,
당신의 삶을 요약하는 건, 더 쉬워요
당신의 각각의 모습을 극본으로 창작해내는 건,
제가 그래도 중심이 되겠지만, 말로 표현하는 것보다
더 쉬워요, 당신이 절 쳐다보고
"그래, 내가 그랬었지, 하지만 거기엔 좀더……"라고
참견할지 모르지만.
댄빌, 버지니아, 빅스버그, 미시시피.*
"두 개의 주 사이에 벌어졌던 전쟁"

전후 전염병이 휩쓸고 간 마을의 입구를 봉쇄하고,

유독가스로 마을을 살리려고 애쓰던 일에 대한 생생한 기억.

그 작은 마을이 눈에 선하단다……

주변에 깜둥이들이 사는 조그마한 백인 마을이었는데,

그들이 순백색에 짙은 그림자를 드리우는 것 같았지.**

백인 여자로 태어난, 유대계의, 또는 호기심이 많은 당신

─ 이중적인 주변인인데도, 계속 주류에 포함된다고 믿으셨던─

그런 식으로 절반의 진실에 의해 보호된 당신,

"피"라는 정말 강력하고, 끔찍한 주제를 지닌

하나의 이상한 관념 때문에 둘로 갈라졌던─

작은 마을에 살았던 당신,

당신은 어떤 교훈을 배워야 했던 걸까요? 만약 제가

두 분 중 한 분의 딸을 믿는다면

─ 기억상실증이 그 답이었겠죠.

1980

---

* 댄빌은 버지니아 주의 도시이고 빅스버그는 미시시피 주의 도시이다.

** 〔원주〕 릴리언 스미스(Lillian Smith, 1897~1966)의 『꿈의 제거자들』에서 인용하였다.

장소의 영혼

—— 미셸 클리프를 위하여

I.

봄에 레버렛의 슈츠베리*에서 작은 산 위로
당신과 함께 차를 몰고 갔을 때   강바닥 같은 길은
산 아래쪽으로 흘러내리고 있었고
고비들이 돌돌 말린 고개를 쳐들고 있는 것이 보였고
꽃샘추위에도 개골개골 개구리들이 봄소식을 퍼뜨리고 있었죠

어둠과 빛, 흑인성, 백인성, 그리고
막대처럼 마음속에 박혀 있는 무감각에 대해서
다시 대화를 이어가는 동안
우린 오래되고 잔인한 무관심의 피딱지에서
실오라기들을 떼어내려고 애쓰고 있었어요

[그러다] 핏빛 석양빛이 내린 다리에서 갑자기 멈추었죠,
거기선 불어 넘치는 강물이 자유를 외치고 있었죠

---

* 매사추세츠 주 서부의 한 시골마을의 이름. 리치는 실제로 이 지역에 산 적이 있다.

개구리 소리로 가득 찬 늪지와, 앉은뱅이 양배추 밭을 향해서요
이 산의 양심을 느끼려고 애쓰면서 우리는

한 가지만 생각하는, 순수한
해결 방안들이 그 완벽한 실험용 플라스크 병 속에서
어떻게 탈색되고 말라 죽는지 알게 되었어요

이후 각각의 사건이 증언해주었던 것처럼
뉴잉글랜드가 되는 것만으로는 충분하지 않았죠
뉴잉글랜드는 그림자가 드리운 지역이잖아요, 언제나처럼요

노예 폐지를 찬성하는 것만으로는 충분치 않았어요
노예주들의 정신이
노예 폐지론자들의 마음속에도 너울거리고 있었을 때 말이죠

우리 자신에게 새로운 이름을 지어주는 것만으로는 충분치 않았어요
노예주들의 정신이
자유를 얻은 여자들에게 노예에 대해선 잊어버리라고 했을 때 말이죠

당신은 운명을 누구에게 걸었다고 생각해요?
만약 이 산에 양심이란 게 있다면
그 질문을 던지겠죠

우리 귓가에서, 침묵시킬 수 없이, 집요한,
거칠고, 마녀 같은
모든 습지 위로 울려 퍼지는 〔그 질문을요〕

II.

월계수 꽃이 산 위에 활짝 핀 모습이
마치 홍조 띤 꽃잎들을 바늘로 꿰어
반쯤 실을 잡아당겨 한 땀 한 땀 수놓은
수예품 같아요

여기 이 숲속에서 월계수는 야생으로 자라죠

한여름 밤 떠오르는 달님이 오팔빛으로 감싸주고
밤기운이 꽃송이마다 숨결을 불어넣어
그 종자를 보호해주니까요

의미가 위험에 처해 있어요
여기 이 산속에서 〔그리고〕
이 계곡에서요   우리는 일종의 자유를
느꼈었죠

땅에 심으면서   알았었죠
몇 시간 동안 조용히, 강렬하게, 서로가 혼자만의 시간을 보내며
책을 읽고 글을 쓰면서
〔의미를〕 명확히 하려고 애쓰거나

과거와 현재를   가까운 곳과 먼 곳을
앨라배마산 퀼트처럼
보츠와나산 바구니처럼
역사를 연결하려고 시도하면서도요

작년에 만든 퇴비의　　그 시커먼 부스러기는
당신의 살아 있는 손을 통해 부드럽게 만들어져요
하지만 여기서도 역시 우리는 순간적인 폭력을
직면해요　　퇴로(退路)를 지배하려고

매복한　　남자들의 생각을〔직면해요〕
차문을 잠그고　　창문도 닫고
도랑을 스치듯 지나 도망치는 동안　　아주 순간적이지만
당신의 생존 반응이 세상을 지배하고 있죠

우리가 바라는 대로가 아니라　　있는 그대로
우리가 바라는 대로가 아니라　　있는 그대로
되었으면 하는

III.

이방인들은 위험에 처한 종족이에요

앰허스트에 있는 에밀리 디킨슨의 집에서

칵테일잔이 돌려지고   학자들이

축하하러 모였네요

그들의 중요한 혹은 시시한 전설들은

시대 취향을 담은 벽지를 모방한 듯

벽면에 꽃줄 장식처럼 매달려 있어요

    (……그리고, 내가 두려워했던 것처럼, 내 "삶"은 "희생자"가 되었어요)

나머지는 거칠게 다뤄졌습니다   유물처럼

비밀결사단원들처럼 그들이 침실에 모였습니다

당신은   교회 옆에서 초조하게 지켜보다가

당신을 기념하는 사당(祠堂)을 거부하고

                        도망쳐서

                              그 어느 곳에서도

발견되지 않았죠

(당신만의)

글로 쓴 게 아닌 이상 말이에요

우리 모두는 이방인이잖아요——여러분——세상은 우리를 잘 알지 못해요
왜냐하면 우리가 세상을 잘 알지 못하기 때문이에요
그리고 청교도들!—— 당신은 주저하나요?
그리고 병사들도 종종—— 우리 중 몇몇은 승리자이지만, 난 그들을
오늘 밤 만나고 싶지 않아요, 담배 연기 때문이에요——우린 허기져 있어요,
그리고 갈증도 나요, 때때로—— 우리는 맨발이에요——그리고 추워요——*

이곳은 우리 둘 모두를 위해 충분히 넓어요
강가의 물안개는 사생활을 지켜줄 거예요
이것으로 제가 세번째이자 마지막으로 당신에게 말씀을 드립니다.

딸의 손길로 내가 당신을 보호해주려고 해요

---

* 〔원주〕에밀리 디킨슨이 1854년 6월 수전 길버트에게 보낸 154번째 편지와 1859년 3월 캐서린 스콧 앤톤 터너에게 보낸 203번째 편지에서 인용하였다.

모든 종류의 간섭으로부터   심지어는 저의 참견으로부터도
당신의 영혼을 쉬게 해주자고   말하면서

자매의 손길로 저는 당신의 두 손을 원하는 대로
벌리거나 모아주려고 해요
그리고 누구인지 왜인지 무슨 이유인지 더 이상 묻지 않을 거예요

어머니의 손길로 당신이 뒤에 남겨두고 떠난 방들의
문을 닫아주려고 해요
그리고 조용히 제게 남겨진 일을 시작할 거예요.

IV.

강가의 물안개는 낮은 길 위에 떠 있는 숨결이 되어
여기, 저기, 검은 산꼭대기에 걸쳐 있는 구름이 되어
사생활을 충분히 지켜줄 거예요

해바라기의 머리가 검게 변해 고개를 숙였네요
옥수수의 바다 가운데 그루터기 밭 하나가 있네요
자유를 향하는 길은 아닐지라도 북녘을 향하는 오래된 길*들도요

지금 인간은 아무도 보이지 않고
(당신은 운명을 누구에게 걸었다고 생각해요?)
제 기능을 하고 있는 거라곤 허수아비 뿐이네요.

추수된 옥수수가, 탈곡되어 바닥에,
인디언의 무덤 같은
귀신이라도 나올 것 같은 풍경인데도, 〔어딘지 모르게〕 친숙해요

겨울의 작업이 머릿속에서 발효하기 시작해요
사랑하는 이의 혹은 산파의 손길로
적절한 시기가 될 때까지 막고 있을 방법이 있을까요

---

* 남부 노예들에게 북쪽으로 향하는 길은 자유로운 삶을 영위할 수 있는 기회를 상징하였다.

아무것도 강제하지 않고, 강요받지 않으면서
인공 조명으로
생육하는 거대한 기적을 믿지 않으면서

뿌리를 신뢰하며, 하루가 짧아지는 것을 받아들이고
이 얼마 안 되는 방법들을 신뢰하며
슬퍼하지 않고 진중한 조바심으로 기다릴 거예요

여기는 겨울이 어떤 의미를 지니게 되는
중첩된 색깔들이 갑자기 회색으로 변하는
어떤 것도 약속되지 않는 북쪽이에요

지하 세계 여정이 어떠했는지, 어떠할 수 있는지
배우세요. 겨울에만 통하는 암호로 말하세요
안개, 진눈깨비가 번역하게 두세요.
바람이, 그것들을 실어 나르게 하세요.

V.

오리온 별자리가 술 취한 사냥꾼처럼 갑자기 고꾸라져요
모호크 트레일* 위로   평행사변형** 하나가
두 조각의 강철에서 베어져 나옵니다.

그렇게 청명한 밤 모든 별자리들을
구별하기 어려운 성운(星雲) 속에서
어떤 영기(靈氣)를 뿜어내며 도드라져 보입니다

저기 〔하늘〕 위에 떠 있는 모든 물체는 난폭하게 보여요
어떤 오래된 나라에서 크리스마스이브에 일어난 대량 학살***처럼요
난 위성이 아니라   우리의 땅을 원해요

---

　* 매사추세츠 주 옆을 지나가는 고속도로로서 모호크 부족 인디언들에 의해 처음 만들어졌다.
　　현재는 버크셔를 관통하는 주요 관광로가 되었다.
　** 오리온 별자리의 모습.
*** 러시아에서 일어난 인종 대학살인 포그럼을 지칭한다. 1875년 당시 우크라이나에서만 19만
　　명의 유대인이 학살당했다고 한다.

우리의 세상을, 있는 그대로 말예요   가능성의 세계가 아니라면,

그럼, 있는 그대로요.   남자들의 지배, 윤간, 폭력, 대학살

모호크 부족의 생령(生靈)들이 낙엽 진 자작나무 숲에서

바라보고 있어요.   우리가 더 잘할 수 있을까요?

내가 통과해야 할 시험은 그 장소의 영혼들에 의해서

이미 정해져 있어요   그들은 여행을 이해하지만 기억상실증은 없어요

사용자들이 허세를 부리는 방식이 아닌   있는 그대로의 세상.

그들이 사용하는 바람에 고칠 수 없을 정도로 망가졌지만요

있는 그대로의 우리 자신으로   인식하고 있으려고

고통스레 몸부림을 치죠.   우리의 일부는 늘

우리 자신 너머에 있어요

알고 있으면서   알고 있으면서   알고 있으면서

우리 모두는 이름을 댈 수 없는 어떤 것을 위해 훈련 중인가요?

우리에게 오래전에 가해졌던 것에 대해

그리고 그들에게 가해졌던 것으로부터 살아남지 못했던

우리가 존경을 표해야 할 사람들에 대해
슬픔으로　　　분노로　　　행동으로 정확하게 배상하기 위해?
순수한 밤　　　오염이 부조리하게

보이던 밤 손상되지 않은 행성이 검은 에테르 속의 수정 그릇처럼
궤도를 돌고 있는 것처럼 보일 때
저 밖에 있는 그들은 우리의 일부예요
알고 있는　　　알고 있는　　　알고 있는

1980

한 장면

겨울 황혼 무렵. 그녀는 그날의 마지막 수업을 마치고
실험실 밖으로 나온다,
공책을 배낭에 던져 넣고,
이미 휘몰아치기 시작한 저녁 진눈깨비를
막으려고 목까지 코트 지퍼를 올린다. 바람은 매섭고
버스는 평소보다 늦게 달린다. 그녀의 마음속엔
유기화학과 다음 달 집세가 떠오르고
차가운 눈을 가진 그 교수님 수업을 안 듣고도
대학원 추천서를 받을 수 있을지,
그리고 그들 중 누가, 미소를 지어주는 사람들조차
그녀를 쳐다보면서, 생화학자 또는 해양생물학자의
모습을 볼 수 있을지, 그 얼굴들 중 어떤 얼굴이
오늘 혹은 미래 언젠가라도 자신을
알아봐 줄 거라고 믿을 수 있을지 등등
여러 생각이 떠오른다, 어둠은 빠른 속도로 내려앉고 버스는
벌레처럼 느리게 간다. 난 그녀를 몰라.
비록 이 모든 장면 밖 어디엔가에 서서
바라보려고 노력하지만. 그녀의 등 뒤로

새로 지어진 건물이 갑자기 피난처처럼 보인다,

그 건물엔 유리문이 있고, 불 켜진 복도가 보이고

아마도 난방이 되고 있을지도 모른다. 바람이 매섭게 분다.

그녀는 길 아래쪽을 쳐다보고, 버스가 오지 않는 것을 확인하고,

새로 만들어진 계단을 새로 닦인 복도를 달려간다.

난 내내 이 장면 바로 바깥에 서 있었어, 바라보려고 노력하면서.

그녀는 손을 움직여 머리 위에서 막 녹으려고 하는 수정 같은

진눈깨비를 떨어낸다. 그녀는 등에 진 책의 무게를

옮긴다. 여기도 정확히 따스하다 할 수는 없지만

그래도 바람을 피할 수는 있다. 유리문을 통해

그녀는 점점 짙어지는 진눈깨비를 뚫고

버스가 오는 것을 볼 수 있다. 그렇게 쳐다보면서, 그녀는

그 건물의 백인 남자 경비가 자신을 쳐다보는 눈길을

애써 피한다. 여기는 1979년의 보스턴이다.

그를 쳐다보면서, 난 그 장면의 가장자리 어딘가에 서 있었어

우리는 둘 다 백인이야, 그 경비는

그녀에게 가라고, 복도에서 나가라고 말하고 있었어.

나는 아무것도 들을 수 없었어, 난 거기에 존재하지

않는 것으로 되어 있기 때문이야, 하지만 난 그녀가

바람 부는 길 쪽으로 몸을 돌리고 서 있는 것을

볼 수 있었어, 그녀가 암시된 혐의에 대항하며 작은 몸을

곧추세우는 것을 보았어. 그 남자는

가버렸다. 그녀의 몸은 이제 달라 보인다.

그것은 분노의 암시보다 더한 것을

그리고 공포의 암시보다 더한 것을 담고 있다.

그녀는 나보다 더 작고 더 마르고 더 연약해 보인다.

하지만 난 거기 존재하지 않는 것으로 되어 있어.

익명의 백인 남자가 백인 경찰관과 함께 돌아왔을 때

난 이 행위가 일어난 장면의 바로 밖에 있는 걸로 되어 있으니까.

그때 그녀는 바람이 부는 밤 속으로 돌진하기 시작했다

하지만 이미 경찰관이 행동을 개시하였고, 그녀를 밀어 무릎 아래 깔고

수갑을 채웠다, 그녀의 가슴팍을 움켜쥐고 계단 아래로

질질 끌고 내려왔다. 난 이 모든 소리를 들을 수 없었어

이 위치에서 볼 수 있는 것이 내가 알고 있는 전부였어

이 장면에 어울리는 소리는 없었어 그리고 난 이 장면이

침묵 속에서 일어나도록 되어 있다는 것을 즉시 이해하게 되었어

침묵 속에서 그는 그녀를 차에 밀어 넣었다

침묵 속에서 그녀의 머리를 때렸고 그녀는 소리를 질렀다

침묵 속에서 그녀는 설명하려고 했다 자기는 단지

버스를 기다리고 있었을 뿐이라고

침묵 속에서 그는 그녀의 허벅지를 손톱으로 꼬집었고

침묵 속에서 그녀의 눈물이 흐르기 시작했다

그녀는 다른 경찰관에게 호소했다 마치

그가 적어도 그녀를 바라볼 수 있을 거라고 믿는 것처럼

침묵 속에서 그녀는 그 구역 경찰서에서 이름을 대기를 거절했다

침묵 속에서 그들은 그녀를 유치장에 처넣었다

침묵 속에서 그녀는 그의 얼굴을 정면으로 쏘아보았다

침묵 속에서 그는 그녀의 눈에 최루가스를 뿌렸다

침묵 속에서 그녀는 이빨로 그의 손을 물어버렸다

침묵 속에서 그녀는 사유지 침입 공격 상해를 저지른 혐의를 받았다

침묵 속에서 그 여자가 기다렸던 버스는

진눈깨비가 휩쓸고 간 길모퉁이에 서지도 않고, 지나가버렸다, 침묵 속

에서

난 지금 당신들에게 그들이 결코 거기 있지 않았다고

주장할 백인 여자로서 말해주고 있는 거야.

[하지만] 이봐, 난 지금도 거기 있어.

1980

당신의 조국, 당신의 삶

기록을 위해

구름도 별들도 이 전쟁을 시작하진 않았지
시냇물도 전혀 아는 바가 없었고
만약 산이 불덩이를 강물로 뿜어냈다 해도
그건 편을 든 게 아니었어
잎새 아래 미세하게 떨고 있던 빗방울도
정치적인 의견을 가졌던 건 아냐

만약 여기든 저기든 어떤 집 한 채가 있어
악취 나는 하수로 넘쳐날 듯한 상태였다 해도
거기 사는 사람들이 악취로 천천히
몇 년에 걸쳐 독살되었다 해도
그 집은 전쟁을 벌이고 있었던 게 아냐
양철 지붕 건물들도

오갈 데 없는 노약자와 배회하는 아이 들에게
안식처를 제공하길 거부했던 게 아냐
그 건물들은 그들을 계속 배회하게 하거나
죽게 하는 방침을 만들지도 않았어, 절대로 아냐,

그 도시는 문제가 없었어
다리도 편을 구분하지 않았지
고속도로는 타버렸지만 증오심은 없었어

몇 킬로미터에 걸친 가시철조망조차
웅크린 임시 막사 주변을 죽 둘러싸거나
전쟁을 원치 않았던 사람들을
안전한 거리에 눈에 띄지 않는 곳에
보호하기 위해 있었을 뿐
흐르는 세월을, 그렇게 많은 인간의 목소리를 〔그리고〕

그렇게 깊이 쌓이는 구토, 눈물, 천천히 스며드는 피를
흡수해야 했던 판자조차
이 전쟁에 스스로를 바쳤던 건 아냐
나무도 널빤지로 가공되도록 자원했던 건 아냐
가시도 살점을 찢어내도록 자원했던 건 아냐
그 모든 것을 한번 죽 둘러봐

그리고 물어봐 누구의 서명이
명령서에 찍혀 있는지,
건물 설계도 한쪽 귀퉁이에 보이는지
글도 모르고, 배가 나온 임산부들이 어디 있었는지,
주정꾼과 미친놈 들 그중에서 네가 가장 무서워하는
그자들이 어디 있었는지 물어봐. 네가 어디 있었는지 물어봐

1983

1906년 버지니아

한 백인 여자가, 순진함에 대해 꿈을 꾸며,
시골의 유년 시절, 사과꽃잎이 흩날리던 꿈을 꾸며,
DC-10* 안에 있다. 가장 순수한 푸른색의 창공
새하얗게 펼쳐진 두꺼운 구름 천장 위를 날아가며
그 여성은 안전하다고 느낀다.　　여기서, 아무도 그녀에게 다가갈 수
없다.
어떤 남자도 여자도 그녀를 지배할 수 없다.

난 가끔 그녀가 되어본 적이 있기 때문에,
내가 그녀의 일부이기 때문에, 보고 싶지 않은 행동을 그녀가 할 때
나는 그 모습을 지켜본다. 손전등처럼 깜빡하고 지울 수 있는 눈으로,
냉정하게.
나는 그 순진함과 쓸모없음에 신물이 난다,
때때로 순진함에 대한 꿈이 나를 기만하기도 한다.
그 어떤 것도 그녀의 힘에 대해 어떻게 생각해야 할지

---

* 맥도넬더글러스 사가 자사의 DC-8의 후속 기종으로 개발한 삼발 광동체기로서 보잉 747기와
경쟁 관계에 있는 비행기이다.

내게 말해준 적이 없었다.

시야가 흐릿해질 정도로, 사과꽃잎이 흩날린다
거친 대지 위 사방으로, 작은 나무들은 제멋대로 뒤틀리고 구부러져
나름의 형체를 이루고 있다.　　왜 우리가 순수함을 사랑해야 하는가?
DC-10 안에 있는 여자가 이것을 알 수 있을까 그리고
그녀는 이것을 순진함이라고 부를 것인가?　　만약 아무도 그녀에게
다가갈 수 없다면 그녀는 이름도 없고,
설명할 수도 없는 힘에 의지하고 있는 것이다.

내가 과거에 그랬던 적이 있기에 지금 알아보는 이 여자는
하얀색의 퀼트 아래 증오받는 국가가, 그녀의 조국이,
축축한 장소들이 아직도 입 벌린 상처들을 마음속에
상기시키는 대지가　　그녀의 모국이 놓여 있다는
사실을 알아야 한다. 우리는 순수함을 사랑하는가?
힘을 얻기 위해 우린 어디에 의지해야 하는가?

우리에 대해 알기 때문에 나는 그녀가 〔이렇게〕 말할 때 민망하다.

하지만 난 죄가 없어,

난 희생자야, 소녀이고, 가장 나이가 어린 사람일 뿐이야,

가장 상처받기 쉬운 사람이고, 나도 아팠어,

그냥 떠났어야만 했고 또 그렇게 했어.

난 아직도 그녀가 가진 힘에 대해 어떻게 생각해야 할지 고민 중이다.

만약 그녀가 자신의 무지한 흑인 자매를

당연한 먹잇감으로 여겼던 그 똑같은 백인 딕시* 청년에 의해

강제로 당했다면?   만약 다섯 살 때 그의 손가락질에 다리를 벌려

자기의 성기를 보여줄 정도로 성숙했다면,

만약 그 이후 영원히, 모든 기록마다

그녀가 자기 이름 앞에 순진한이 더해지기를 원하면서

말하려 하지도 않고, 알려 하지도 않고, 이렇게 말한다면 어쩔 것인가

난 수년간 무감각했어요

〔그녀는〕 자신의 경우와 유사하든 그렇지 않든,

---

* Dixie: 미국 남부 인종차별이 심한 지역의 남자를 일컫는 말로서 부정적인 어감을 담고 있다.

마치 희생자가 고립의 상태에서만 순진할 수 있는 것처럼
마치 희생자는 감히 이성적일 수 없는 것처럼
어떤 법률 위반에 대해서도 듣고 싶어 하지 않는다면 〔어쩔 것인가〕

(난 수년간 무감각했어요.)　　그리고 만약 이 여자가
손상 없이 그대로 보존된 세상을, 원래 그대로의 영혼을 희구한다면,
우리 모두가 희구하는 것을 갈망한다면, 그러면서도
우리 모두를 거부한다면? 그녀가 입에서 권력의 맛을 보지 않았다면
어떻게 그 냄새를 맡았을까? 어떤 보호를 받는 대가로
그녀는 자신의 방종과 다른 사람들의 삶을 교환했을까?

버지니아 주 세일럼 시에 내가 결코 본 적도 없고,
〔이제〕 더 이상 남아 있지도 않을 어떤 베란다가 있다
〔거기서〕 인동초 덩굴이 대화 위를 타고 올라가고,
진입로엔 바퀴자국이 보이고, 내리막길을 따라가면
난초, 사과나무, 복숭아나무 들이 늘어서 있는,
구획이 너무 울창해서 제멋대로인 꼬마라면
길을 잃기 쉬운 과수원이 있다.

버지니아 주에서 한 꼬마가 사과나무를 타고 올라가서는
안 내려오겠다고 떼쓰다가, 뭔가를 주겠다는 마을 사람의 거짓말에
속아 마침내 내려온다.   이제, 만약 그 꼬마가, 나이를 먹고,
그 하얀색 구름 위를 날며 DC-10에서 안전하다고 느낀다면,
그리고 아무도 그녀에게 다가갈 수 없다면
그리고 만약 그 여자의 아이가, 또 다른 여자로 자라나

또 다른 방식을 선택하지만, 여전히 과거의 인동초 덩굴이
그녀의 길을 휘감고 자란다면, 오래된 바큇자국을 발견하게 된다면
그녀는 보호받기를 바라는 꿈을 어떻게 멈출 것인가,
그녀는 어떻게 순진함을, 어린아이의 힘을 버리고
방종한 자신을 따를 것인가?
그녀가 그 오래된 꿈을 꾸는 것을 어떻게 멈출 것인가?

1983

현 거주자에게

여우가 너에게 말을 걸었는가?
산 위 작은 관목 숲에서 난 불이
화염을 뿜어 여우를 몰아냈는가?
너는 부엌 쪽이 아니라   콘크리트를
쏟아부어 만든   앞쪽 현관 베란다에
서 있었는가,   떠오르는 달빛에
여우의 형체가 완전히 드러났을 때?
여우가 쉴 곳을 구걸하지 않고   완전히 자유의지로
정처 없이 떠돌다 지쳐서   충동적으로   찻길 쪽으로 〔나왔다가〕
계속 걸어 소나무 숲으로 들어갈 때,
너는 거기 계속 서 있었는가,
너는 달이 뜨고 그 번쩍이는 빛이
너의 삶을 인도하는 순간   여우가 어떤 동정도 구하지 않고
너를 볼 때까지?
하지만 여우가 네게 말을 걸었는가?

1983

북미 대륙의 시간

I

내 꿈이 어떤 통제 불능의 이미지도
경계선 너머로 도망치지 못하게 하는
정치적으로 올바른 징표를 보여주었을 때
나는 길을 걸어가다 알게 되었다
나의 주제가 스스로를 위해서 마름질되었다는 것을
적군이 사용할까 두려워
내가 무엇을 보고하지 않을지를 알게 되었다
그리고 나서 난 궁금해지기 시작했다

II

우리가 글로 써놓은 모든 것은
우리에게 또는 우리가 사랑하는 사람들에게
적대적으로 사용될 것이다.
받아들이든지 무시하든지

이것이 그 조건들이다.
시는 결코 역사 밖에
서 있던 적이 없었다.
예술을 초연한 것으로서 찬양하기 위해
또는 우리가 사랑하진 않았지만
죽이고 싶지도 않았던 자들을 고문하기 위해
이십 년 전 타자기로 쳤던 한 줄의 글귀가
스프레이 페인트로 휘갈겨져 벽 위에서 번쩍거릴지도 모른다

우리는 변한다   하지만 우리의 언어는 그 자리에 서서
우리가 의도했던 것 이상으로
책임을 지게 된다

그리고 이것이 글이 가진 특권이다

III

어느 조용한 여름밤

시골집 창가 옆에
탁자 위 타자기 앞에
앉아 있으려고 노력해보라
너의 시간이 존재하지 않는 양
그저 네가 너인 양
그저 상상만이 커다란 나방처럼,
[아무런] 계획도 없이
오락가락하는 양 노력해보라
그저 너 자신에게
너의 종족의 삶에 대해
네가 사는 행성의 숨결에 대해
책임이 없다고
말하려고 노력해보라

IV

네가 무슨 생각을 하는지는 중요치 않다.

글이 책임을 지게 된다
네가 할 수 있는 일의 전부는 단어를 선택하는 것
또는 침묵하기로 선택하는 것.
또는 네가 결코 어떤 선택을 할 수 없을지도 모른다,
그래서 그 자리에 서 있는 단어들이
[대신] 책임을 지게 되는 것이다

그리고 이것이 글이 가진 특권이다

V

가령 네가 글을 쓰고 싶다고 하자
다른 여자의 머리칼을
따주고 있는 어떤 여자에 대해서—
길게 늘어뜨리거나, 구슬이나 조개껍질로 만든 장신구를 달아
세 가닥으로 땋던가 혹은 콘로형*으로 하던가—
너는 그 두께를 누구보다 잘 알고 있다

길이도   모양도
왜 그녀가 머리를 땋아주기로 결심했는지도
어떤 식으로 행해지는지도
어떤 곳에서 일어나는지도
그곳에서 또 어떤 다른 일이 일어나는지도

너는 이런 것들을 알아야 한다

VI

시인이여, 자매여.   글은──
우리 마음에 들든 들지 않든──
그 나름의 시간 속에 놓여 있다.
저항해도 소용없다   나는 다음과 같이 썼다.
콜론타이가 추방되기 전에

─────────────────────

* 머리칼을 여러 가닥으로 딴딴하게 땋아 머리에 붙인 흑인 머리형.

로자 룩셈부르크가, 맬컴이

애너 매 아쿼시가, 살해되기 전에,

트레블링카가, 비르케나우가,

히로시마가 [사건을 당하기] 전에, 샤프빌이,*

비아프라가, 방글라데시가, 보스턴이,

애틀랜타가, 소웨토가, 베이루트가, 아삼이**

---

* 알렉산드라 콜론타이(Aleksandra Kollontai, 1872~1952)는 소비에트 연방 초창기 중요한
관직을 맡았으나 여성의 인권을 주장하다가 스탈린 체제하에서 시베리아로 추방되었다. 로자
룩셈부르크(Rosa Luxemburg, 1870~1919)는 마르크시즘 이론가이자 혁명가이며 독일 공
산당을 창당한 인물 중 한 명이다. 그녀는 제1차 세계대전 중 반전 메시지를 발표하여 상당
기간 감금되었으며, 1919년 반정부 소요사태 중에 군인들에게 살해당했다. 맬컴 엑스
(Malcolm X, 1925~1965)는 미국 흑인 인권운동 지도자 중의 한 사람으로서 1965년 살해
당했다. 애너 매 아쿼시(Anna Mae Aquash, 1945~1975)는 미국 원주민 운동에 활발히 참
가하였으며, 1976년 머리에 총상을 입고 사망한 채 발견되었다. 트레블링카와 비르케나우는
폴란드의 지명으로 독일 나치의 수용소가 있던 곳이다. 이곳에서 유대인과 폴란드인 2만 명가
량이 살해되었다. 히로시마는 일본의 도시로서 1945년 원자폭탄의 피해를 입었다. 샤프빌은
남아공 요하네스버그 근처의 마을로 범아프리카회의(PAC)가 주도한 반(反) 아파르트헤이트
비폭력 시위가 벌어진 곳이다. 이 시위는 경찰의 총격으로 진압되었으며 그 와중에 70명이 사
망하고 190명이 부상을 입었다.

** 비아프라는 1967년 나이지리아에서 독립을 선언하였는데, 이로 인해 발발한 전쟁에서 무고한
시민 수천 명이 사망하였다. 방글라데시는 1971년 파키스탄으로부터 독립을 요구하는 투쟁을
벌였는데, 이때 3백만 명이 사망하였다. 1970년 중반 보스턴 시민들은 공립학교를 버스노선

[사건을 당하기] 전에라고——그 얼굴, 그 장소의 이름들은

북미 대륙의 시간을 기록한

연대기에서 추려져 삭제되었다

VII

나는 이런 생각하고 있다.

마치 사람들의 입에서 빵이 빼앗기듯

사람들의 입에서 말이 강탈된 나라

그곳에서 시인은 단지 시인이라는 이유만으로,

감옥에 가지 않는다, 하지만

피부색이 검어서, 여자라서, 가난해서 가기도 한다.

에 통합하는 문제로 폭동을 일으켰다. 애틀랜타 주에서는 1979년과 1981년 사이 스무 살도 채 안 된 어린 흑인 청년들이 무려 28명이나 살해되었다. 살인자가 체포되었으나 사건은 미결로 흐지부지 처리되었고 이로 인해 인종갈등이 긴장 국면으로 치닫기도 하였다. 소웨토는 남아공 요하네스버그 근처의 흑인 마을로서 아파르트헤이트에 저항하는 흑인 저항운동의 요지였다. 베이루트는 레바논의 수도이자 1958년 이후 기독교도와 이슬람교도 사이의 극렬한 투쟁이 벌어져온 곳이다. 아삼은 인도 북동쪽에 위치한 지역으로서 1983년 초에 이곳에서 일어난 폭동 중에 방글라데시에서 온 이주민들이 학살의 대상이 되기도 했다.

나는 우리가 적어놓는 어떤 것이든

우리가 사랑하는 사람들에게 적대적으로

사용될 수 있는 시기에 이 글을 쓰고 있다

우리가 반복적으로 설명하려고 애를 쓰지만,

그곳에선 결코 맥락이 주어지지 않는다,

시를 위해서 적어도

난 이런 것들을 알아야 할 필요를 느낀다

VIII

가끔, 밤에 비행기를 타고

뉴욕 시 상공을 날아가는 동안

나는 이 빛과 어둠의 지대에

들어가도록 부름 받은, 참여하도록 부름을 받은

어떤 사자(使者)가 된 듯한 느낌을 가진 적이 있다.

〔그것은〕 비행하면서 떠오른 참 거창한 생각일지 모른다.

하지만 그 거창한 생각 아래

내가 씨름해야만 하는 〔생각이〕

비행기가 성난 듯 활주로에 내려앉은 후

오래된 집 계단을 올라가,

오래된 집 창문 앞에 앉으면

내 가슴을 무너뜨리고 날 침묵 앞에 복종시키는

그 생각이 떠오른다.

IX

북미 대륙에서 시간은 정체된 채,

단지 몇몇 북미 대륙인의 고통만을 해소해주며

계속 고꾸라진다.

줄리아 데 부르고스*가 이렇게 썼다.

내 할아버지가 노예였다는 사실이

슬픔을 준다.   〔하지만〕 그가 노예주였더라면

---

* 〔원주〕 Julia de Burgos(1914~1953): 푸에르토리코 출신의 시인이자 혁명가로서 뉴욕 시의 거리에서 사망하였다.

그것은 내게 수치심을 느끼게 했을 것이다.

시인의 언어는,

북미 대륙에서,

일천-구백-팔십-삼이라는 연도에

문 위에 걸려 있다.

거의 완벽하게 둥근 달이

시간의 구애를 받지 않고 변화에 대해 말하면서

브롱크스로부터, 할렘 강으로부터

퀴빈*의 침수된 마을로부터

노략질당한 묘지로부터

유독가스를 내뿜는 습지로부터, 〔핵〕실험-지대로부터

떠오른다

그리고 나는 말하기 시작한다 다시.

1983

* 매사추세츠 주 서쪽에 있는 저수지로서 1937년 다섯 마을을 침수시켰다.

청금석(靑金石)

—— 미리암 디오스-디오카레츠*를 위하여

당신이 지닌 청금석** 덩어리는
그 탁자 위 포도주 잔 속으로 푸른빛을 드리우고 있어요

시든 장미와 생생한 봉오리가 한 가지에 달려 있는 걸 볼 때
하늘 위에 떠 있는 보름달도 평범해 보여요

아니요, 난 페르시아의 시를 인용하고 있는 게 아니에요.
이 모든 일이 여기 북미 대륙에서 일어나고 있답니다

그곳에서 나는 〔탁자에〕 앉아 이미 불타고 있는 것으로부터
불씨를 일으키려고 애를 쓰고 있어요.

칠레에서 가져온 청금석의 빛이
"백조의 눈"이라는 살굿빛 포도주 속에서 너울거립니다.

---

* Myriam Díaz-Diocaretz: 칠레 출신의 시인이자 비평가로서 여성학의 발전에 지대한 영향을
  끼쳤다. 미국 내 유수한 대학에서 강의하다가 네덜란드에 정착하여 활동하고 있다.
** 영어로는 'lapis lazuli'이며 파란색의 암석이다.

이것은 당신이 사는 세계의 한 조각, 그 심장의 한 조각이겠지요.
나머지에서 쪼개져 나온, 그 청금석 조각은 아픔을 느낄까요?

당신은 내게 말할 필요가 없어요.   가끔 나는 그 청금석이
노래하는 걸 듣는답니다. 바빌론 강가에서, 낯선 땅에서

때때로 그 돌은 조용히 지진을 일으킬 지식의 무게를 지니고
그저 내 손안에 무겁게 쥐어져 있기도 하지요

타국에 있는 청금석 조각은, 일종의 망명을 연습하지만
상처 난 가슴으로부터, 그 산들로부터,

겨울비로부터, 언어로부터, 타고난 슬픔으로부터
결코 떨어진 적은 없습니다.

이십 세기 말
심전도표가 고통을 그려내며 시에 화답하네요

한 줄 한 줄.   북미 대륙에서도
심전도 바늘의 움직임은 계속되고 있답니다

공포의 수치가 다시 계량되고 있어요
밤새도록, 내가 전등을 꺼서

포도주 잔을, 청금석과 장미를 지워버리고
실수와 사랑으로 휘갈겨 쓴 글들을 이렇게 남겨둔 이후에도.

난 잠에 빠져듭니다. 하지만 심전도 바늘은 잠을 자지 않습니다,
드럼은 냉정하게 회전하고, 잔인함은 자기 이름을 써놓지요.

예전에 내가 시를 썼을 때 그 시들은 변하지 않았어요
밤새도록 그 페이지에 그대로 있었지요

그것들은 그대로 가만히 있었는데 동이 터서 그 위로
빛이 비치자, 마치 마당에 매어놓은 빨랫줄이

걷는 걸 잊어버리거나 다음 날 볕이 더 좋을 때까지 그냥 두자고
내버려둔 옷가지의 무게로 축 처지듯이 변했지요

하지만 이제 난 자는 동안 무슨 일이 일어나는지 알겠어요
그리고 내가 깨어날 무렵 시가 이미 변해 있다는 것도

사실들이 시를 희석했거나, 무효로 만들었다는 것도요.
그리고 매일 아침 햇살 속에서, 당신의 돌이 거기에 있는 걸 본답니다.

1985

모순들, 그 흔적을 따라[*]

1.

보라.　　지금은 일월　　가장 잔인한 대학살이
우리 앞에 기다리고 있다　　온화한 잿빛 오후를 보고
현혹되지 마라　　석양은 낮이 길어지고 있다는 생각으로
분홍색과 자주색 화장지에서　　절단된 것이다
동지(冬至)에 속지 마라.
우리의 삶은 언제나
모순의 찌개일 것이다
가장 추운 겨울의 순간이 사월에도 찾아올 수 있다
청개구리가 고집스레 입을 다물고 있을 때　　그리고 우리 육체가
신념 없이 터벅터벅 걸어가고 있을 때
그리고 우리를 시험하는
모든 완벽한 무기 앞에서 우리의 생각이 경련을 일으키며 주저앉을 때.
[우리를] 때려눕히는, 이 뭉툭한 날을 지닌 삶이여

---

[*] 이 시는 총 29개의 시로 이루어진 연작 시로서 시인의 감정적, 심리적 경험을 따라가는 구조를
　가지고 있다. 이 시선집에는 몇 개가 생략되어 있다.

2.

차가운 가슴.   차가운 뼈.   차가운 두피.

회색   검은색   황금색   붉은색

차가운 두개골 위의 머리카락.   그 두개골 안엔

전쟁에 대한 생각   통치에 대한 생각

모든 생각 중에서 가장 차가운 생각.   폐쇄하는 것을 꿈꾸는

모든 것이 무릎을 꿇는 차가운   지성

차갑게 미소 짓는   기억

으깨지고 얼음처럼 차가운

추위를 반쯤 머금은   숨결.   꽁꽁 언 국가의

꽁꽁 언 사람들은   고급 음식을 또는 쓰레기를

먹는다,   얼어붙은 혀로, 기름진 고기

혹은 피자 끄트머리를   핥아 먹는다,   얼어붙은 눈은

똑같이 얼어붙은 다른 눈에   달라붙는다

차가운 손은, 쓰다듬으며   가장 차가운 섹스를 한다.

차가운 심장   차가운 섹스   차가운 지성

역사 속에 단단히 박혀 있는　　얼음 속에 갇혀 있는
나의 조국

3.

흐린 겨울날 짧은 오후에
이 침대에서　　내 입은 당신의 가슴팍을 애무하지
섬세하고　　거칠고　　너무 뜨거운 희열(喜悅)에
우린 깜짝 놀라
대낮에 켜놓은 향초가 특별한 빛으로 타오르는 동안
우린 거칠고　　섬세하게　　서로의 손을 잡고 뒹굴며 장난했어
대낮에 켜놓은 향초가 특별한 빛으로 타오르는 동안.
만약 밖에서 눈이 내리고　　나뭇가지 위로 쌓인다면
그리고 예고도 없이　　밤이 내려앉는다면
이런 것들 또한 겨울의 즐거움이겠지
갑작스럽고, 격렬하고 섬세한　　당신의 손가락은
정확하고　　바로 그 순간 나의 혀도 정확해

농담 한마디에 우린 멈추고 웃었지
내 사랑   당신의 내음에 뜨거워져   겨울의 첨점(尖點)에서

6.

에이드리언에게,
                오늘 밤 난 당신에게 전화를 걸어요
친구에게 전화를 하듯이   혼령에게 전화를 하듯이 말이죠
당신이 여생(餘生) 동안 무얼 하려는지 물어보려고요
가끔 당신은 마치 남은 시간을 다 가진 것처럼
행동하죠. 당신이 그럴 때 난 걱정이 돼요.
인생의 절정, 노년은
과거와 같지 않아요.
잘 죽는 것도 마찬가지고요,
이제 당신이 벽 모퉁이를 돌아가면
빛을 볼 수 있어요
그 빛은 이미 당신의 과거를 꺼버렸죠.

보스턴 어디에선가   아름다운 문학작품이

작가들에 의해   매 시간 낭독되고 있답니다

그들이 이런 일을 싫어한다는 것을

알리기 위해서죠.

난 당신이 마음속에 무언가를 가지고 있기를 바랍니다.

난 당신이 남은 인생에 대해

어떤 생각이라도 하기를 바랍니다.

자매애로,

에이드리언이

7.

에이드리언에게,

난 어떤 징조를 느껴요

흉골로부터 왼쪽 어깨를 지나 아래쪽으로 팔꿈치를 타고

손목까지 한 가닥 실처럼 쭉 이어져 내려오는 고통 때문에

난 이 편지를 손으로 쓰는 대신 타자기로 치고 있어요

오른쪽 손목에 고통이 활짝 피어나면서 열이 오르네요

마치 네온사인에 불이 켜진 것처럼요

당신은 내게 물었죠,

여생을 어떻게 살 건지

글쎄요, 고통 때문에 아무것도 가늠할 수 없네요

과거의 시인들이 이런 것에 대해 쓴 적이 있나요?

──그 괴이한 곳에서, 자유롭게,

많은 사람들이 노랠 부르고 싸웠죠──

하지만 난 이미 여생을 살고 있는 거나 마찬가지예요

내가 선택한 조건은 아니지만요

고통의 철사 줄에   휘감긴

                    천천히 움직이는 기차를 탄 승객이라고 할까요

                                        에이드리언이

10.

브루클린의 크고 작은 세상 위로

시카고의   아르헨티나의   폴란드의

매사추세츠 주 홀리오크의   암스테르담의   맨체스터의

         잉글랜드의

갈기갈기 찢어진 지역사회들 위로   밤이 내려앉는다

얼마나 많은 갈등하는 가슴 속에서

얼마나 많은 저항하는 삶 속에서

토론토   마나과*   세인트 존스베리**에서

그리고 여자가 살아가는 크고 작은 세상 속에서

속죄의 낮이 시작되는가

가끔 어떤 오래된 것이 저주받은 게토 지역에 먼지를 일으키며

대지를 관통해 지나간다

당신은 내가 식사할 건지를 묻고 나는, 그렇다고, 대답한다

나는 한번도 금식한 적이 없었다

---

* 니카라과의 수도.
** 미국 버몬트 주의 도시.

하지만 뭔가가 내 삶을 가로지른다

그림자가 아니라   불의 영상 같은 것이

11.

나는 병원을 나섰다

대학살을 보았으나

어떻게 말할지 모르는 여자처럼

나의 집착력(執着力)   길거리의 고통에서 번져오는

가시지 않는 전염병

욤 키푸르 날* 입원실에서 그들은 모르핀 주사를 빼냈다

난 벽 위에서 죽어가는 자와 죽은 자의 그림자를 보았다

그들은 기독교 보수 우파 집단이 그랬다고 했다

그 뒤 콜 니드레**가 라디오에서 흘러나왔다   그리고 제집을

잃은 내 영혼이   집을 찾아가려고 애쓰고 있었다

---

* 유대교의 속죄일로서 음식, 음료, 성교를 금한다.

** 욤 키푸르 전날 밤 의식을 시작하면서 외우는 기도문 혹은 기도문을 외우는 자.

그것이 그때였던가 다른 때였던가
어떤 순서로 그 일이 일어났었지
그들은 이것을 대기 수술*이라고 불렀지만 내가 생각건대
그간 우리 모두는 이런 수술로 죽었던 것 같다.

12.

정화(淨化)로서의 폭력.   그 한 가지 생각.
다른 학살을 무의미하게 만들기에 충분한 대학살
실패로 끝난 앞선 수술의 문제를
해결하기 위해 사력을 다한 마지막 수술
보라.   나는 그들의 약에 취해
그들의 수술대에 그들의 장비 아래 누워 있다
내 몸의 중심에서 이러한 방식에 저항하는

---

* 어느 정도 기다려도 수술의 결과에 영향을 미치지 않는다고 판단되는 경우 응급수술을 하지 않
  고 잠시 미루는 것이 허용되는 경우를 의미한다.

목소리가 터져 나온다

(네가 어디서 실수를 했든지 상관없이

방사선을 쏘이고   껍질을 벗겨내고   잘라버리지)

그리고, 그렇다, 자비로운 괴사 조직 제거술이란 게 있다

하지만 불로 지진 조직은 보복과 부주의 때문에

문드러진 살점으로 변한다

나는 너무 자주 패혈증에 근접한 상태에 빠졌기 때문에

폭력이든 비폭력이든 함께 놀아줄 기력이 없다.

14.

최근에 나는 꿈에

너의 엄마, 역시, 시인들을 위한 선교사였어와 같은

평범한 영어로는 의미가 통하지 않는

긴 문장을 듣는다

또 다른 꿈에서는 옛날 학교 선생님 중 한 명이

예전에 나에게 써주었던 추천서를 보여준다

〔그것은〕 영어로 쓰인 것은 확실한데, 이해할 수는 없다,
〔그는〕 나에게 그것이 "변형 문법"이라고 설명해주지만
그 편지를 타자로 쳐준 학생도
그 문법을 모른다고 한다.
최근에 나는 아버지에 대한 꿈을 꾸었다,
아버지는, 살아 계셨는데, 낡은 의자에 앉아 있으셨다.
아버지가 나에게 이렇게 말하셨던 것 같다,
내가 얼마나 외로운지 넌 모를 게다.

15.

당신은 내가 모든 것에 대한 표현을 알아낸다고 생각하겠지,
내가 당신을 위해 이걸 쓴다고 생각하겠지,
어떻게 하면 당신이 알게 할 수 있을까,
내가 눈엔 안 보이는 그 짐 보따리의 소유권을
오십 년이 넘도록, 가진 적이 거의 없었다는 걸,
처음에 공항 짐 찾는 벨트 위로 〔그것이〕 쑥 튀어나왔을 때

다른 사람들처럼 슬쩍 쳐다보고
기다리는 동안, 아무도 그걸 훔쳐가지 않으리란 걸
결국엔 벨트를 돌아 다시 올 거란 사실을 알면서도——
〔그것에〕 집착하고, 특별히 신경을 쓰고, 갈망했다는 걸?

18.

지금까지 언급되지 않았던 문제는
고통에 재갈을 물리고   치유되지 않고
애도되지도 않는   세상에서   어떻게
망가진 육체로 살 것인가이다
문제는 히스테리를 부리지 않고, 〔어떻게〕 타인의 육체적 고통을
그 육체가 살아가는 세상의 고통에 연계하는가이다,
왜냐하면 그들이 영원히 파괴하려는 것이
그 육체가 살아가는 세상이니까
가장 좋은 세상이란   생명체로 가득 찬
두려움으로 가득 찬   육체의 세상이다

기형적이긴 하지만   그래도 우리가 가진 가장 좋은 것이고
추상적인 세상 속을 헤쳐 나갈 우리의 뗏목이니까.
결코 비용을 계산하지 않고   경계선을 걸어다니며
이 지구상에서 살기를 내가 얼마나 바랐던가

20.

휴한(休閑) 중인 담배 밭에서   이주 노동자들은
더 이상 보이지 않는다
증명서도 없는 정보요원들이 일했던 〔그곳〕
얇은 흰 막 같은 꽃잎 아래로 보이는 진초록 잎새가
아름다웠고   건초 더미가 부채처럼 활짝 펼쳐져 있었지만
그곳에서 그들은 땅에 대한 이해관계가 없었다
물론 이 모든 것이   이 계곡 자체도 다른 방법으로
운영되었을지도 모르지만.   모순을 한 가지 더 들어보자
천국 같은 들판   잔인한 고층 빌딩들
살충제로 오염된 우물들

나는 몇 년 동안 이런 물리적인 힘에
대적할 수 있는   시 한 편을 쓸 수 있기를
소망하고 있었다
하지만 난 늘 실패했다
내가 오해를 받지 않을   단 한 명의 독자를 찾고 있었을 뿐
시의 여신을 찾고 있었던 게 아니었기 때문이다

22.

삼 도 화상을 입어   머리칼이 다 빠져버린 친구가
〔보호〕헬멧을 쓰고   앉아 있다
기묘하고도 슬픈 그녀의 우아한 자태
완전히 위험에 처해 있는   대체 불가능한 그녀의 자아
방사능으로 오염된 사막에서 한 여자가 걷고 있다
검은 원피스를 입고   백발로   꾸준하게
야광 시곗바늘처럼

그녀는 원을 그리며 걷고 있다   굳은살 박힌 손가락들로
깍지를 끼었다 풀었다 하면서
그녀의 얼굴은 무표정하다   그녀에게 기도를 해줄까
흩어진 솔잎에 대해서   솔잎들이 어떻게
그 모든 것이 시작되었던
양철 지붕 판잣집에 있는 역청(瀝青) 우라늄* 원광에서 캐낸 광물 포대로
부터
시골 여름의 심처럼 흔들려 떨어졌는지 얘기해줄까
무엇보다 자신의 자아를   부인했다고 탓할까
그러고는 가장 순수한 과학의 뒤섞인 가치를 탓할까
돌이켜 생각하여   그녀를 위해 현명해지는 건 어떨까
그것이 결국 이렇게 되었다고   고함치는 것은 어떨까
그녀를 칭찬할까   원자력으로 오염된 사막에서
평화롭게   배회하도록 내버려둘까?

---

* 우라늄. 라듐의 주요 원광.

23.

그들이 정착하도록 정부가 밀어붙였던 것이 틀림없다는 걸,
화학 계열 업체들.   그리고 그들에게   입을 다무는 조건으로
돈을 주었다는 걸   당신은 알고 있다
스무 살에 거기 정착했던 그들은   신념이 있어서가 아니라
그저 그렇게 생겨먹은 사람들이라서였다   그러고는
그들이 자신의 몸속에
다이옥신이 쌓여 있다고 말했을 때   미쳤다는 소리를 들었다
기억하고 싶지 않은 기억처럼
그들의 아이는 기형으로 태어났다
모든 이가 반대했던 전쟁에서 지고 돌아왔던 사람들에겐
아무것도 변한 것은 없었다는 걸   존경심도 애도도
보이지 않았단 걸 당신도 알고 있다
아무도 그들을 영웅 취급하며 학교로 돌려보내지 않았다
그들에게 가해진 것에 대해 소송을 시작한다면
끝이 없을 것이다   시작만이 있을 것이다
역사 속에 단단히 박혀 있는   얼음 속에 갇혀 있는

나의 조국

26.

당신.   당신의 몫이었던 흙덩어리 밭을 빼앗기고

불타버린 마을을 빼앗기고   바람결에 떠도는 신세가 된 당신.

마르크시스트 연구회   시온주의자 비밀 조직

카페 혹은 셰데   쟈딕*류 혹은 프로이트류   이성애자 혹은 동성애자

여성 혹은 남성   벌거벗겨져   맨몸이 드러나   두려움에 떠는

정신적인 것에만 몰두하면서도   아직 육체에서 벗어나지 못한

오, 당신들이여

당신들의 바꿀 수 없는 지식은   진흙 깔린 세상의 하층부에

아무런 영향도 못 미치고 사라지는데

당신들은 그 뼈만 앙상한 손가락으로 어떻게 당신들 자신을

서로를   그리고 이방인들을   꽉 잡고 있는 걸까.

---

* 셰데는 유대계 지역사회의 지원을 받는 방 한 칸짜리 마을 학교임. 쟈딕은 유대교 성직자.

당신들은 어떻게 만졌던 걸까   절반쯤 이미 시체나 다름없는 것이

추락하는 걸 어떻게 막았던 걸까

당신은 살려달라고 절규하면서 어떻게 그 거칠고, 조악한

그래서 어쩌라구?*라는 말로   멸종을 조롱했던 걸까?

당신들을 애도하는 건 마음 깊은 곳에서부터 저항심을 불러일으켜

단순히 슬퍼만 할 수가 없기 때문이야

바람결에 떠도는   잃어버린   당신들은

그래도 아직 우리의 선생들이지

자고 있는 우리에게 말을 걸려고 애쓰는

우리가 깨어나는 것을 도우려고 애쓰는

27.

톨스토이를 따르는 자들과   아프리카계 미국인 노예들은

알고 있었다   다른 사람들에게 읽고 쓰는 것을 가르쳤다는 이유로

---

* 〔원주〕 신시어 오직(Cynthia Ozick, 1928~   )의 『예술과 열정*Art and Arbor*』(1984) 255쪽 참고.

당신이 살해될 수 있다는 사실을.

가장 참기 어려운 고통은

연필과 종이를 금지당하는 것이라고 난 생각하곤 했었다

글쎄, 딩링*은 문화혁명으로 감금된 수년 동안

감옥 벽에 자기가 외우던 시를 써놓았다지

진실로, 문어(文語)가 지니는 마력은

어렴풋이 드러났다 스러지고

조그맣게 축소되었다가   부풀어 오른다

당신이 어디에 서 있는가에 따라

당신이 무엇을 손에 쥐고 있는가에 따라

누구를 읽고 왜 읽는가에 따라

난 이제 가장 참기 어려운 고통은

당신이 어떤 사람인지 혹은 어떤 사람이었는지를

알지 못하는 것이라고 생각한다

---

* 〔원주〕 丁玲(1907~1986): 중국 후난 출신의 여자 소설가로서 마오쩌둥 혁명정부 시절 주요
문인이었다. 너무 비판적이고 독자적으로 글을 쓴다는 이유로 1957년 추방당하였으며, 1970
년 반혁명적 인사로 분류되어 수감되기도 하였다. 1976년 문화혁명 말기 모든 죄목에서 무고
하단 판결을 받았다.

나는 작가들로부터 이것을 부분적이나마 깨달았다
읽고 쓰는 것은 신성한 것이 아니다
그럼에도 불구하고 사람들은 죽임을 당해왔다
마치 그러한 것처럼

29.

당신들은 내가 모든 것에 대한 표현을 알아낸다고 생각하겠지
지금은 이것으로 충분해
간단히 말하기   표현에서 자유로워지기
난 당신들을 위해 이걸 쓰고 있어
밤에 손상된 연골 조직이
신비스러운 관절 조직 주변으로 삐져나올 때
시체를 파먹는 벌레가 어깨에서 팔꿈치로 손목뼈로
꾸물꾸물 기어다니는 것 같을 때
육체의 고통과 길거리의 고통은   같은 것이 아니라는 점을
기억하길 바라.   하지만 오 당신들 그 무엇보다 분명한 경계를

사랑하는 당신들은   경계선이 희미해지는 곳에서 배울 수 있어
자 경계선이 〔점점〕 흐려지는 걸 지켜봐

1983~1985

시간의 힘

교실에서

시에 대해 얘기하면서, 책을 한 아름 안아

책상 위에 올려놓는다

아이들은 머리를 숙이거나 허공을 쳐다보고 있다,

귀를 기울이고, 큰 소리로 읽으면서,

자음에 대해, 말줄임표에 대해 얘기하면서,

'어떻게'에 정신 팔려서, '왜'에 대해서는 잊어버린 채.

주드, 난 찡그리지도 끄덕이지도 않는

네 얼굴을 쳐다보고 있어,

책상 위로 먼지 티끌이 뿌옇게 날리는 동안.

돌멩이처럼 존재하는 존재, 만약 돌멩이가 생각을 할 수 있다면

내가 말할 수 없는 것, 그게 나예요. 그것 때문에 내가 왔어요라고

[하겠지].

1986

소설

겨우내 너는 일찍 침대에 들어가, 의무감처럼 읽었지 『전쟁과
                              평화』를
너는 전장에서 하늘을 쳐다보는 안드레이 왕자의 차가운
두 눈이 되어 그의 부상을 입고
두 강에서 불어오는 바람을 막아주는 두툼한 외투를 걸치고
걸어가고 있어, 마치 네가 평범한 듯이
마치 네가 거친 장갑을 낀 손으로 두 강 사이로 부는
바람에 부풀어 오른, 철조망에 걸린 낡은 스타킹 같은
너덜너덜한 가느다란 너의 정신줄을 잡아당기지 않았단 듯이
                    겨우내 넌 그 책에 대해서
아무것도 묻지 않았지, 그것이 네 무릎에 무겁게 놓여 있는데도
너는 단지 무두질된 가죽, 착용할 수 있는 가죽 종류에 대해서만 물
었어
너는 나이 든 여자이자, 어린아이이자, 지휘관이었어
너는 나타샤가 거세된 중성인으로 자라는 것을 지켜보았지
너는 눈으로 책장을 넘기는 동안 마음이 고요해지는 것을 느꼈어
너는 책장이 왼쪽으로 두툼해지고 오른쪽으로 얇아지는 것을 느꼈어
너는 결말이 다가오고 있는 것을 느꼈어

너는 그 결말 너머에 놓여 있다는 것을 알고 있었어
너 자신의, 아직 쓰이지 않은 삶이

1986

숲 가장자리에서 장기를 두는 아이들

녹색 나무 의자 두 개
　　　　그 사이로 다리 세 개짜리 스툴 하나
너의 삼각대
　　　　너의 맨 다리보다도 긴
　　　　　　　날카로운 풀잎들이
　　　　　　　　　붉은색과 검은색의
종이 바둑판에서
　　　　놀이판에서
　　　　　　규칙판에서
추켜세운
　　　너의 두 다리에 그림자를 드리운다
하지만 너는 장기를 두지 않는다, 이야기를 하고 있다
　　　　　　　　　　지금은 한여름
더 큰 규칙들이 깨지고 있다
　　　　　　지금이 순수하게 지낼 수 있는
마지막 여름이란 걸 너도 알게 될 거야
　　　　　　　　그리고 난
한동안 그게 사실이 아닌 듯이 굴 거야

그런 위선적인 행동이 끝날 때

　　　　　　난 이것을 볼 수 있겠지.

배경의 그림자들이

　　　　　깊이

　　　　　　지워졌다 다시 목탄으로 그려지는

한순간이 아니라

　　　　　매년

너의 등 뒤에서 그 나무가 어떻게 어렴풋이 나타나는지

그 숲의 제일 첫번째 나무와

　　　　　　맨 마지막 나무

거기서 사슴이 보호를 박차고

　　　　　　걸어 나오고

첫번째 나무가

두려움에 빠지고

　　　　맨 마지막 나무와 첫번째 나무가

1987

천국의 정원과
같은 사막

1.

지식을 보호하라
아는 것이 많은 자들로부터,
꿀꺽 삼켜 못 먹을 것으로 만들어버리는
그들로부터.

이곳에선 별들이
보일지도 모른다
너에게만큼 나에게도 멀리,
나에게만큼 너에게도 멀리.

유일신론. 그것이 거기서 시작되었다.
하지만 모든 영혼들도, 마찬가지이다.
사막이 말하기를, 네가 믿는 것을

나는 입증할 수 있노라. 나는, 아마란스꽃,*
나는, 은유의 바위, 나는, 땅굴,

나는, 경사진 집수(集水)통에 떨어지는 물방울,
나는, 독수리, 나는, 말라빠진 가시.

황홀경 속의 바위. 다른 바위들의
팔을 뿌리치고 도망친.
황금으로 그리고 도금으로 인도하는 길.

2.

그대, 차벨라**여, 사막에서 노래 한 소절 부탁하오
밀수된 엘피 레코드판에서 불법으로 녹음된 테이프를 틀고
여기 그대를 데려오나니, 나 그대에게 노래 한 소절 부탁하오

---

* 영원히 시들지 않는다고 하는 전설의 꽃.
** 〔원주〕차벨라 바르가스(Chavela Vargas, 1919~) : 코스타리카 출신 여가수로서 멕시코
전통음악과 대중음악을 한다. 멕시코 카우보이처럼 남장을 하고 붉은색 판초를 걸치고 무대
에 오르는 것으로 유명하다.

그것은 날 위한 게 아니라오, 비장한 기타 연주를 배경으로
그대의 읊조리듯 흐느끼는 저음의 콘트랄토 목소리*는
날 위한 게 아니라오   그래도 제발 들을 수 있게 해주오

결코 남자에게든 여자에게든 나는 자주 기도하지 않는다오
가끔씩 음악에게 또는 병 속에 담긴 석양에게
빨리 찾아와 땅속으로 스며드는   겨울 저녁에게 기도하는 것 말고는

우리의 피는 섞인다오, 결코 하나가 되지 않은 채,
자홍색과 주홍색의 중간쯤이랄까
하지만 우리가 노래하는 것은, 그 색으로, 물들며

결코 하나가 되지 않고, 두 세상을 지니게 될 거라오
촛불 켜진 술집에서 그리고 지진이 난 곳에서
그대의 음악이 날 찾는다오, 전에는 찾지 않았지만.
내가 그대에게 부탁하는 이유가 이것이라오

---

* 테너와 소프라노의 중간 소리로서 여성(女聲)의 최저음.

노래가 듣는 이를 피해
[가수의] 목청으로부터 노래라고는 전혀 들어본 적이 없는 것 같은
사슬에 묶인 산으로 들어갈 때   왜 그 노래는

어떤 노래도 결코 가본 적이 없던 곳으로 그렇게 가기를 원하겠소.

3.

모든 실수가 잠겨 있는 이 창백하고 명징한 빛 속에서
이 서녘 하늘의 잔광 속에서
촐라 선인장*의 날카로운 가시로 가장자리를 장식한
진홍색 두건을 머리에 두르고 있는 당신에게 씁니다

당신은 모하비 사막의

---

* 미국 서부나 멕시코에서 흔히 볼 수 있는 가시 많은 선인장의 종류.

잔인한 황금빛 영혼이

아득히 먼 과거의
봄 황혼 빛 속에서 피어나던 때를 사랑하죠
이렇게 멀리 떨어져 있으니 난 안전하게

당신이 매일 겪는
위험을 불러냅니다, 턱을 쑥 내밀고,
눈꺼풀을 내리깔고 모래 폭풍을 견디며.

폭풍은 여자들도 남자들도 아이들도
말과 소도
순식간에 목장을 송두리째 압도해버리죠

── 그토록 많은 것이, 갑자기 홍수가 난 듯, 번개처럼 빨리,
올바르게 행해졌던 모든 것, 지옥에 떨어졌을 법한 모든 것
모든 범죄가 독립의 협곡을 따라

다 씻겨 내려갔습니다, 이미 사라진 마차길을 따라 사라졌습니다
글쎄요, 이곳은 당신의 조국이었지요, 말린체,*
지금도 그렇고요, 여기서 당신은 말하기로 선택합니다

4.

가뭄을 이겨낸 모든 식물은 점점 줄어드는 물로
제각기 살아가는 법을 체득해야 했기에
나름대로 이야기를 가지고 있다

각각은 부드럽게 적셔주는 장대비를 맞으며, 폭풍우가 지난 후
고요한 물방울 소리를 들으며 느긋하게 지내기를 좋아했을 것이다
각각은 부족함 없이 잘 자랄 수 있었을 것이다

---

* Malinche: 코르테스를 수행하고 통역을 맡았던 멕시코 원주민 여인으로서 스페인이 멕시코를
  함락하는 데 중요한 역할을 맡았다. 이후 코르테스의 연인으로서 아들을 낳았다. 원주민의 배
  신자이자 멕시코인의 어머니로서 상반된 평가를 받고 있다.

하지만 가뭄이 극심한 곳에도 틀림없이 어떤 식물이,
종족을 배신하기보다는
스스로를 미세하게 변화시키며

지속성을 유지하기 위한 대가를
끊임없이 연구하며, 사물이 존재하는 방식과 꾸준히 거래하며
생명력을 이어가는 어떤 식물이 있을 것이다

5.

그런 뒤 하얀 피부를 지닌 자들이
낙타를 타고
불타는 하늘 밑을 빨리 지나갔다
그들의 삶은 책 한 권의 의미
그들의 영지에 이 모든 것을 가둬둔다
별이 낮게 뜬 하늘, 자수 놓인 안장
매끈한 도자기 주전자에 끓고 있는 커피

소금, 기름, 유럽과
아시아를 이어주는 길
십자군들, 재향군인들
아이들의 뼈를 빨아먹고, 의미에 만취되어
아랍인을 겁탈하고, 유대인을 살해하는
제국의 사막-쥐새끼들

6.

독일계 피가 흐르지요, 아랍인 아흐마드가
1925년, 별이 빛나던, 여름밤
높은 담벼락으로 둘러싸인
현란한 문양(文樣)의 카펫이 여러 장 깔린
그의 집 정원에서
갈색 손목 위로 드러난
퍼런 정맥을 톡톡 치면서
유대인 아널드에게 말한다.

그것이 십자군의 혈통이었을까?

그들은 그것으로 형제간이 되었다고 생각했을까?

유대인 아널드 나의 아버지는

내게 그 이야기를 해주며

독일계 피가 흐르는 아흐마드의 사진을

보여주었다

7.

그리고 검은 옷을 입은 그자들이 말을 타고 와서

골짜기로 분리되고, 계곡으로 갈라진

거대한 평지를 탐색하였다, 〔그곳은〕

시에라 산 페드로 산 마르티르*를 향하고 있으며,

북쪽으로 내륙에 붙어 있는 바하칼리포르니아 주**를

고정된 막대처럼 보이게 하였다.

---

* 캘리포니아 주 남쪽 지명들로서 미국과 멕시코 전쟁 전 멕시코 영토였던 곳.
** 멕시코의 북쪽 지역으로서 미국과 경계를 이루고 있다.

이 세상에서 가장 불운하고

가장 배은망덕하고 가장 비참한 자들의 땅

이라고 미겔 베네가스 신부*가 썼다

그래도 그들은 부서질 것 같은 정자 위로

선교 깃발이 게양되도록 명했다.

우물에서 퍼 올린 가느다란 물줄기로

정원의 무화과, 야자수, 사탕수수를 적시고

통제 불가능한 것들을 억지로 통제하려고 하였으며

그런 가운데 많은 인명을 빼앗았다.

제단보와 성배를 들여와 그들의 가슴으로부터

천연두, 홍역, 장티푸스를 베풀었고

신음하는 병자들을 역병이 기승하는 방에 가두었으며

어떤 마을로 가서 모든 아이들에게

세례를 주었다. 그 뒤 그 아이들은 〔모두〕 죽었다.

(산 이그나시오! 솔레다드!)**

---

* Miguel Venegas(1680~1764): 예수교 신부로서 바하칼리포르니아 지역에 대한 역사서를
  집필하였다.
** 산 이그나시오는 멕시코의 도시 이름, 솔레다드는 옛 멕시코 (현 미국)의 마을 이름.

꺼끌꺼끌한 백년초 껍질을 벗겨

포도주에 적셔

[그들의] 마음과 영혼을 얻고자 하면서도,

[선교] 대상이 비천하다고

인간적 가치가 거의 없다고

확신했던 자들이 있었다.

── 무엇으로부터 내가 기독교인의 영혼을 길러낼 수 있단 말인가?

이 벌거벗고, 무지몽매한 자들을 위해

내가 십자가와 국왕의 일을 하러 왔던가?*

8.

그대가 단지 물려주어야만 하는

세대의 일부라는 점을

생각해보는 것은 어떤 의미이겠는가?

---

* 리치는 베네가스 신부의 고백을 인용하고 있다.

사막에서, 인간답게

살려고 애쓰면서, 아이들이

그 [약속받은] 땅을 차지하도록

뭔가를 남겨주려고 고민하면서

산다는 것은 어떤 의미이겠는가?

그대가 속박 속에 태어나,

할 수 있는 것은 아무것도 없고, 단지 시간만이

그대를 타고난 노예 상태에서

구원해주리라고

생각해보는 것은 어떤 의미이겠는가?

9.

죽은 나무의 옹이에서 돋아난

희뿌연 초록색 줄기 위로

밤에 피는 손가락 선인장이 만개를 한다

고요한 밤 큰곰자리 아래

키가 가장 큰 기둥 선인장이 추위에 쩍 갈라진다
초식동물들이 잡아먹힌다
육식동물들의 뼈가 흩어진다
그리고 청소동물들이 깨끗이 먹어 치운다
이런 것이 우리에게 해당되지는 않지만, 혹시 만약 그것이
누군가와, 어디서, 〔이미〕 정해진 약속이라면?

10.

모든 것이 깨끗해졌을 때 당신은
그곳을 사랑하게 되었다.
합성수지에 잠긴
벌거벗은 나무장작 더미
언제나, 불타는, 그러나 결코 불타지 않는 숲
이야기도 텍스트도 없는
그리고 의미도 없는 그 파란 하늘
수평으로 선회하는 그 거대한 움직임*

미리암, 아론, 모세**는
다른 어딘가에서 행군하고 있다,
당신은 예언자 없이
전설 없이 사는 법을 배운다
당신의 불타는 숲, 일곱 가지로 갈라진 당신의 촛대
활짝 핀 오코틸로***를 가지고
그저 당신이 존재하는 곳에서 살아가기 위해

11.

신성한 것은 이름이 없다

---

* 〔원주〕 고딕체로 강조한 부분은 존 밴 다이크(John C. Van Dyke, 1856~1932)의 『사막』
에서 인용하였다.
** 성서 속의 인물들. 미리암은 아므람과 요게벳의 딸이자 아론과 모세의 누이로서, 어린 모세
를 구하려고 애를 썼으며 홍해를 건널 때는 승리의 노래를 부르며 춤을 추었다.
*** 관봉옥과(觀峰玉科, Fouquieriaceae)에 속하는 가시가 달린 관목으로서 밝은 주홍색 꽃을
피운다. 텍사스 서부로부터 캘리포니아 남부와 남쪽으로 멕시코에 이르는 사막 지역에서 자
라는 독특한 식물이다.

눈 깜짝할 새에 움직인다

한때는 물 많고 비옥했던

거대하고 메마른 분지의

원형 속에 조용히 존재한다

잔가지 껍질을 따라 밖으로 탐침을 뻗친다

잠자는 나뭇가지에, 추상의 가시에

깃들인 녹색 영혼

신성한 것은 남다르다.

이 메마른 갈림길에서

이 망가진 조망점에서*

신성한 것은 스스로를 담금질한다

한 번 더

1987~1988

---

* 〔원주〕 존 밴 다이크의 『사막』에서 인용하였다.

삼각주

만약 당신이 이 돌무더기를 내 과거로 여기고
그걸 캐내며 그 조각들을 내다 팔 생각을 하고 있었다면,
알아두세요, 내가 오래전에 〔거기서〕 벗어났다는 것을
문제의 핵심 속으로 더 깊이 들어갔다는 것을

만약 당신이 나를 파악할 수 있다고 여긴다면, 다시 생각하길 바라요.
내 이야기는 한 방향으로 흐르지 않으니까요
강바닥에서 솟아오른 삼각주처럼
다섯 손가락을 쫙 펴고 있으니까요

1987

꿈의 지도

오래되고, 긁힌 자국 있는, 싸구려 나무로 만든 독서대에는
어린아이만이 또는 성숙한 자아를 가진 어린아이만이 볼 수 있는
생생한 결을 지닌 어떤 풍경이 머무르고 있다.
한 여자가 그날의 마지막 보고서를 타이프로 치고 있어야 하는 때에
꿈을 꾸고 있다.   만약 이것이 어떤 지도라면,
암기하도록 펼쳐진 지도라면, 자신이 그 안을 걸어다니고 있을지도
모른다고 생각한다. 그것은 물결치는 능선이 안개 낀 듯한
뿌연 사막 속으로 사라지는 것을, 여기저기 대수층(帶水層)*의 표시를
어떤 것은 지하수를 간직한 것 같기도 한 표시를 보여준다.
만약 이것이 지도라면   그것은 그녀 인생의 마지막 시기를 그려놓은,
가능한 선택들을 그려놓은 지도가 아니라 하나의 중대한 선택을 했던
결과에 대한 변화상을 그려놓은 지도가 될 것이다. 그것은 그녀가
여행자로서 선택했던 것들, 사랑으로 상처받고 멍들었던
공간들의 결말을 볼 수 있게 해줄, 그녀로 하여금
시는 혁명이 아니라 왜 혁명이 일어나야 하는지를 알게 해주는
한 가지 방법이라는 점을 인식하게 해줄 지도가 될 것이다.

---

* 지하수를 간직한 다공질 삼투성 지층.

만약 이 싸구려의, 브루클린 유니언 가스 회사에서 만든
나무 독서대가, 지금 여기 있는 것처럼, 대량으로 생산되었지만 그래도
오래 쓸 수 있는 거라면, 그건 그럼 꿈의 지도가 될 수 있을 것이다
굉장히 튼튼한, 굉장히 평범한,
그녀는 물질과 꿈은 연결될 수 있다고
그것이 시이고 그것이 늦은 보고서라고 생각한다.

1987

하퍼스 페리*

두 개의 강이 협류(峽流)에서 서로 만나 반짝거리며

버지니아의 산맥** 계곡 사이로 희미하게 사라지는,

이런 경치를 어디서 볼 수 있을까?

짧아진 시월의 해, 숲이 우거진 마을,

싹트는 반항심으로 집에서 도망쳐

야산에서 야영을 하는 한 백인 소녀는

그 모든 것을 보게 될 것이다.

하지만 내가 어디서 이런 경치를 볼 것인가,

잔잔히 물결치는 강물 위로 가볍게 날아가는

작은 새들의 모습을, 능선을 따라 점차 회색빛을 띠는 가을의 모습을

청회색 소나무 숲 뒤로 장총이 쌓여 있는 모습을,

해가 지는 모습을, 그리고 모닥불이 타오르는 모습을

---

* 웨스트버지니아 주 제퍼슨 카운티에 있는 마을로서 메릴랜드 주, 버지니아 주, 웨스트버지니아 주를 지나는 포토맥 강과 셰넌도어 강이 합류하는 곳에 위치해 있다. 〔원주〕1859년 노예폐지론자 존 브라운(John Brown, 1800~1859)이 하퍼스 페리 근처에 농장을 빌려서, 노예반란의 근거지로 사용하였다. 그해 10월 16일 그와 동지들은 연방정부 무기고를 급습하여 무기를 탈취하는 데 성공했다. 하지만 이 무기는 미국 해병대에게 다시 빼앗겼고, 지역 방위군은 이미 그들의 탈주로를 포위하고 있었다. 체포된 브라운은 나중에 재판을 받고 사형을 당했다.
** 블루리지 산맥을 말한다. 항상 연무가 끼어 있어 스모키 마운틴으로 불리는, 산이 유명한 국립공원 지역이다.

어떻게 알 것인가?

나는 남자들의 얼굴이 동굴 틈새로 삐져나오는 연기처럼
흔들리는 것을 알고 있다, 그곳에는 도망친 노예들이 사용했던
양초 밑동들이 아직도 암반 위에 붙어 있다.
그들의 피부는 거무스름했고 간혹 그녀처럼 창백한 백인도 있었다,
그들의 눈은 처지거나 멍하거나 노려보는 듯했고, 이번을 제외하고는
지금까지 모두 비정상으로, 외부에, 경계 바깥쪽에 살았으며
어떤 형제애에 가담한 적도 없었다. 여기서 권력이
권력을 얻을 수 있는 자들로부터 권력이 거부되었던 자들에게
건네진다. 총을 훔쳐서 노예에게 건네주는 것은
간단한 행위이다, 누가 그런 것을
                              생각이나 할 수 있었을까.

집에서 도망치는 것은 잰걸음질 치는 그녀의 생각보다 느리다
그리고 이곳은 그녀가 그려보았던 것보다 눈이 더 깊이 쌓이는
                              불분명하고 험악한 북부,
을씨년스러운 곳이 아니라 정확하고 명확한 곳이다,

두 개의 강이 만나는 숲이 우거진 마을
두 개의 구각교(構脚橋)가 경첩에 의해 벌어지는,
나지막한 집들이 산자락을 따라 웅크리고 있는 곳이다.

한번 상상해보자, 그 소녀가 쓰러진 소나무의 우툴두툴한 껍질에
　　　　　　　　다리를 베어, 손수건으로
다리를 싸매고 어떤 집의 문을 두드린다고. 그녀는 마을 언저리
첫번째 집에서 물을 얻어야 하지만, 이름을 말하지 않을 것이다,
　　　　　　　누군가가 가족의 얼굴을
찾아낼까 겁이 나서이다. 그녀는 욱신거리는 다리를 〔담쟁이〕 덩굴진
베란다에 내놓고 눕는다
　　　　　　　그 집 주인 여자가
엄격한 예의와 인내심으로 그녀에게 몸을 기울이는 모습을 보면,
그녀를 쫓아내고 싶은 기색이 명백하다,
그래도 차가운 차와, 우물에서 퍼낸 시원한 물과, 바로 그곳에서 자란
　　　　　　　박하를 곁에 두었다.
나중에 주전자에서 끓는 물을 따라 헝겊 조각을 적셔서
살펴보며 엄격하게 예의를 지키고 의심을 자제한다.

그리고 그 소녀를 빤히 쳐다보며 자세히 살펴본다.

경계심을 공명하고 있는 두 눈. 복숭아나무 한 그루에서 노랗게 단풍 든
잎새들이 떨어진다

밖에 나갔던 남자들이 돌아와 집 안을 가득 채운다. 그런 뒤,

남자들로 이루어진 대가족의

주인 여자는

그 소녀가 떠났으면 하면서도 그 곁을 지키면서 감시한다.

하지만 귓전으로 듣는 것엔 선수인 이 소녀는

동이 트듯 창문을 불쑥 타넘는 단어 하나를 듣는다,

두 개의 강이 재잘거리는 소리를 번역한다. 가족과 사소한 말다툼 끝에

집을 뛰쳐나왔던 이 소녀가 무기고에 대해 무엇을 알기나 할까?

그녀가 아는 것은 모두 다리에 싸매여 있다

그 다리가 성치 않고는 버지니아를 통과할 수 없다, 아무리 그녀가

북쪽으로

도망치고 싶다고 해도.

가족과 별것 아닌 일로 다툰 뒤 무슨 생각에 그녀는 도망칠 마음을
먹게 되었을까? 아무것도 변하지 않을 때는, 다른 곳으로 떠나라고 해

서?

그런 것은 책에 쓰여 있지 않았다.

그것은 절반쯤 엿들어진, 말 부스러기 정도였다.
피난   도망   자유의 땅
〔이런 말 부스러기들이〕 그녀의 어깨를 부드럽게 스치며 지나갔다

그녀는 한번도 무기고에 대해서 상상해본 적이 없었다,
비록 열 살 때 오빠들에게 사냥하는 법을
배워서 장총을 잘 쏘기는 했지만

그리고 비록 그들이 그녀의 몸을 번번히 올라타
축축한 덩어리를 이불에 남기고
갓 자란 어린 공작고사리에 묻혔지만,

그녀는 한번도 그들을 막기 위해 총을 쓸 생각을 한 적이 없었다
총은 강자가 약자에게 사용하는 언어였기 때문이다
──얼마나 많은 다람쥐들이 그녀의 시야에서 고꾸라졌던가

그녀의 손가락 신호로 척추뼈가 부서졌던가

날개가 잔가지 사이로 흔들거렸던가

반지를 끼우고 나무를 심은, 어떤 눈들을 그녀는 먹잇감으로 지켜보았

던가?

많은 사람들이 도망치기 위해서는 전략이 필요하다

어떻게, 언제, 어디서와 같은 질문들에

대처하는 데도 전략이 있어야 한다

남자들로 가득한 집의 벽을 타고

논쟁이 스며들었다. 집에서 도망 나온

그 백인 소녀는 곤란에 처해 거기에 누워 있다.

엿들어지는 것들과 말로 표현되지 않는 것들, 결코 노래되거나

그려지거나 하지 않는 것들이 있다. 조용히 생겨나는 것들이 있다

복숭아나무의 수많은 꽃들이 안개 속에서 만개할 때처럼, 서리 맞은 새

벽별

그루터기 밭 위에 걸려 있는 것처럼, 달빛 담은 유리 디캔터에서
달빛 와인이 애석함도 없이
동짓날의 들판 위로 꾸준하게 쏟아부어질 때처럼,
목화는 둥근 꼬투리 안에서 부풀고 당신은 충혈된 것처럼 느낀다,
이름을 댈 수 없는 [이유로]
당신은 상자에 담겼다가 꺼내져서 개봉된 것처럼 느낀다,
어떤 예상도 할 수 없이
이런 침묵 속에선 어떤 말다툼도 가능하지 않다
당신은 말해지지 않을 단어를 엿듣고자 귀를 세우는 짓을 그만둔다.
그 대신 엿들어질 수 있는 것을
더 이상   수천 명이 가고와 같은 공기 속으로 녹아드는 말 부스러기
들을, 구절들을 들으려고 한다. 그리고 곧 그들이 가능하면 빨리 떠날 거
라는 사실을, 알게 된다.
당신은 어린아이의 [천진한] 눈으로 각 사람의 얼굴을
어떻게가 아니라 언제 떠날지를 궁금해하면서 쳐다본다. 당신은 그들이
떠날 걸 알았다. 그래서 당신도 그럴 수 있었다, 함께는 아니었지만,
그들은 자식들이 있으니까,
[누구의] 딸, 누이, 혹은 꺼내져서 개봉된 뒤 침묵 속에 버려지는

먹잇감이었던 당신은 집에서 떠날 수 있었다, 혼자 떠날 수 있었다

이것은 물론 내가 쓴 시나리오가 될 것이다. 그 백인 소녀는
내가 이해하는 것 그리고 그 이상을 이해할 것이다,
도망가다 상처 난 다리는 그녀를 배신하지 않았고, 또 다른 투쟁지로
데려다주었을 것이다. 그녀가 스스로 위치를 잡을 때,
마음속으로 명확하게 알 것이며 그녀의 분노는 훈련된 손과 눈으로
진정성을 지니고, 그녀의 다리도 홀로 투쟁하는 것 이상으로 준비된
                    역사의 현관에서
치유될 것이다. 그 장군이
              번쩍거리는 두건을 쓰고
지나갈 때, 그 소녀는 그녀*가 모세인 것을 알아보고,
              다른 사람들과 함께 짧아진 햇빛 속에
서 있어달라고 탄원할 것이다, 〔그리고〕 정밀한 검색을, 강철 같은

---

* 〔원주〕 "모세장군"으로 불리었던 해리엇 터브먼(Harriet Tubman, 1820~1913)을 지칭한다. 터브먼은 흑인 노예 폐지론자, 행동주의자, 전략가였으며, '언더그라운드 레일로드'라는 비밀 탈주로를 통해 3백여 명이 넘는 노예가 자유를 얻는 데 도움을 주었다. 하지만 사실 그녀는 무기고 급습에 참여하지 않았고 하퍼스 페리에 간 적도 없다.

검은 눈초리를 받아들일 것이다. 그러나 모세는 그냥 지나간다
　　　　　　다른 용무를 처리하기 위해
남자들이, 그 소녀가 스스로 각자의 일을 처리하도록 내버려두고.
하지만 그녀는 누구를 지도자로 삼아야 할 것인가?
그녀는 숲속으로 들어가 사라질 것인가
그녀는 변호할 수 없는 위치 때문에, 급습이 실패했기 때문에
죽게 될 것인가, 그녀는 두 강물의 위쪽 계곡에서 압박을 당해,
마침내 가족의 체면을 실추시키게 될 것인가. 셰년도어 또는 포토맥 강이
　　　　　　그녀를 북쪽 혹은 남쪽으로
실어다줄 것인가, 그녀는 광산의 광부들을 일깨워
　　　　　　스토브를
쾅쾅 치게 할 수 있을 것인가, 그리고 밤에는
손 아래 푸른색의 충직한 장총을 놓고 잠을 잘 것인가
그녀는 그들이 어떻게 떠났는가를, 그들이 어떻게 그녀에게
떠나는 법을 가르쳤는지를 과연 잊은 적이 있는가?

1988

난세(亂世)의 지도

난세(亂世)의 지도*

I

한 흑인 여자가, 머리를 숙이고, 뭔가를 듣고 있다
── 어떤 여자의 목소리, 어떤 남자의 목소리 또는
고속도로의 소리를. 밤마다 해안을 따라 아래쪽으로 유칼립투스나무,
편백나무, 농기업(農企業) 왕국을 지나는 중금속이 흘러간다.
세계인의 샐러드 그릇, 경비행기가 우우웅 소리를 내며
딸기밭에 농약을 뿌린다. 〔자연과〕 친밀한 교감 속에서,
일일이 손으로 수확되는 딸기, 손목에 묻은 딸기색의 피,
말라티온**으로 칼칼해진 목구멍, 성찬식, 딸기밭 언저리 병원,
불안정한 자궁에서 미끄덩 쏟아지는 조산아,
진통과 분만을 돕는 간호사들, 잠깐 쉬며 그들은
줄지어 일하는 노동자들 위로 농약을 뿌리는 경비행기를 본다,
다른 곳에서 선언이 공표된다.   개수대에서
시장에서 갓 사온 신선한, 반짝거리는 딸기 한 바구니를 씻으며,

---

* 이 시선집에는 몇 개의 시가 빠져 있다.
** 황색의 살충액.

어떤 사람이 이렇게 말한다. "오늘 저녁 연못 위로 노을이 비쳤는데
우리 어머니 손수건보다 더 섬세하고 아름다웠어요
어머니는 할머니한테 손수건을 물려받으셨는데,
벨기에의 수녀님들이 솔기를 감침질하고
이름 첫 글자를 수놓으셨대요."
어떤 사람은 이렇게 말한다.   "난 몇 시간이고 누워 있을 수 있어요
책을 읽고 음악을 들으면서요." "하지만 잠드는 게 쉽진 않아요.
차라리 맨 정신으로 누워 책을 읽는 편이 나아요."
어떤 사람은 이렇게 쓴다.
"모기들이 이 산장의 벽 틈바구니에
바글바글합니다. 겨울엔 길이 종종 막히고요,
난 여기에 살고 있으니까 밖에 나가서 활동할 일은 없지만요,
그저 내 삶을 단단히 부여잡으려고 해요. 무가치하게 느껴져서."
어떤 사람은 이렇게 말한다. "나는 하루가 지나고 다음 날이 어떻게
시작되는지 결코 알지 못했어요.   난 내 삶을 만들어야 했어요
하루하루.   매일매일이 비상시 같았죠.
이제 제겐 집이 있고 매년 일거리가 있어요.
그럼 난 어떤 사람인 거죠?"

작문 워크숍에서 어떤 청년이 눈물을 떨구며

그간 창작하며 길렀던 빈약한 턱수염을 적셨다

그는 자기의 시가 그 시행 속에 구원을

가지고 있기를, 자신을 집에 데려가 자유롭게 해주기를 바라고 있었다.

교실에서 여덟 살 된 얼굴들이 잿빛이 되었다. 선생님은 어떤 아이가

그날 금식의 원칙을 깨지 않았는지 알고 있다,

[그리고] 검은 표범들*이 시리얼을 숟가락으로 떠먹은 것을 기억한다.

———

지진이 끝난 뒤 그가 어떻게 그녀를 때렸는지,

그녀의 글을 갈기갈기 찢었는지, 자기 자신의 모습을 참을 수 없을 만큼

반영하며 기다리고 있던 그녀의 얼굴에 등불을 던졌는지

난 듣고 싶지 않다.

난 어떻게 그녀가 마침내 이동식 주택에서 뛰쳐나왔는지,

그가 그녀의 손에서 어떻게 열쇠를 빼앗아, 트럭으로 뛰어들어

그녀를 향해 후진을 했는지 듣고 싶지 않다.

———

* Black Panthers: 전투적인 흑인 저항그룹의 이름. 1966년 휴이 뉴턴과 보비 실에 의해 창설되었으며, 흑인 차별에 대한 폭력 저항을 주장하였다.

어떻게 그녀의 추론이—— 그가 좋은 뜻에서 그랬다고, 자기가
사실은 더 강한 사람이라고, 그래서 그를 명백한 파멸의 상태에
내버려 둬서는 안 된다고 여겼던—— 빗나갔는지 생각하고 싶지 않다
난 난파선, 쓰레기, 폐기물에 대해 알고 싶지 않다,   하지만 이런 것이
〔시의〕 소재가 된다 그리고 달은 난파선, 쓰레기, 폐기물 위로
천천히 배를 내밀며 떠오른다,
야생 청개구리는 또 다른 계절을 불러들이고, 빛과 음악은 갈라지고,
쪼개진 우리의 대지 위로 계속 쏟아져 내리고 있다.

——————

태평양의 만곡(彎曲)을 따라 삼 킬로미터에 걸쳐 펼쳐진
이 긴 만(灣)은, 멀리 내륙 깊숙이까지, 광채를 쏘아 보낸다
삼나무 숲을 따라 딸기와 아티초크* 밭 위로 안개를 띄워 보낸다,
밑바닥을 알 수 없는 마음은 늘 똑같은 바위로, 똑같은 절벽으로,
계속 변하는 어휘를 가지고, 늘 똑같은 언어를 가지고 돌아온다
—— 이곳이 내가 지금 살고 있는 곳이야.   예전에 당신이 나를
알았더라면, 아마 지금도 나를 알아보겠지, 비록 〔지금은〕 다른 빛과

———————————

* 국화과의 여러해살이 풀.

〔다른〕 삶 속에서 살아가고 있지만.   이곳은 결코 당신이 나를
알았던 곳이 아니야.

하지만 여기서 안개 속을 산책하는 나를 발견한다 해도 당신은
놀라지 않을 거야, 거대한 대양의 파도가, 심지어 만(灣)을 들락날락하는
물결이 나를 휩쓸어도 난 늘 그렇듯 그 땅에 붙어 있으니까.
붙박이처럼 대지에 붙어 있으니까.   내가 여기서 사랑하는 건,
바다를 향해 경사진, 오래된 목장,
바위 사이로 보이는 지붕 낮은 집
산비탈에서 달음질쳐 내리는 자그마한 협곡
가파른 언덕에서 뒤틀려 자생하는 오동나무, 망가진 농장으로 향하는
유칼립투스 길, 황금빛 물든 산 위로 점점이 보이는
안개를 꽃 장식처럼 머리에 두른 육중한 소.   난 내륙을 향해 차를
몰아
호우로 폐쇄된 길, 계곡 사이로 웅크린 오두막집들을 지나
암흑 속으로 기어 내려갔다가 커브를 돌아 환한 곳으로 나오며 길을 달려.
그곳에선 트럭들이 충돌했었고 말을 타고 가던 이들이 낮게 매달린 나
뭇가지에 걸려 죽었지.

이 길은 당신이 나를 알아보았던 그 길이 아니야.

하지만 차를 몰고, 산책하고, 삶과 죽음을 지켜보던, 그 여자는 똑같아.

Ⅱ

여기 내 조국의 지도가 있다.

여기 소금기에 반짝거리는 무관심의 바다가 있다

이마에서 허벅지 사이로 흐르는 이 강엔 귀신이 출몰한다

우리는 감히 그 물맛을 보려고 하지 않는다

이곳은 미사일이 구근처럼 심어져 있는 사막이다

이곳은 압류당한 밭들로 이루어진 곡창지대이고

이곳은 로커빌리* 가수가 태어난 곳이다

이곳은 민주주의 때문에 죽은 가난한 사람들의 공동묘지이고

이곳은 19세기에 전투가 벌어졌던 전쟁터이다

---

* 빠른 리듬의 재즈음악.

그 기념관은 유명하다   이곳은 신화와 이야기 배경이 되는

해변 마을이다

선주들이 도산했을 때도   여기엔 일거리가 있었다   부둣가에서

냉동 생선을 처리하며   배당금도 없이 시간당 임금을 받았었다

이곳은 또 다른 전쟁터이다   센트레일리아   디트로이트*

여기 원시림이   동광맥이   은광맥이 있다

여기는 묵종하는 교외 주거지역이다   침묵이 연기처럼

                        길거리에서

피어오른다   이곳은 돈과 슬픔의 수도이다

뾰족한 교회 첨탑들이 대기의 역류를 뚫고 번쩍거리고

다리들은 무너져 내린다   아이들은 돌돌 감긴 날카로운 철조망

울타리에 갇혀 막다른 골목길을 배회한다

당신이 말한 지도를 보여주겠다고 약속을 했는데

이것은 벽화가 되고 말았다

그래도, 뭐, 그런가 보다 치부하라   사소한 차이니까

---

* 센트레일리아는 워싱턴 주의 목재 생산 도시로서 1919년 벌목공조합원들과 산업일꾼들 사이의
폭력 사태로 인해 상당수가 사망하는 사건이 있었다. 디트로이트는 미시간 주의 도시로서 인
종, 계급 갈등으로 인한 충돌 사태가 종종 발발했다.

중요한 건 그것을 어떤 곳에서 보느냐가 아니던가

IV

늦여름 〔또는〕 초가을에 당신은 이 나라의 지형을 하나로 묶어주는
뭔가를 볼 수 있다.　　　주홍빛 감도는 황금색 꽃잎을 지닌
　　　　　　예루살렘 아티초크가
그 검은 눈망울로, 길거리를 장식한다, 버몬트 주에서
　　　　　　캘리포니아 주까지
과수원 주변을 따라, 가시철망 울타리를 따라
마일로* 밭과 쇼핑몰, 학교 운동장과 보호구역,
트럭 휴게소와 채석장, 목초지, 전몰용사들의 묘지,
부서지고 찌부러진 차들이 적체된 폐차장을 따라, 예루살렘 아티초크의
　　　　　　덩이줄기가 자란다
인디언 원주민들을 먹여 살렸고, 떠돌이들도,

---

* 곡식용 수수.

우리 모두를 먹여 살릴 수 있을 만큼.

국토를 가로지르는, 토양 속에 그 식물을 그렇게 지천으로

자라게 하는 뭔가 있는 걸까?　　절약하라고 우린 말한다, 마치

자연의 낭비를 설명하려는 듯이.　　우리의 낭비는 각 주가 엄중히

지키는 경계선까지 어둠을 드리운다 경계선이 없는 강물 속으로

하수를 흘려보낸다, 〔그리고〕 경계선이 없는 강물 속으로, 호수를

지나 부글부글 거품을 일으키며 강가 지반까지 스며든다

낭비.　　　낭비.　　감시자의 눈이 감겼다, 건설자의 두 손이

　　　　　　　잘렸다, 생산자의 뇌가 기아 상태에 처해 있다

묶고, 연결하고, 다시 짜고, 합치고, 보완할 사람들이

지금 이 분열된 공화국에서 위험에 처해 있다

보지도 듣지도 못하는 곳에 감금되어,

정신이 나간 채, 따돌림을 당하고 있다,

가르치고, 조언하고, 설득하고, 논쟁을 해야 할 사람들

시급히 인식의 작업을 시작해야 할 사람들

시인의, 천문학자의, 역사가의, 새로운 거리의 건설자의

　　　　　　　작업을

듣는 것 역시 잘하는 화자(話者)의 작업을

절망에 빠진 여자와 절망에 빠진 남자의 마음에 다가가는

  그 세심하고 섬세한 작업을

—— 결코 끝나지 않을, 아직 시작되지도 않은 보수 작업을 ——

해야 하는 그들

  그 작업은 그들이 없다면 행해질 수 없는데

그들은 지금 어디 있는 걸까?

V

할 수만 있다면 당신의 조국의 시간을 잡아라, 〔그리고〕

어느 달이든 달력이 찢겨 나간 곳에서 시작하라. 애포매톡스*

운디드니, 로스앨러모스, 셀마,** 사이공에서 마지막 공수(空輸) 작전,

---

* 버지니아 주에 있는 한 마을의 이름. 1865년 이곳에서 남부군의 로버트 리 장군이 북부군 그
랜트 장군에게 항복함으로써 남북전쟁에 종결점을 찍게 되었다.
** 1890년 사우스다코타 주 운디드니 계곡에서 미 육군과 원주민 인디언 간에 마지막 전투가 벌
어졌다. 크레이지 호스 추장에게 패배한 미국 정부군이 수많은 원주민 인디언을 학살했다. 뉴
멕시코 주에 있는 로스앨러모스에서는 핵폭탄이 개발되었다. 셀마는 앨라배마 주 도시로서,
1965년 이곳에서 흑인들이 투표권을 행사하기 위해 비폭력 시위를 하며 몽고메리로 행진하는
중 주방위군에 의해 무차별 폭행을 당했다.

복명소(復命所)*를 나와 주행하는 차를 세워 편승하는 전직 간호사,

    퇴역군인의 어깨에 달린 침이라도 뱉고 싶은 메달

── 할 수만 있다면 구속됨이 없는 이 무한한 땅을, 이 여러 주(州)를,

훼손된 무덤이 널려 있는 땅을 아무 명분없이 그냥 잡아라,

그리고 원한 맺힌 시냇물에서 마음대로 방목하라

                        만에 갇힌 바다 위에 서 있는**

자유의 여신상,

    그녀의 청동 눈, 귀, 코, 입에서 개미처럼 쏟아져 나오는 순례자들

                               샌퀜틴.***

예전에 우리가 길을 잃고 탐조등 불빛 받으며 입구 쪽으로

    차를 몰고 간 적이 있었다

방문 시간이 끝날 무렵, 여자들이 우르르 몰려 가 차에 탔다

아치형을 그리며 모든 것 위를 비추는 황량한 빛이 번뜩인다

               우리는 어디에 정박하고 있는가?

---

* 특수임무를 마치고 돌아온 병사, 외교관, 비행사에게서 임무에 대한 보고를 받는 곳.

** 〔원주〕 하트 크레인(Hart Crane, 1899~1932)의 「브루클린 다리에게」라는 시에서 인용하였다.

*** 샌프란시스코 만에 있는 주립 교도소.

우리는 어떤 줄로 묶여 있는가?

우리가 마땅히 해야 할 일은 무엇인가?

샌프란시스코에서 차를 몰고—오클랜드베이 다리를 건넌다

어떤 기념물도 보이지 않고 안개만이

에인절 섬 주변을 어슬렁거리며 앨커트래즈*를 덮고 있다

광둥어로 쓰인 시가 안개 위로 새겨진다

하지만 여기선 어떤 상징물에도 불이 켜지지 않는다

역사의 숨결이 금산** 위에서 공기를 빨아들인다

아프리카의 아플리케를 앨라배마 시골의 문양으로

변환해주는 것 같은 문양변환기　　목소리들이 전설 속에 살아남아,

맹렬하게 저주를 퍼붓는다

　　　　　　　　　남루한 벽 위에 쓰인 시

불빛이 에인절 섬과 앨커트래즈 주변을 빙글빙글 비출 때,

---

* 에인절 섬과 앨커트래즈는 샌프란시스코 만에 있는 두 섬의 이름이다. "서쪽의 엘리스 섬"으로 불리기도 했던 에인절 섬은 1888년부터 1946년까지 검역소와 이민 심사 업무를 했으며, 앨커트래즈에는 1963년까지 연방 교도소가 있었다.
** Gold Mountain: 중국 이민자들이 캘리포니아를 일컫던 말.

만곡이 생명력을 얻을 때

회화의 궁전*과

트랜스아메리카**의 풍경〔이 살아난다〕

석양이 세 개의 다리를 물들일 때

아직도

오래된 귀신들이 웅크리고 모여 앉아 쉰 목소리로 중얼거리고 있다

금산 아래서

————

낭만적인 갑(岬)의 북쪽과 동쪽에 등심초 수풀로 향하는 길들이 있다

안개가

삶이 값싸고 비루하며 순간적이고 기념되지 않는 곳에 자리 잡는다

루케이저***는 그것이 그 거대한 붉은색 다리****를 개통하기 위해

서쪽으로부터 왔다고 짐작했던 것 같다   조국에 대해 생각하게 될 때

————

* 버나드 메이벡(Bernard Maybeck, 1862~1957)이 디자인한 샌프란시스코 미술관을 가리
킨다.
** 피라미드형으로 건축된 건물.
*** 뮤리얼 루케이저(Muriel Rukeyser, 1913~1980): 유대계 여자 시인이자 행동가로서 성,
인종, 계급 차별에 대한 시를 썼다.
**** 금문교를 가리킨다.

선택해야 할 길들이 있다고 그녀는 썼다　　남쪽으로 차를 몰아
웨스트버지니아 주 골리브리지 마을에는 규소 광산에 규소 가루가
　　　　　　　　눈처럼 하얗게, 죽음의 천사*처럼 〔하얗게〕
쌓여 있다 —— 자신의 조국을 발가벗기는
시인이자 기자이자 개척자이자 어머니.**　　　선택해야 할 길들이 있다

　　　　　　　　　　　　————

난 그가 어떻게 그들의 텐트 근처
잘 보이지 않는 애팔래치안 트레일***을,
그들에겐 외진 곳이라고 여겨졌을 길을 따라 그들을 추적해서
한 여자는 죽이고, 다른 여자는 몸을 질질 끌어 마을로 왔는지
알고 싶지 않다　　그들은 그의 변론을 조롱했다
　　　　　　　그들의 정체성에 대한 그의 혐오감도
난 알고 싶지 않다 하지만 이것은 내가 꾼
악몽이 아니다　　이것은 소재가 된다

---

　* 하얀색 독버섯의 별칭이기도 하다. 규소 가루가 치명적인 하얀 독버섯 모양으로 쌓여 있는
　　 모습을 형상화하고 있다.
　** 루케이저를 지칭한다.
*** 조지아 주에서 메인 주에 이르는 애팔래치아 산맥을 따라 있는 길.

야생 박하 냄새와 추억 속의 물길도 그렇고
내가 얼굴을 파묻고, 혀를 집어넣기도 하는 달콤짭조름한 맛이 나는
검붉은 조직도 그러하듯이.
                         눈동자를 비추는 십자선이
내 삶을 그녀의 삶으로부터 날려버릴 수 있을지도 모른다
지도도 없이 분열하는 한 개의 세포, 바퀴 밑 은빛 얼음 조각도
그 일을 할 수 있을 것이다. 신의는 문제가 아니다.

VII (꿈결 속의 장소)

어떤 지붕 위로, 물탱크가 어렴풋이 보이고,
이상하게 거리 소음마저도 가라앉은 듯하다
잘 알고 있었거나 처음 본 사람들이 거기서 보이고, 달콤하고 긴
여름날 저녁이
                    타르가 발린 지붕 위에 걸려 있다.
너는 고개를 뒤로 젖히고 별들이 빼곡히 들어찬 밤하늘을 본다
플레이아데스 별자리*는 일곱 개가 아니라 수천 개로 흩어졌다

〔세상에〕 알려진 모든 별자리는 광세사(光細絲)를 방사하고

너는 그 모든 것을 구별할 수 있다

── 거미줄, 덩굴손, 일관성 있게 그물망을 이루며, 사이사이로

검푸른 통로가 보이는 별자리들의 해부학

── 너는 그 별들 사이로 너의 길을 찾아낸다,

네가 그 일부였다는 사실도 알게 된다

이윽고 목이 뻐근해지면 너는 허리를 곧추 펴고 앉아서 본다.

그곳은 꿈결 속의 장소, 뉴욕이었다

상실된 도시 끔찍한 빛의 도시

예전에 그곳에서 쓰레기 봉지들이

우리를 에워싸고 바리케이드를 쳤을 때 우린

갈색 계단에 서서 창가에서 흘러나오는 파라오 샌더스**의

재즈 리프*** 연주를 듣고 있었다

불을 뿜어내듯 머리칼을 휘날리며 길을 질주했다

---

* 일곱 개의 별로 이루어져 있는 묘성(昴星) 자리를 지칭한다.

** Pharaoh Sanders(1940~): 미국의 재즈 연주자. 테너색스폰을 연주한다.

*** 재즈의 반복악절의 연주.

젊고 평범한 몸으로 지하철을 타고 책을 읽거나

다른 사람들과 몸을 부대꼈다

우린 그 안에서 브루클린 퀸즈 맨해튼의

지도가 펼쳐지는 것을 느꼈다

브롱크스까지 아찔하게 빠른 속도로 달리며

급행차가 가파르게 내려갈 때

                              어렴풋이나마 우리는 몸 안에

피가 흐르고 있다는 사실을 느꼈다   일관성 있게 조직되고 짜여진

머리 위에 있는   살아 있는 도시를 〔느꼈다〕

솜털까지 일어선 채

우리 그리고 다른 모든 사람들이

                              지인이든 아니든

〔도시의〕 그런 삶을 살고 있다고 느꼈다

VIII

제한속도가 있을 것이고 그것 때문에 멈출 거라고 그는 생각했다

그는 그것에 의지했다.

지름길이 누군가에 의해 만들어지고, 방향판도

다른 어떤 곳에서 이어질 것이고, 화살 표시가 고속도로에서

번쩍거릴 것이었다. 그것을 똑바로 쳐다보며

어디에선가 〔생을〕 마감하리라는 것

그것이 그가 상상했던 것이었으며 그 이상은

아무것도 생각하지 않았다.

무제한으로 제한하는 어떤 것을 마주하며

생을 마감하게 될 것이라는 것과 그가 그렇게

　　　　　　던져지고

태워지고 난도질당하고 그것을 향해 피를 흘리게 될 것이라는 것만

생각했다 (만약 내가 이 이야기를 조금이라도

　　　　　　이해한다면).

그가 발견했던 것은, **세일 중.**

　　　　　방해하지 마시오

사용 중임 같은 절벽 위에 세워진 표시판이었다. 　　잘못 표시되고,

부실하게 관리된 몇몇 표시판은 갑각류에 대한

베트남어, 스페인어 그리고

영어로 쓰인

경고문으로 끝나기도 했다 그러나 그 스프레이는 그가 꿈꾸었던

색깔들이었다—— 금색, 회색, 하늘색, 진회색, 월장석색——

때때로 바위 구멍을 통과해 대양이 소용돌이치곤 했다

그리고 그에게 가르쳐주었다

한계선을.　　뒤로 물러가며, 노래하고 빨아들이며,

어떤 선생도 없이, 다만 그 강렬한

자아만을 가지고, 태평양은, 변증법적 해류(海流)를 품고

그 난폭하고 조용한 조합을, 순간적이면서도,

아주 오래된 조합을 격려하고 있다.

————

너의 목소리로 바다를 압도할 수 있다면, 무엇을 말하겠는가?

그 목소리로 무엇을 외칠 것인가 해류에 휩쓸려간 아이에 대해서,

그때 검은색 수영복을 입고, 모래사장에 있다가

마치 전에 그런 것을 결코 본 적이 없던 듯이,

번뜩이는 파도의 레이스 장식 속으로, 곧바로 걸어 들어가던

엄마에 대해서

그 목소리로 무엇을 말할 것인가

양말과 신을 신고 파도치는 해변 끝자락에서

내륙(內陸) 쪽을 바라보고 서 있던

아빠에 대해서,

배배 꼬인 채로 파도 거품 속에서 반짝거리던

주인 잃은 목걸이에 대해서는?

만약 너의 목소리가 바람 속에서 흩어지고 네가 바위처럼 숨죽여

지켜보고만 있다면

침몰된 노예선에서 떠오른 메시지가 담긴 병을 찾고자

해안선을 살피고 다니는

딸에게

그 목소리로 무엇을 말할 것인가?

천천히 구름 속으로 되돌아가는 그 거대한 태양에 대해서는,

만조 때 달빛이 가득 비치는 모래 둔덕으로 소풍 가기로 했던 일에

대해서는, 샌드위치, 달걀, 종이 냅킨, 깡통따개, 가족 모두 배불리

먹을 만큼 음식을 담았던 그 바구니,

아무도 소풍 도시락이 묘지에서 차려진 것을

이해하지 못했기 때문에

아마 지금쯤 잰걸음질 치는 개미,

모래가재, 쥐 들이 파헤쳤을 그 바구니에 대해서는?

IX

이 대지 위에서, 이 생에서, 너의 이야기를 읽으니,
너는 고독한 게 틀림없다.
술집에서, 해안가로 흘러가는 강가에서,
절친한 친구와, 그의 아내와, 너의 아내와 함께, 낚시하고 있을 때
너는 외로워한다, 너를 사랑하는 학생 모두와 함께 초원지대의
           한 교실에 있을 때, 너는 외로워한다
네가 어디 있든 어떤 혼령들이 너를 찾아온다는 것을 알면서도
말을 걸지 않고 그대로 너는 몇 년을 지낸다.
           너는 집에서 술에 취해
주말을 보낸다, 맑은 정신일 때의 너, 네가 사랑하는 그 모습은,
[다시] 외로움을 느낀다. 외로움 속에서 너는 원망하고,
만약 내가 너를 이해한다면, 외로움 속에서
           성관계를 맺겠지.

이런 것이 백인의 광증(狂症)일지도 모르겠다.

난 너의 진실을 존중하지만 너를 그런 상태로 놔두는 것엔 반대한다.

사냥에 대한, 떼를 지어 다니는 외로운 남자들에 대한 얘기로부터

　　　내가 무엇을 배웠단 말인가?

하지만 다른 이야기도 있었다.

말을 타고 모하비 사막을 달렸던 한 남자

그랜드 캐니언을 걸어서 통과한 또 다른 남자[에 대한]

나는 그런 고독한 남자들이 행복했을 거라고 생각한다,

　　　아주 지극히.

메드줄 대추야자나무와 레몬나무가 늘어선

인디오*의 오래된 길에서

유카 분지**에 있는 솔턴 호***에 이르기까지

---

* 캘리포니아 주 팜스프링스 근처의 마을 이름.
** 네바다 주에 위치한 화산 분지로서 지하 핵폭발 실험 장소로 이용되었다.
*** 캘리포니아 주 남부에 위치한 사막에 인공적으로 만든 내륙 호수.

높은 사막은 더 높이 치솟아 오르고, 탈색하고

　　　　대화를 아끼게 만든다.

트웬티나인 팜스*에서 난 마리아 엘레노어 윌런**의 무덤을

발견하였다, 1903년 열여덟 살이 되던 해, 〔그녀는〕 이제는 불탄

　　　　흔적만 남은 야자수 아래 하수구에 빠져 죽었다.

그녀의 엄마는 광산촌 천막식당 일거리를 찾아 홀로 떠돌아다녔다.

　X

솔레다드.*** = (프랑스어) 고독, 외로움, 향수, 쓸쓸한 은둔생활.

장미나무에 걸린 겨울의 태양.

흰 수염을 기른 늙은 멕시코인이 가지치기를 한다,

　　　　잘라낸 곳에

---

* Twentynine Palms: 캘리포니아 주 팜스프링스 근처의 마을 이름.

** 리치는 실제로 트웬티나인 팜스에 있는 마리아의 무덤을 방문했다고 한다.

*** 프랑스어로서 "솔레다드"의 사전적 의미가 바로 옆에 씌어 있다. 이 외에도 '솔레다드'는 성
녀 마리아 솔레다드의 성이기도 하며, 주립 교도소가 위치하고 있는 캘리포니아 주의 한 마
을의 이름이기도 하다.

성장을 지연하는 유약을 바른다.   낡은 누런 종이봉투 색의

　　　　　　　　벽돌 담벼락이

재건축된 성당에서 양쪽으로 쭉 갈라져나간다, 제각각 속한 시대 속으로.

　　　　　　　　외롭다

여기 거대한 갈색 들판을 굽이치며 지나가는 커브 길에 서 있으니.

　　　　　　　무자비한 정확성으로

기계가 새겨놓은 이랑들.   작은 교회* 안에

누에스트라 세뇨라 데 라 솔레다드**가 양쪽 기둥에 페인트칠을 한

빈약한 아치 아래 서 있다.   그녀는 머리에서 발끝까지 빳빳한

　　　　　　　숯처럼 검은

레이스 옷을 입고 있다.   외로운 은둔지에서 그녀는

혼자서, 고독하게, 향수에 젖어 있다.   바깥에선 검은 올리브 열매가

떨어지고 짓뭉개져 길을 더럽히고 물들인다.   신부님의

---

* 이 작은 교회의 이름은 바로 다음 줄에 스페인어로 쓰인 '누에스트라 세뇨라 데 라 솔레다드'
　로서 성녀 마리아 솔레다드를 기념하기 위해 세워졌음.
** '고독한 우리 성녀'라는 의미. 1856년 마리아는 스페인 마드리드에서 '환자를 돌보는 마리아
　의 일손들'이라는 봉사단체를 만들어 지역의 유아, 청소년을 돌보다가 1865년 콜레라에 걸린
　아동들을 간호한 것으로 주목을 받았다. 1887년 폐렴에 걸려 사망하였고 1950년 성인으로 추
　대되었다.

묘비가

인디언 예술가를 무겁게 짓누르고 있다.   오늘은 엿새째 되는 날이다

또 다른 전쟁*이 시작된 지.

————

거울 반대편에 고속도로 건너편에 또 하나의 구조물이

서 있는 게 보인다   그것은 정신의 논리적인 과정을

파괴한다, 인간의 생각은 완전히 뒤죽박죽되었다,

모든 목청에서 광기가 흘러나오고 쇠창살로부터 절망의 소리가,

벽으로부터 금속성의 소리가 비어져 나온다

강철 식판, 벽에 고정된 철제 침대, 여러 냄새, 인간의 배설물.

사람들이 일단 감금되었을 때 어떤 행동을 하는지 알아보는 것은

그 감옥에 대해 알기 위해 가장 중요하다.**   (고속도로에서 보니

회전포탑이 또 다른 정원에 설치된 물탑처럼 서 있다, 바깥채

건물들이 겨울 햇살을 받고 있다

그리고 그 너머로 콘크리트 덩어리들이 보인다.   그 동굴 안 깊은 곳에서

————

* 1991년 걸프전을 지칭한다. 이라크가 쿠웨이트 북부를 강제 합병한 것에 대한 응징으로서 미
국은 전쟁을 선포했으며 수많은 사상자가 쿠웨이트와 이라크에서 발생하였다.

** [원주] 조지 잭슨(George Jackson, 1941~1971)의 『옥중 서신』에서 인용하였다.

누가 지금 편지를 쓰는 걸까?)

만약 나의 선생님이 세상과 세상사가 현재처럼, 그뿐만 아니라
가능태로 운영될 수 있다고 말한다면, 내가 현명하고 분별력 있는
사람들에게 통치를 받고 있다고 말한다면,
내가 자유롭고 행복을 누려야 한다고 말한다면, 그런데
내가 그 선생님을 떠나 바로 정반대의 상황을 맞닥뜨리게 된다면,
내가 만약 진짜로 혼돈, 전쟁, 침체, 우울, 죽음, 부패를
감지하거나 보게 된다면, 내가 혼란스러움을 느끼게 될 것은
자명하지 않을까?

                                    18세에서 28세가 될 때까지
그 청년은 학교를 다니고, 논쟁을 벌이고,
토론하고, 훈련하고, 스스로를 가르치고,
스와힐리어, 스페인어를 독학으로 배우고,
하루에 다섯 개의 새로운 영어 단어를 외우고,
줄담배를 피우고, 책을 읽고, 편지를 썼다.
이 강압적인 대학에서 그는 원망, 자기혐오,
성적인 분노와 싸우고, 그의 본성을 치유했다.

홀로 이 칠 년의 세월 동안.   솔레다드.

하지만 절망적인 사람을 특징짓는 두드러진 성향은
그가 다른 절망적인 사람을 만났을 때, 직접적으로 또는 간접적으로
드러나기 마련이다. 그는 처음 친절을 받아보고, 그와 함께하고자
노력하는 누군가와 생활하며, 스스로를 보고자 노력하는 것처럼
그를 보려고 노력한다, 이해해야 할 누군가로, 배려를, 사랑을,
받아야 하는 누군가로, 절망감에 숨어버리는 누군가로.
절망적인 시기에 어떤 표현으로도 설명될 수 없는 그러한 감정은
굉장한 양으로 비축되고, 익어가고, 강화되며,
그 저장소의 벽에 엄청난 압박을 가한다.
비슷한 정신의 소유자가 이 벽을 건드리면 거기서 와르르 무너져 내린다──
그 누구도 친절에 반응하지 않는다, 그 누구도 절망에 빠진 그 사람보다
그것에 더 민감하게 반응할 수 없다.

XI

백 년 만의 한파가 몰려왔다던 몬터레이*베이에서의 어느 날 밤,
정확하고 사심 없는 캘리퍼 집게가 많은 별과 초승달을 체포라도 한 듯
　　　단단히 잡고 있었다.
가장 단단한 화초마저 "살인적인 추위"에 위축되어 몸을 움츠렸다
보우가인빌레아, 마데이라**의 자존심, 장밋빛 감도는 진보라색 백년초도
　　　고개를 숙였다
한바탕의 한파로 수액이 빨려 나가 잎새가 뒤틀리고
싸구려 호텔방에서 쫓겨난 늙은이들의 얼굴마냥 그 줄기를
축 늘어뜨렸다
── 우주의 거리로, 지금 당장 [떠나라]!

지진과 가뭄에 잇따라 한파가 찾아오고 전쟁도 따라왔다.***

---

　* 캘리포니아 주의 한 도시 이름.
　** 열대 덩굴식물의 이름.
　*** 1989년 캘리포니아 대지진이 일어났을 당시 캘리포니아 주는 이미 5년간 가뭄에 시달리고
　　 있었다. 이어 1991년에 기록적인 한파가 찾아왔으며, 그때 걸프전이 발발하자 리치는 자연
　　 재해와 전쟁을 한꺼번에 경험해야 했던 상황을 제시하고 있다.

지금은 거의 어떤 꽃도 피지 않는, 깃발만 펄럭거리는 곳에서

난 턱을 괴고 조국을 사랑한다는 것이 무엇인지 깊이 생각하고 있다.

이 대지와 그 안에 묻혀 있는 유골의 역사라고?

토양과 도시들, 선언된 뒤 조롱당한 약속들, 쟁기로 갈아놓은

　　　　　　　　수치와 희망의 등고선?

국가에 대한 충성, 상징, 파기되고 메아리를 울리는 중얼거림?

바둑판처럼 서쪽으로 뻗어나가는 각각의 주, 지하수?

광물들, 흔적들, 내가 창작되어지는 소문들, 한 입의 음식, 티끌만 한

　　　　　섬유 조직,

그 많은 여자들과 비슷하거나 다른 한 여자, 해야 할 작업 영역에 대해

　　　　　속임을 당한 그녀의 운명?

지나가다 부딪히거나 부딪히지 않는 그 많은 시민들과

　　　　　비슷하거나 다른 한 시민,

── 우리는 각자 현재의 충동에 내몰린 한 알의 곡식, 한 개의 세포핵,

　　　　　위험에 처한 하나의 도시〔이다〕

어떤 사람들은 공동의 운명에서 벗어나기 위해 울타리를, 벙커를

　　　　　만드느라 분주하고

어떤 사람들은 대리석처럼 차가운 입술에 숨결을 불어넣어 죽은 동상들을

소생시키고 우리를 인도하게 하려고 애쓰며

어떤 사람들은 순간에 대해 가르치려고 애쓰고, 어떤 사람들은

순간에 대해 설교하려고 애쓰고

어떤 사람들은 절반쯤 아는 사건을 대면하여 스스로를 과대 포장하고,

어떤 사람들은 스스로를 낮추고

──권력 있는 자와 없는 자들이 마구 날뛰고, 카세트테이프는 조롱하듯

뒤로 감겨, 음절들이 끽끽거리고

어떤 이들에겐 전쟁이 처음이고, 다른 이들에겐 단지 그 오래된

주기적인 발작의 연속일 뿐이고

어떤 이들은 이십 년 동안 정의를 위해서 행진한 적이 없었다가 이제야

평화를 위해 행진하고

어떤 이들은 평화는 백인의 언어이자 백인의

특권이라 생각하고

어떤 이들은 권력이 있고 없는 상태와 그 형태들에 대해 대처하고

명상하는 법을 배운다

한편 남자 간호사는 매일 들어 올려 스펀지로 닦아주어야 하는 [환자의]

몸의 엉덩이, 허벅지, 무게에 익숙해지는 법을 배운다

여기 간호사는 모든 기술을 다해 자체의 법칙에 따라 아직 타고 있는

정신의 꺼져가는 불을 죽음의 침상에서 불고 있다

애국자는 무기가 아니다.   애국자는 그녀가 스스로의 존재를 위해

자기 조국의 영혼을 위해

고군분투하는 자이다, 자기 조국의 영혼을 위해

(윈도록*에 있는 거대한 언덕 구멍을 통해

베트남 벽**의 반짝거리는 표면을 바라보며)

그가 고군분투하듯이. 애국자는

순수함이 사그라지는 꿈, 백인 장군과 흑인 장군이 가식적으로

함께 포즈를 취하고 있는*** 악몽으로부터

깨어나려고 애쓰는

그녀의 진정한 조국을, 그의 고통 받는 조국을 기억하려 애쓰는

시민이다

축복과 저주가 쌍둥이로 태어나 곧바로 분리되었다가

애도를 위해 다시 합쳐지게 되었다는 것을

---

* Window Rock: 애리조나 주에 있는 암석으로 형성된 인디언들의 성지 이름.

** 베트남 참전 용사 추모비로서 검은 대리석 벽에 전몰 용사들의 이름이 새겨져 있다.

*** 걸프전에서 노먼 슈워츠코프Norman Schwarzkopf 장군과 콜린 파월Colin Powell 장군이
합동사령관이 된 것을 기념하는 사진.

국내 이주자들이 모든 여자와 남자 중에서 조국에 대한
　　　　향수를 가장 많이 느끼는 사람들이라는 것을
오늘 휘날리고 있는 모든 깃발이 고통을 외치고 있다는 것을
기억하려 애쓰는 〔시민이다〕
　　　　우리는 어디에 정박해야 할까?
　　　　우리를 묶어주는 끈은 무엇일까?
　　　　우리가 마땅히 해야 할 일은 무엇일까?

XIII (헌정사)

당신이 이 시를 읽고 있다는 것을 압니다
늦은 시각, 강렬한 백열전구 노란 불빛과 어두워진 창문의
사무실을 떠나기 전, 피로감에 싸인 건물이
러시아워가 한참 지난 고요함 속으로 사라질 때.
나는 당신이 이 시를 읽고 있다는 것을 압니다
이른 봄 어느 흐린 날, 눈가루가 희미하게
당신 주변을 에워싼 광활한 공간을 가로질러 흩날릴 때

바다에서 멀리 떨어진 어느 서점에 서서.

나는 당신이 이 시를 읽고 있다는 것을 압니다.

당신이 견디기엔 너무 벅찬 일들이 일어났던 방에서

침대 위에 이불이 돌돌 말려 있고

열린 가방이 여행 간다는 사실을 일깨워주는데 막상 당신은

아직 떠날 준비가 되지 않았을 때.

나는 당신이 이 시를 읽고 있다는 것을 압니다,

지하철이 움직임을 멈추었을 때 그리고 당신이

삶이 결코 허락지 않았던 새로운 사랑을 향해

　　　　계단을 달려나가기 전에.

나는 당신이 이 시를 읽고 있다는 것을 압니다,

당신이 인티파다* 뉴스를 기다리는 동안 티브이 수상기 불빛에

화면 위론 무음의 이미지가 발작적으로 스쳐 지나갈 때.

나는 당신이 이 시를 읽고 있다는 것을 압니다,

눈길이 마주쳤다 피해지는, 낯선 이와 동질감이 형성되는 대기실에서.

나는 당신이 형광등 불빛에 이 시를 읽고 있다는 것을 압니다,

---

* 이스라엘 강점에 항거하는 팔레스타인 저항운동을 지칭한다.

너무 이른 나이에, 고려 대상에서 제외되고,

스스로를 고려 대상에서 제외하는 젊은이의 권태와 피로감으로.

나는 당신이 이 시를 읽고 있다는 것을 압니다,

약해진 시력으로, 이 글자들을 모든 의미 너머로 확대하는

두꺼운 돋보기안경을 쓰고 하지만 당신은 계속 읽지요,

글자가 보인다는 사실이 소중하기 때문에요.

나는 당신이 이 시를 읽고 있다는 것을 압니다,

우유를 데우는 스토브 근처를 서성이면서,

어깨엔 아이를 기대게 하고, 한 손에

       책을 들고

인생은 짧고 당신 역시 갈증을 느끼기 때문이겠죠.

나는 당신이 이 시를 읽고 있다는 것을 압니다

당신의 언어로 쓰이지 않은 이 시를, 몇 단어는 그 뜻을 추측하면서,

나머지 단어는 계속 읽어나가면서, 그게 어떤 단어인지 알고 싶군요.

나는 당신이 이 시를 읽고 있다는 것을 압니다,

뭔가 듣고 싶은 심정으로, 원망과 희망 사이에서

       갈등하는 심정으로

당신이 거부할 수 없는 작업으로 되돌아오며.

나는 당신이 이 시를 읽고 있다는 것을 압니다.
지금처럼 발가벗겨져, 당신이 도착했던 그곳에서,
　　　다른 읽을거리가
하나도 남아 있지 않기에.

1990~1991

그 입

이것은 그 소녀의 입이다,
아들이 아니라, 딸이 획득하게 된 맛이다.
이것은 입술이다, 해초 숲을 헤쳐 나가게 해줄,
강력한 방향타이다
그 소녀의, 끔찍하고, 설탕을 뿌리지 않은
그 전체 대양, 그 깊이에 대한 맛이다. 이것이 그 맛이다.

이것은 아빠의 입맞춤도 엄마의 입맞춤도 아니다.
아빠는 너를 숨 막히게 할 수도 있다,
엄마는 너를 구하기 위해 너를 익사시킨다.
모든 거래는 오랫동안 이루어져왔다.
이것은 자매의 이야기도 형제의 이야기도 아니다.
이상한 교환 조건이 오래전에 만들어졌다.

이것은 한 모금이다, 크릴새우와
플랑크톤이 튀기는 물이다,
소녀의 것으로 묘사된—
너에게 어떤 맛인지 알게 하기에 충분한 입이다

너는 딸인가, 너는 아들인가?
이상한 교환 조건이 오래전에 만들어졌다.

1988

마가니타

실링팬* 아래에 있는 오동나무 책상
그 책상에서 마가니타는 어떤 죽은 여자의 빚을
계산하고 있다.

샌들은 벗어 던지고, 깡통째로 콜라를 마시며
촛대 밑에 마지막 영수증을 끼워 넣는다.
그녀는 여기 있다
그녀의 적이   그녀의 애인이   그녀의 쌍둥이가
피골이 상접한 채 죽었을 때, 아무도 거기 없었기에.
마가니타는 정맥주사, 강력한 스테인리스 [바늘]에 대해
실제로 그것들을 보기 전에
꿈을 꾸었었다.   그녀는 실용적이지 못해,
있잖아, 그들이 말하곤 했었다.
그녀는 예술가였고, 그래도 괜찮았다.

자신의 집에서 마가니타는 청동 깃털을

---

* 천장에 붙이는 환기용 선풍기.

풀로 붙여 날개를 만든다, 초록색과 투명한
병들을 깨서 피가 뚝뚝 떨어지는 조각들을
모래 주물판 속에 밀어 넣는다
거울 여러 개에 금을 그어 쪼개고
떠내려온 잔가지들에 그 조각들을 붙여놓는다,
[그리고] 어떤 벌레 이름의 황금빛 술을 마시고,
자신의 주적이자, 쌍둥이를 잊어버린다,
생일날 자기 손목에 악보를 그리고
병원에 실려 가는 꿈을 꾼다.

그들이 소녀와 소년으로 함께 살았을 때, 소년과 소녀로서
그녀는 그의 팔을 등 뒤에 고정했었다
인조 눈썹과 손톱, 얼굴 가리개 한 세트, 진주 목걸이 한 개가
들어 있는 상자 때문에,
그녀는 팔을 풀어주고 그의 이야기를 들어주었다
그녀는 그것들의 숨결을, 그는 그녀의 숨결을 느꼈다.
그들은 각각 상대방만이 아는 이름을 지어 불렀다.

마가니타는 모두가 떠나고 없는 아파트에 있다.

남자 조카도, 여자 조카도 없었고,

교구에서 온 사람도 없었다

── 숨기로 했나, 이민을 떠났나, 사라졌나?

다른 사람들은 어디 있지?

마가니타는 돌아왔다, 그러고 싶어서,

유품들을 모았다.

비에 젖은 수표책,

앨범에서 오려낸 스냅사진들,

색조 파우더, 빗, 눈화장 도구들

속눈썹, 눈썹 그리개,

구슬 모양 목욕 오일, 튜브에 담긴 글리세린

── 어떤 죽은 여자의 사치품.

마가니타는 그 모든 것을

알아서 처리할 것이다.　　다른 것은 몰라도

지난달 방세는 지불할 것이다.　　실링팬의 날개가

너저분한 종이의 모서리를 흔들고,

햇빛은 창문의 레이스 커튼에서 빠져나간다,

그녀는 나가서 식사를 하려고 한다.　　　그리고 그렇게

미워하고 사랑했던 감정이 결국 정리되었다

두세 단(段)을 채운 숫자들로,

속 쓰림으로, 처리된 업무로.　　　뭔가 끝났다.

1989

남루한 송영기도*

야생 능금 밭의 반인반수 추수꾼
열아홉번째 해와 열한번째 달에
안개의 문서를 수집해오는
진흙탕을 건너온 전령이여
자살한 모든 이들을 위해 당신의 남루한 송영기도를 말하라.

삶을 찬양하라 비록 삶이 터널 같은 곳에서
우리가 알고 사랑했던 사람들 위로 무너졌을지라도

　　삶을 찬양하라 비록 그 창문이 부서져 내리며
　　우리가 알고 사랑했던 이들의 숨통을 끊어놓았을지라도

삶을 찬양하라 비록 우리가 알고 사랑했던 사람들이
삶을 몹시, 너무, 그러나 충분하진 않게 사랑했을지라도

　　삶을 찬양하라 비록 그것이 우리가 알고 사랑했다고 생각했던

* 사망한 가까운 친척을 위해 드리는 기도.

518

사람들의 마음 위에 옹이가 박히게 했을지라도

삶을 찬양하라 우리가 알고 사랑했던 사람들이
찬양할 수 없다고 여겼던 삶에 기회와 이유를 주나니

그들을 찬양하라, 그들이 사랑할 수 있었을 때,
얼마나 삶을 사랑했는지.

1989

최종 표기법

그것은 간단치 않을 것이다, 그것은 길지 않을 것이다
그것은 얼마 걸리지 않을 것이다,
그것은 그대의 모든 생각을 차지할 것이다
그것은 그대의 마음을 모두 차지할 것이다,
그것은 그대의 숨결을 완전히 멈추게 할 것이다
그것은 짧을 것이다, 그것은 간단치 않을 것이다

그것은 그대의 갈비뼈를 어루만질 것이다,
그것은 그대의 마음을 모두 차지할 것이다
그것은 길지 않을 것이다,
그것은 그대의 생각을 차지할 것이다
마치 한 도시가 차지되듯이, 마치 하나의 침대가 차지되듯이
그것은 너의 육체 전부를 취할 것이다, 그것은 간단치 않을 것이다

그대는 그대를 견디지 못하는 우리에게 올 것이다
그대는 그대를 견디고 싶어 한 적이 없었던 우리에게 올 것이다
그대는 우리의 일부를 결코 계획하지 않았던 곳으로 데려갈 것이다
그대는 우리의 삶의 일부를 가지고 멀리 갈 것이다

그것은 짧을 것이다, 그것은 그대의 숨결을 완전히 멈추게 할 것이다
그것은 간단치 않을 것이다, 그것은 그대의 의지가 될 것이다

1991

공화국의 어두운 들판

이것은 어떤 종류의 시대란 말인가*

두 줄로 늘어선 나무들 사이에 어떤 곳이 있다 그곳에선 잔디가
        오르막으로 자라고
낡은 혁명로가 그림자 속으로 사라진다
박해받은 자들이 버리고 간 회합 장소
그들도 그 근처의 그림자 속으로 사라졌다.

나는 두려운 마음으로 버섯을 따러 그곳으로 갔었다,
        하지만 속지 마라,
이것은 러시아 시가 아니다, 이곳은 다른 어떤 곳이 아니라 여기다,
진실과 공포를 향해 더욱 가까이 움직이고 있는,
사람들을 사라지게 하는 나름대로의 방법을 알고 있는 우리의 조국이다.

숲으로 우거진 그 어두운 곳이, 알 수 없는 한 줄기 빛이 만나는 곳—
혼령이 출몰하는 교차로, 부엽토 천국,
나는 그곳이 어디인지 말하지 않으련다.

---

* 〔원주〕 이 시의 제목은 브레히트의 시 「이후에 태어난 자들을 위하여」의 한 구절에서 따온 것
이다.

난 누가 그곳을 사고 싶어 하는지, 팔고 싶어 하는지, 사라지게 하고
싶은지 이미 알고 있다.

그래도 난 그곳이 어디인지 말하지 않으련다,
그럼 왜 그대에게 어떤 것이든 말하고 있는가?
왜냐하면 그대가 잠자코 듣고 있을 뿐이기 때문이다. 이런 시대엔
조금이라도 그대를 듣게 하기 위해서, 나무에 대해 얘기하는 것이
필요하기 때문이다.

1991

그 시절에는

그 시절에는 우리가
우리라는 말의 의미를, 당신이란 말의 의미를
잃어버렸다고 사람들이 말할 것이다,
우리는 우리 자신을 발견하였고
나로 축소되었으며
전체는 어리석고, 모순적이고,
끔찍하게 되어버렸다.
우리는 개인적인 삶을 살려고 노력하고 있었다
그렇다, 그것이 우리가 증언할 수 있었던
단 하나의 삶의 방식이었다

하지만 위대한 역사의 검은 새들은 비명을 지르고
우리들 개인의 풍상(風霜) 속으로 곤두박질쳤다
그들의 머리는 어떤 다른 곳에서 잘렸지만, 그들의 부리와 날개는
해안선을 따라, 너덜너덜한 안개를 통과하여
우리가 서 있는 곳까지 따라왔다, 나라고 말하면서

1991

칼레 비전[*]

1

네가 생각했던 대로가 아니야.　　그저 지선도로가
오르막이 아니라 내리막길로 이어져 있어

아주 좁게, 그냥 사라지지 않고
그 맨 끝에 집 한 채가 있어

마당에선 떡갈나무와 선인장을 박박 문지르고 있어
고양이 몇 마리　　뱀 몇 마리가 보이지

그 집에는 방이 있고
방에는 침대가 있고

침대 위엔 철로 개통 소식을 알려주는
담요가 있어

---

* 〔원주〕 Calle Visión: 미국 남서부에 있는 도로의 이름으로서 '전망로vision street' 이라는 의
미를 지닌다.

담요 밑엔 비벼 빨아 여기저기 닳아 해진
이불 홑청이 있어

이불 홑청 밑엔 오래되어 불편한,
아마포 커버를 씌우고 단추로 고정한 매트리스가 있어

매트리스 밑엔 녹슬었지만
아직 튼튼한 철제 받침대가 있어

침대 전체에서 비누와 퀴퀴한 냄새가 나
창문은 오래된 담뱃재와 비 냄새가 나

이것이 칼레 비전에 있는
너의 방이야

만약 네가 지선도로를 타고 오면
그 방이 너를 위해 준비되어 있을 거야

2

칼레 비전　　이빨 새에 낀 모래
손목 연골 조직의 미립자(微粒子)

칼레 비전　　감긴 눈꺼풀 뒤
화염 폭풍　　네 발에 난 불

칼레 비전　　너의 뼈가 감금된
문을 흔드는

칼레 비전　　구멍 난 너의 잠 위로 떨어지는
꿈의 그물

3

까다로운 호텔에 투숙했고

모든 서비스는 중지되었다

살 곳이 아니라 그 안에서 죽을 곳
여인숙이 아니라 병원*

한 친구의 연인이 날 찾아와
감동을 주고 차를 태워

날 데려갔다   심술궂은 구두쇠,
성마른 자의 사랑

하지만, 그가 길 위에 시선을 고정하고 차를 몰 때
나는 그의 사랑을 느꼈다

그리고 그게 그저 그런 거였다   말해지지 않아도 명백했던
과거의 방식이었다

---

* 〔원주〕 토머스 브라운의 『종교적 명상 *Religio Medici*』(1635)에서 인용하였다.

그리고 그 나머지처럼

꿈처럼 명확했던 〔과거의 방식이었다〕

4

칼레 비전　　너의 심장은 끊임없이 계속 고동친다

　　이런 일이 어떻게 가능할까

칼레 비전　　다친 무릎

　　다친 척추　　다친 눈

　　금속 주변에서 일해본 적이 있나요?*

　　당신의 피부 아래에 [금속성] 미세 물질들 있나요?

---

* 〔원주〕 MRI 촬영 때 일상적으로 묻는 질문이다.

칼레 비전   너의 심장은 아직 완전하다

     이런 일이 어떻게 가능할까

가능태는   신뢰와 믿음으로 제안되지 않을 때는

     수집품을 모으는 수집상들에 의해

고통-받아-왔던-것에 대해 전문가인 교수들에 의해

     제거될 것이다

     세상이 와해되고 있어*   내 손을 잡아

     이건 홀로 외치는 소리야   내 손을 잡아

칼레 비전   육체의 고통을

     절대 잊지 마라

결코 그것을 분리하지 마라

---

* 〔원주〕 The world is falling down: 애비 링컨(Abbey Lincoln, 1930~2010)의 노래 제목.

5

암모니아

　　　이산화탄소

　　　　　일산화탄소

　　　　　　메탄

　　　　황화수소

　　우라늄 광산과 배설물에서 배출되는 가스가

축사라고 알려진 돼지를 감금하고 있는 우리에서
반년 만에 금속 문손잡이 하나를 다 부식시킬 수 있다

돼지 비듬

　　　마른 똥에서 일어나는 먼지

──폐에 난 상처.　　숨 가쁨은 초기 증상

그리고 모든 남자의 일을

불이 시험하리라.*　　칼레 비전.
그리고 모든 여자의 일도
〔불이 시험하리라〕

만약 네가 지선도로를 타고 온다면
이것이 네가 보게 될 환상이다　　이것이 그 원천이다

6

반복적인 살육 행위
　　── 손목에　　팔꿈치에 난 불 ──
죽은 새들이 전선을 따라 네가 있는 곳까지 온다
　　　　── 자면서도 너는 어떻게 그 냄새를 맡는지 ──
네 손목에 난 불　　엉긴 피
　　네 손톱 밑의　　탁한 공기

---

* 〔원주〕『고린도전서』 3장 13절에서 인용하였다.

밖에서 잠긴 문들
─ 네가 닭을 훔칠 수도 있으므로 ─
닭공장에 난 불
　　　손목 관절에 난 불　　커다란 튀김통에서 솟아오르는
콩기름이 타며 뿜어내는 노란색 연기
　　　낭비된 것들과 피복 전선줄
─ 몇 명은 냉동고 쪽으로 피신했고 몇 명은
　　　"피신 자세를 취한 채"* 발견되었다 ─

7

네가 아름다움을 불러내면 그것은 아직도
도처에서 튀어나올 것이다

처리된 작업　　미결된 작업의 잔인한 서류철 안에

---

* 화생방전에 대비한 대피 요령을 인용하였다.

너는 아름다움이라고 써넣을 수 있다   하지만

일단 우리가 다르다고 해도 분리되지 않는다면
그것은 아름다움이다   그것은 네가 잡을 수 있는 것이다

신생아가 한밤중에 눈을 뜨고
유성(流星)을 녹이는 안개를 쳐다볼 때

차바퀴에 깔려 으깨진 리아나*로부터 나온 바이러스가
지금 우리를 찾아다니고 있다

8

칼레 비전에 있는
그 집에 있는   방에서

---

* 열대산 칡의 일종.

네가 원하는 전부라고는   혼자서
바닥에 눕는 것   두 손은 편하게

엉덩이뼈 근처에 가볍게 미끄러뜨리고
하지만 그녀는 너의 주의를 분산시키며

나머지를, 단면도를 가지고 거기 있다
어린 시절 자기만의 조리법 자기만의

연필로 쓴 공책 뭉치 자기만의
얼룩덜룩한 석각 목걸이

자기만의 증언용-눈물
앞뒤로 돌릴 수 있는 자기만의 시간 조절기

베를린에 있는 자기만의 여행가방
그리고 자기만이 갔다 온 섬에서

잃어버렸다가 찾은 여행가방
── 그녀는 네가 자기를 잊을까 봐 두려워하는 걸까?

9

밤바람에 날려
검은색 그물에

주홍색 날개가 걸린 성난 나비가
햇빛을 받으며 라일락나무에 매달려 있다

멀리 떨어진 곳에서
〔라일락은〕 나비처럼 육로로 운반되었다

나비는 힘들게 먼 곳을 여행하였으며
이런 질문거리를 가지고 있다.

— 젖은 흙을 뚝뚝 떨구는 두 손
끔찍한 꿈으로 가득 찬 머리

오, 이 모든 세월을 보내며 그대는 무엇을 파묻었는가
무엇을 파냈는가?

이곳은 죽은 자들로 그리고 살아 있는 자들로 생기를 띤다
나는 결코 여기서 외로움을 느낀 적이 없었다

나는 길을 따라 걸으며 미간에 세번째 눈*을 붙인다
과거, 현재, 미래가 모두 내 편이다

폭풍우에 시달린, 강인한 날개를 지닌 승객
내가 파묻었던 그 어떤 것도 사라지지 않는다

---

* 동양철학에서 제3의 눈은 깨달음의 눈으로 여겨진다.

10

길에 어떤 집이 있다
뜰에서는 떡갈나무와 선인장을 박박 문지르고 있다

라일락은 멀리 떨어진 곳에서
육로로 운반되었다

그 집에는 침대가 하나 있다
그 침대 위엔 철로 개통 소식을 알려주는

담요가 하나 있다
매트리스 밑엔 녹슬었지만

아직 튼튼한   철제 받침대가 있다
창문에선 오래된 담뱃재와 비 냄새가 풍긴다

그 창문에선 오래된

담뱃재와 비 냄새가 풍긴다

1992~1993

예나 지금이나[*]

그 상황에 대해서
내가 모호하게 써야 할까?
그것이 당신이
내게 원했던 걸까?

식품 꾸러미, 1947

가루우유, 초콜릿 바, 과일 통조림, 차,
이탈리안 소시지, 아스피린.
하이델베르크에 있는 늙은 교수님과 그 유대인 부인에게
한 달에 네 번 부쳐주는 식품들.
유럽은 지적인 삶을 소생시키려 애쓰고 있으나
위대한 사회학자의 미망인은 밀가루가 필요하다.

유럽은/다른 어떤 곳에 있는 유대인들과 함께
소생시키려고/애쓰고 있다.

한때 철학자였던 젊은이는 뉴욕에서부터 그 먼 곳까지,
덴마크산 버터를 주문하며 자신의 스승을 먹이느라 애쓴다
〔그리고〕 유럽적인 정신의 안개 속으로

---

* 〔원주〕해나 아렌트(Hannah Arendt, 1906~1975)와 카를 야스퍼스(Karl Jaspers, 1883~
1969)가 주고받은 『서신들』에 출처를 둔다. 이 서신들을 읽으면서 나와 같은 미국의 예술가나
지식인들이 지닌 '죄의식'과 '순수함'의 개념에 대해 반추하는 기회를 가질 수 있었다.

저는 더 이상 독일인이 아니에요. 저는 유대인이고 독일어는

한때 제가 살던 집에서 썼죠라고

전보를 보낸다.

1993

순수함, 1945

"그것의 아름다움이 바로 죄였던 거야.

그것이 우리에게 들어와서, 재빨리 〔우리를〕 잡아챘고,

차가운 혀를 갈라지게 했어.   죄의식이

우리로 하여금 다시 순수하게 느끼도록 만든 거야.

어떤 극단적인 조치가 취해지는 동안

우리는 아무것도 하지 않았지.   우리는 방황하고 있었어.

얼음 여왕의 거대한 무도회장에서 온 세상에 대해 꿈을 꾸었지,

새 스케이트 신발에 대해서도.

하지만 우리도 역시 고통을 받았어.

기적은 있었어.   아무것도
느끼지 않았어.   우리는 아무것도 하지 않았다고
느꼈어.   할 것도 없다고.   자유롭다고 느꼈지.
그런데도 우리는 역시 고통스러웠어.
우리가 갈망했던 것은 자유,
혈관에 꽂을 차가운 바늘이었어.
결국 죄의식도 하나의 감정이었던 거지."

                                                        1993

석양, 1993년 12월

나란히 비교를 하는 것은 물론
위험하다   하지만 마치 어떤 지속 가능한 방법이 있는 것처럼

글로 쓰는 것은 더욱 위험하다. 우리와 우리의 시는
보호를 받는다.   개인적인 삶, 보호받듯이.

여러 편의 시와 생각들이 대기 속을
활공한다, 순수하게.

나는 갑판 위로 산책을 나갔다 〔그리고〕 모든 판자가
차가운 이슬로 반짝거렸다   오늘 밤 얼음이 얼지도 몰라

각각의 판자는 물론 다 다르지만 하나하나 반짝거린다
젖은 채로, 어지러운 하늘 아래서.   봉긋하게 부풀며 번지는 잉크 같은

짙은 회색 구름이 해안선 위로 다가와 갑자기
무지개를 아무렇지도 않게 풀어놓아

그 빛이 멀리 퍼지게 했다
생각하지 않는 것은 위험하다

굴뚝이 몸서리를 치며 최초의 연기를 뿜어내는 동안
지구는 어떻게 제자리에   조용히 있었을까

1993

국외 추방

그 일은 우리가 아직도 그 패턴을 찾고 있는 동안
이미 일어났다   머리를 돌려
도시가 내려다보이는 긴 수평 창문으로
사람들이 잡혀가는 것이 보였다
이웃집 사람, 상인, 응급요원 들이
현관에서, 토마토 가판대에서
자동화-기계화된 논쟁에서 바삐 움직였다
그리고 아이들도 학교 운동장에서 서둘렀다
이 위치에서는 어쨌든
잡혀가는 사람들보다 잡아가는 사람들의 수가 훨씬 많아 보인다

그런 뒤,   꿈이 갑자기 바뀌었다,   우리 집이다.
남자 네 명이 잠그지 않은 문을 열고 들어온다
한 사람은 가벼운 여름철 모직 옷에 실크 넥타이를 맸고
한 사람은 갈색으로 변한 핏자국이 보이는 작업복을 입었고

한 사람은 셔츠 단추를 잠그지 않고, 가느다란
은 체인 목걸이를 걸었고
한 사람은 짧은 바지에 배꼽 위로는 아무것도 걸치지 않았다

그리고 그들이 우리를 잡으러 왔다, 우리는 둘 그들은 넷
그들은 아직까진 인간적인 면을 가지고 있을지도 몰랐다
그래서 물었다   이 모든 것이 언제 시작됐다고 생각하죠?

마치 그들의 주의를 목적에서 돌리려고 하듯이
마치 공동의 유대감에 호소하려고 하듯이
마치 그들 중 하나가 너일지도 모른다는 듯이
마치 내가 아직 오지 않은 무언가를 위해
연습이라도 하듯이

1994

그리고 지금

그리고 지금 당신이
── 내가 사랑하는 눈과 손을 가진 당신이
── 내가 사랑하는 입과 눈을 가진 당신이
── 내가 사랑하는 말과 마음을 가진 당신이──
이 시를 읽을 때
내가 어떤 대의를 설파하려고 하거나
어떤 장면을 연출하려고 한다고 여기지 않기를 바라.
나는 들으려고 애썼어,
우리 시대 대중의 목소리를
바라보려고 애썼어, 우리 대중의 공간을
내가 할 수 있는 한 최대한으로
── 기억하고 머무르려고 애썼어
자세한 내막에 충실하게, 주목하려고 애썼어
공기가 정확히 어떻게 움직였는지
어디서 시곗바늘이 멈췄는지
누가 개념의 정의를 담당했는지

누가 그것을 받아들이는 데 찬성했는지
언제 자비의 이름이
죄라는 이름으로 변하게 되었는지
언제 낯선 사람과 감정을 나누는 것이
쓸모없는 일이 되었는지.

1994

최근의 가잘*

발바닥부터 머리끝까지 생기를 느끼며 검은 거울 같은 창문에 마주선다.
첫 겨울비.   짧은 아침 시간.

가잘로 돌아가지 그럼   그걸로 넌 뭘 할 건데?
삶은 언제나 시행보다 더 힘차게 맥박을 쳤다.

미간 사이에 난 털을 기억해?
모든 곳에 도달하는, 모든 부분에 대해 얘기하는 그 혓바닥은?

그곳에서 모든 것은 욕망하는 이미지대로 만들어지지.
상상력의 외침은 일종의 성적인 외침이기도 해.

나는 어디든지 내 몸을 데리고 다녔어.
추상의 덤불 속에서 내 살갗 위로 피가 흘렀지.

삶은 언제나 더 강력해…… 평론가들은 그것을 알 수 없었던 거야.

---

* 터키의 시 형식. 운율이 맞는 시행과 후렴구를 가지고 있다.

〔내〕 기억이 맞는다면 음악은 언제나 말보다 앞서 달린다고 했지.

1994

비명(碑銘) 들

하나, 동지

과거에 난 너를 거의 알지 못했지만 이제 난 너를 알아.
과거에 넌 나를 거의 알지 못했지만 이제 넌
                나를 알아
── 우리가 만났을 때 우린 그런 식으로 서로를 바라보고 있었지.
나는 얼룩덜룩한 턱을 자세히 보았어
기름 묻은 새가 날아가려고 버둥거리는 것을 보면서
기름에 발이 미끄덩거리는데도 절뚝거리며 해변을 걸었어
눈동자의 홍채를 통해 〔가까이〕 당겨진 네가
너 자신의 대양을 예언자적 고통과 안도감 속에서 건너가는 동안
〔나는〕 몹시 서둘렀고 특히 너의 도시가 당한 오래되고 기름진 상처의
도표를 그리는 일에 착수했어, 그 안과 밖의 목소리를 채집하면서.
나의 증언.   너의 증언.   난 신념을 지키려고 노력하며
정확히 함께한 건 아니었지만 그래도 알려졌든 알려지지 않았든
다른 사람을 대변하고, 상상하려는 누군가와 함께했어
그런 사람과 함께할 때 신뢰가
                유지될 수 있는 거야.

도시에서 네 마음은 타버리고 시들었다가 희망으로 부풀어 올라
(황량함을 전혀 모르는 사람이 아니야 너는.　　　이미 벌레가 이빨로
　　　　　　너의 진실을
갉아먹었지만 넌 그 점에 대해서 정직했어).

너는 부르거나 들려져서는 안 되는 노래들의 불법 음반
목록을 만드는 일을 공모했지.
만약 도덕의 꽃이 있다면 그 하나는 너의 것이 틀림없을 거야
그리고 난 지뢰밭을 신속하게 건너가 그것을 너에게 건네줄 거야
도시의 이유 없는 숙면 보조등*을 지나, 목적을 가지고, 사랑을 가지고,
박테리아가 가득한 물 위에 아름다움을 떠 있게 하려는 손길로
그것을 건네줄 거야.

어떤 목소리가 노래하는 법을 배울 때 그 목소리는 위험하게 들릴 수

---

* 전선 없이 콘센트에다 끼우는 보조등을 말한다. 리치는 '전선 없이wireless' 대신 고의적으로
'이유 없이whyless'라는 단어를 만들어 사용하며, 미국인들이 특별한 이유 없이 습관적으로
보조등을 켜고 자는 점을 지적하고 있다.

있다

어떤 목소리가 듣는 법을 배울 때 그 목소리는 절망적으로 들릴 수 있다.

많은 다른 자아에게 열려 있는 자아.

방금 석방된 사람에게 건네진 거울 하나

자물쇠로 잠긴 병실에서 독방에서 예방이 목적인 유치장에서

그녀는 덥수룩한 머리칼 새로 사라진 눈썹을 본다

전체 수를 〔세어본다〕.

전쟁에서 제대한 사람이 집에 걸린 거울에서 발견하는 것을

뚫어지게 쳐다본다, 그 자신의 눈 속에서 끝나지 않는 폭동을

바라본다

평화란 얼마나 얼굴이 두꺼운가,

또 평화를 증진하겠다고 주장하는 사람들도.

둘, 운동

대양의 등대를 향해 굽이쳐 내리는 오래된 지그재그 길을 걷는다

시야의 각도   운동   검은색 또는 붉은색 튤립 꽃이 핀 것에 대해

얘기하면서

길을 건너가는 횟수를 세면서   생각한다

나는 운동에 가담했던 것이 아니라   지금 이 깊은 물살에

발을 담그고 있다

내 인생의 일부가   함께 헤엄칠 수 없는 공포를   내 뒤에서

씻어내고 있다

내 인생의 일부   내가 어떤 단어로도 표현할 수 없는 일부가

나를 기다린다

나는 하루를 처음부터 끝까지 살아야 한다

그 모든 시간을 보내고   그 모든 것을 알아야 한다

비록 내가 여기서 마지막에 서 있게 될 곳을 보게 된다고 해도.*

————

인생은 언제 자유를 향해 휘어지는가?   그 방향을 잡는가?

네가 창백한 꿈, 향수, 정체 상태 속에서

계속 맴돌고 있는 것이 아니라,

어디서 발견하든 너의 모든 힘을

---

* 〔원주〕"나는 하루를 〔……〕 보게 된다고 해도", 이 3행은 1968년에 내가 쓴 시에서 인용하
였다.

너의 인내를 그리고 너의 노동을

전도된 욕망과 반대로 던져진 욕망을

너의 마음속 불굴의 의지를

모두 요구하는 공작석(孔雀石)의 쪽빛 같은, 콜로라도 강의

그 깊은 물살   속으로 들어가고 있다는 것을 어떻게 알까?

아마도 어떤 선생님을 통해서.   사실과 수치와 시를 가진 누군가를
통해서

각 세대마다 행동은 우리의 꿈을

                자유롭게 한다

라고 판자에 시를 써놓은 누군가를 통해서.

아마도 학생을 통해서. 검붉은 작약처럼 마음을 활짝 펴고 있는 누군가

백분율에 기가 죽은, 중퇴한, 싹둑 잘려버린 봉우리 같은 누군가를

통해서―너의 학습장 퍼트리샤.   더글러스 너의 시.

하지만 반복적으로 척추에

                가격을 당하는 것을 보고

그들의 희망이었던 너는 네 척추를 가격당하기를 바랐지.

〔그리고〕 그렇게 끝나는 것을 보고 결심했지.

──그리고 지금 그녀는 새로운 아침 새 교실에서

　　　　　밝은 표정을 짓는다

그녀의 아름다움 그녀의 피부 그녀의 속눈썹,

그녀의 생기 넘치는 몸에 스며 있는 신선함.

인종, 계급…… 그 모든 것…… 하지만 그 모든 것은

그저 역사일 뿐 아닌가? 사람들은 그 모든 것에 아직도 진력이 나지 않았나?

그녀는 과거의 사상들에 대해 존경심이 없었던

스스로에게 쌓여 있는 희망에 대해 무지했던　　　열아홉 살 때의

나 자신의 모습일 수도 있다

그녀는 심장을 멈추게 할 수도 있는 약물에 의해

일시적으로 힘을 낼 수 있는 언어이다

그녀는 헤엄칠 수도 가라앉을 수도 있다

아름다운 수정 구슬처럼.

넷, 역사*

당신을 위해서 내 인생을 간단히 말해야 하나요?
묻지 마세요 내가 어떻게 남자를 사랑하게 되었는지.
묻지 마세요 내가 어떻게 여자를 사랑하게 되었는지.
기억하나요 그 사십 년대의 노래들을, 슬로 댄스곡들을
섹스로 가득 찼던 배급된 연료를 넣었던 그 작은 쉐보레 자동차를?
기억하나요 눈을 맞으며 걸었던 것을 그리고 누가 동성애자였는지를?
영화 속 담배 피우는 장면을, 은회색으로 비치던 옆모습을
그와 그녀가 숨을 내쉴 때 작은 은빛 깃털 같은 입김이 사라지는
꿈을 꾸던 것을?
그 꿈을 꾸면서, 우린 우리가 공동묘지에서 놀고 있었다는 것을
깨닫고, 묘비를 거울 삼아 서로 몸을 기대고 립스틱을 발랐죠.
『최근의 사건들』이란 잡지에서 그녀는 유럽에서 전쟁은 끝났다고
그리고, 연합국이여, 전쟁에서 이겼으니 립스틱을 더 이상 바르지
않겠어요, 라고. 그래서 우리는 「제6기」**에서 빠져나와

---

* 세번째, 다섯번째는 이 책에 실려 있지 않다.
** 미국에서 2000~2003년 방송된 TV 시트콤 「이븐 스티븐스」에 나오는 노래.

소리를 지르며 신나게 달렸잖아요.

그 꿈을 꾸면서
우리는 미로 같은 숲속을 헤치고 나와야 했어요
거기서 입술은 단검이었고 가슴은 면도날이었어요 그래서
새장 같은 마음속에 숨어버렸죠,
이 지도는 그 모든 것이 시작한 곳에서 멈춘다
이렇게 빨간색과 검은색의 공책 속에 휘갈겨 쓰면서요.
기억하나요 전쟁이 끝나고 평화가 몇몇 사람들에게는 아주 충분하게
내렸을 때 그래서 그들이 우리가 영원한 현재 속에서 구원을 받았다고
그리고 우리는 세상에 종말이 올 거라고 생각했다고 말했던 걸요?
── 기억하나요 전쟁이 끝난 뒤 평화가
히로시마 나가사키 유타 네바다*에서 부는
바람을 타고 비처럼 내렸던 때를?
그리고 사회주의자이자 동성애자인 기독교도 선생님이
　　　　　호텔 창문 밖으로 뛰어내렸던 것을?

---

* 원자폭탄이 투하되거나 실험된 지역들.

난 당신과 섹스는 말고 그저 함께 잠들고 싶어라고 L.G.가 말했던 것을,
그리고 빨간색과 검정색 에나멜이 칠해진
　　　　커피포트로 천천히 드립 커피를 내리던 것을
──식욕 공포 권력 부드러움
결혼식을 마친 유대인 공산주의자 두 명이
스위치가 눌러진 계단참에서 긴 키스를 나눈 뒤
결혼식의 마지막 순서인 그 결정적인 유리잔 밟기를 했던 것을?
(우리는 언제 배울 것인가, 무엇이 대낮처럼 명백해져야 하나,
자유롭게 사랑할 수 있는 것을 우리는 선택할 수 없는가?)*

여섯, 가장자리에서 불 비추기

빗물 빛 감도는 오팔 같은 당신의 사랑 속에서 비난을 받고 살면서
난 내가 원했던 다른 여자들을 잊을 수 있었어요
너무나 그들을 사랑하고 싶었지만

---

* 〔원주〕 오든(W. H. Auden, 1907~1973)의 시 「칸초네」에서 인용하였다.

사랑 때문에 그렇게 하지 못했던 이유 몇 가지가 여기 있어요.
한 사람은 긴 속눈썹을 광대뼈 쪽으로 떨구는 수법을 잘 썼죠
아주 뛰어난 가리개를 만들어 그녀는 아무것도 보지 못하는 척했어요
다른 사람은 여름에 두 팔로 원을 만들어 더운데도
망가진 울타리 양쪽으로 떨어지는
야생 살구를 주우려고 했어요 하지만 그녀는 한쪽에서만
            주울 수 있었어요.
한 사람은, 야심이 많아, 얼굴이 상기되곤 했었죠
쇄골까지 말이에요, 몸매가 좋은 겁쟁이였어요.
한 사람은 운모(雲母) 조각처럼 날카롭고 반짝거렸죠,
도톰한 입술을 가졌지만, 속은 텅 비었었죠.
한 사람은 위험을 즐기는 사람이었는데
다른 사람들이 무방비 상태였을 때 이미 도망갈 길을 마련해놓았다가
사라져버렸답니다.
한 사람은 몽유병에 걸려 순수함에 대한 꿈을 꾸면서
물 마른 협곡에 담배를 던져버리고
특권이라는 버팀다리 위를 걷곤 했죠
—— 참 순수한 행위였죠.

벨파스트에서 보내온 메듭*의 엽서.

                    우리의 시는 목적이 없는 것 같다

피와 거짓말로 포장되어

                  부패와 인위성이 새어나온다

하지만 물론 우리는 계속 쓸 것이다……

이번 주에 내가 쓴 공책을 들춰봤다

쓸 만한 것이 있나 해서

              생경한 혐오와 공포로

구멍 난 심장, 심장

만약 내가 "염색업자의 손으로"** 썼다는 표현과 어울릴 법한

뭔가를 억지로 건져 올리더라도

난 그것이 불안정하고, 말재주이고, 무가치하다고 치부하고

                  계속 써나갈 것이다

---

* 메듭 매거키언(Medbh McGuckian, 1950~)은 리치와 친교를 나눈 북아일랜드 출신 시인이다.

** 〔원주〕 셰익스피어의 소네트 제3번에서 인용하였다.

예순다섯 살이 되었을 때 난 언어에 대해 뭔가 알고 있었다.
경험상 그것은 먹을 수도 먹힐 수도 있는 것이다
매듭, 시는 죽이거나 죽거나 하는 선택을 해야 할 때
〔그런 선택을〕 거부하는 것을 의미하는 거야
그러나 이런 삶을 지속하는 것은 제정신의 미친 사람들과
가장 용감한 괴물들이나 할 수 있을 거야

———

서쪽 하늘에서 부지런히 초승달 모양을 만들고 있는
밝은 행성   그 별이 방충망을 통해 미소 띤 눈빛으로
지금 말한다.   어두움의 아름다움은
그것이 너로 하여금 보게 한다는 데 있어.   방충망을 통해
그녀가 나에게 이 말을 해주었고, 난 반쯤 정신이 든 상태에서
그녀의 말을 종이 한 장에다 휘갈겨놓았다.
그녀는 비너스라고 불리지만 난 그녀를 그대라고 부른다
그대   나를 바라보는   그대   나를 돌아보게 하는
그대   저 먼 공간과 시간에서 다른 소명을 가지고 있는
그대   그대의 활활 타오르는 피부로   아세틸린으로

564

가짜 신비주의자들의 주장을 태워버리는
그대   초승달 모습으로 찾아온
어둠으로부터 진실을 말하는   변화할 수 있는 변화의 주동자

————

가장자리에서 불 비추기.   불타는 〔석양〕빛 고랑 진 구름 아래
번쩍거리는 초록색 실난초
크게 자라 꽃을 피운   푸르스름한 초록색 용설란
새들이 지저귀는 소리가 그 위로 흘러간다

월식의 밤
보름달은
흘러가는 구름 사이를 명징한 자태로

완전히 사라지는 그 시점까지 헤엄쳐 나아간다
그것은 더 이상 나이듦에 대해서가 아니다 욕망은
물론 멈추지 않을 것이다

그건 젊었든지 늙었든지

욕망으로 가득한 채   죽는 것에 대한 것이다

나를 기억해줘요…… 오, 오, 오,
오, 나를 기억해줘요

이 선명한 줄이 그어진 세포를
위험을 감수하며 살아가는 척수를

얇은 막이 씌워진 미궁 같은 나의 뇌를
겁을 집어먹은 나의 피를
대기 속에서 사라지는 대체할 수 없는
나의 이 발자국을

욕망으로 가득한 채 죽는 것
가장 차가운 물에 목말라하는 것
가장 매운 음식을 갈망하는 것
가장 야생적인 빛을 응시하는 것

핏빛 저녁놀이 번질 때
가장 조그만 돌멩이도 그림자를 드리우는
높은 사막 가장자리에서 불을 비추는 것

겨울에도 세차게 타오르는
얼음 같은 추위도 인수분해 하여 액화된 의식으로 만드는
여호수아의 나무*로 만든 횃불이 되는 것

이것이 내가 쓰다듬는 극단적인 것들이다
이생의 흐름을 역류하여 상류 쪽으로
공기가 가장 희박한 곳으로

                     아직도 노를 저어 나가면서

1993~1994

---

* 미국 서부 사막지대에서 자라는 나무.

미드나이트 샐비지

* 원래 지명이지만, "한밤중의 인양 작업"이라는 의미가 있다.
  시집 전반에 걸쳐 리치가 현대사회를 보는 시각과 현대인들에
  게 주고자 하는 메시지가 시집의 제목 속에 상징적으로 제시되
  어 있다.

기념일을 위하여

토말레스 베이*에서 둥지 위로 날아올라

안개와 거친 바람을 뚫고

인버네스 산맥**에서부터 울쑥불쑥한 수풀 위를 계속 날았던

물수리가 왼쪽 날갯죽지를 조심스레 움직인다

왼쪽 날개가 부러졌다고 우린 생각했다

그 아래쪽 바람 부는 둥지 속 어린 새끼들은

배고픔으로 짹짹거리고 있다

그리고 조류(潮流)는 훼손되어 무기력한 만(灣)을

탐내고 〔그것을〕 포위한다

1996

---

* 샌프란시스코 북부에 있는 강어귀 이름.
** 캘리포니아 주 마린카운티에 위치한 산맥.

미드나이트 샐비지

1

고갤 들어 하늘을 바라보다 반짝거리는 사각형 모양 속에서
이른바 천체의 빛이라는 것을 찾고자 했다
: :*행성이거나 어떤 변화 중에 있는 달이라도

하지만 녹슨 손발로 힘겨워하는
몬터레이**의 소나무들을 밀어젖히며 불고 있는
밤바람 말고는 아무것도 아무것도
목격하지 못했다

아홉 시 : : 칠월 : 빛
아직 바닥나지 않은 : : 지워진 그 파란 하늘
환난 받게 한 자들에게는 환난으로 갚으시리

---

* 첫 줄에서 리치가 발견했던 사각형 모양의 별자리를 구체적으로 기호를 써서 나타내기 위하여
시 전체를 통해 콜론 두 개를 겹쳐서 쓰고 있다. 의미와 천체의 빛이 이중적으로 제시되는 효
과가 있다.
** 캘리포니아 주 북부의 도시.

생각의 혈류는 삶의-그리고 죽음의-시간 사이에서 퇴조하고
진청색 뒤로 진홍색을 숨긴
나쁜 소식은 "우리"와 "그들" 사이를 오간다

내가 원했던 전부는 활활 타오르든 차갑게 식었든
궤도를 돌고 있는 우리 이야기에 아직 등 돌리지 않은
오랜 친구 한 사람을, 오래된 한 형상을, 오래된 한 삼각법을
찾는 것이었다

2

나를 고용한다는 조건하에서
나는 어떤 주장이나 소신을 밝힐 수 있었다
그 많은 분수대가 있고, 석양 무렵 그런 기타 소리가 들리는
그곳에선 아무것도 변하지 않을 것이기에

내벽이 바깥쪽으로 확장된 연구실
위스테리아꽃이 봄기운에 봉긋봉긋 부푼 것이 보이는
그런 창문 아래, 대학을 상징하는 방패 마크가 찍힌 빌린 책상 앞
그 빌린 의자에 더 이상 앉아 있고 싶지 않았다

스페인풍의 계단, 키츠*의 데스마스크
또 너무나 완벽하게 통제되고 너무나 영원해 보이는 영국식 묘지의
사진들이 반질거리는 액자 속에 담겨 있는 그 아래에도
[더 이상 앉아 있고 싶지 않았다] : : 또는 빠르게 쇠락하는 그람시**의
시각을 가진, 안식년을 떠난 마르크시스트의

연구실을 차지하고 싶지도 않았다
반대편의 벽 위에는 똑같은 묘지를 찍은 색 바랜 사진이
압정으로 고정되어 있다 : : 나 자신의 추억과

---

* 존 키츠(John Keats, 1795~1821): 19세기 영국 낭만주의 시인.
** 안토니오 그람시(Antonio Gramsci, 1891~1937): 이탈리아 출신의 이론가이자 정치사상
가로서 이탈리아 공산당의 창단 멤버 중 한 사람이며『감옥에서 보낸 편지』가 대중적으로 알
려져 있다.

데스마스크도 있다 : : 난 더 이상 읽어낼 수 없었다

빠른 독서와 현재의 사상에 대해
빈약한 증언을 생산해내느라 벌써부터 애를 쓰는
젊은 얼굴을 : : 정오를 알리는 종이 모든 열정은
이제 폐물이 되었다고 선언하는 것을 기다리고 싶진 않았다

야자수가 늘어선 그곳에서
규칙에 따라 행동할 수 없었다 : : 연설대에 서서 어떤 것이라도
공언할 수 없었다

그들에게 고용된 채로는

3

나의 시대에 희망이 스스로를 완전하게 할 거라고
기대한 적은 결코 없었다 : : 결코 그렇게 낙천적인 적이 없었다
오래된 상처들이 어떤 하나의 사건이나 생각을 통해

쉽게 치유될 수 있으리라고 믿을 만큼 : : 관리된

무지의 전염, 고의적인 단절,

지도자들과 미래의 지도자들의 몰락,

형편없는 예언가들의 발흥을 무시할 만큼

그렇게 무책임한 적도 결코 없었다

그저 나는 역사의 심장이 수축하고 확대되는 소리를 들으며

함께 공모하고, 함께 숨을 쉰다고 생각하고 있었다

또 다른 심장 소리를 감추고

패럴론*에서 뛰어들어 바하** 그 먼 곳까지 죽 헤엄쳐 내려와

숨구멍으로 물을 뿜어 여기저기 신호를 보내며

때로는 더욱 따뜻한 바닷물을 찾아

해안선 근처까지 다가와

새로운 생명을 분만하는

해저 삼만이천 킬로미터 밑에 사는 거대한 포유동물의

비록 내가 직접 눈으로 보지는 못하지만 : : 심장 소리를 듣고 있다고

---

* 샌프란시스코의 금문교에서 43킬로미터 정도 떨어져 있는 섬 이름.
** 바하 칼리포르니아를 말하며 멕시코의 최북단에 해당한다.

〔생각하고 있었다〕

4

하지만 내 시대에 이것을 목격하리라고는
그 어느 쪽도 기대하지 않았다 : : 역사의 충혈된 눈으로
이 상업적인 대형 전함이 모든 맹세, 선언, 특허, 협정, 약속의
끈에서 풀려 조난을 당한 것을 자세히 들여다볼 만큼
충분히 명석하거나 신중하지 않았다고 당신이 말할 수도 있다 : :

암살자의 손에 쓰러져 차갑게 죽은 시체가 된
오 나의 함장*이 아니라

차갑지만 살아 있고 굽실거리는 : : 암살자와 함께 술을 마시는 사람을
홍콩제 검은색 실크 양복을 입고

* 「오 나의 함장」은 19세기 미국 시인 월트 휘트먼의 시 제목이지만, 여기서는 휘트먼을 지칭한다.

굶어 잘록해진 허리에
플라멩코 드레스를 걸친 자기 딸을
댄스 무대로 밀어내며 최루탄 밀매업자들과 함께
춤추게 하며 그들에겐 한번 해봐라고 말하고
그 소녀에겐 그냥 해라고 말하는 사람을
보리라고는 〔기대하지 않았다〕

5

내가 자유를 먹고 마시고 있었을 때
나에게 가르쳐줄 뭔가가 있다고 말하는 어떤 여자와 함께
팔짱을 끼고 걸었던 적이 있었다
그곳은 길거리였고
집이 없는 : 머리 둘 지붕도 없는 : : 노숙자들이 있었다
허둥지둥 피울 대마초도 정리할 침대도
머리를 빗을 빗도
기름때를 지울 뜨거운 물도 따 먹을

깡통 음식도

겨드랑이 아래로 가슴 밑으로 그리고 아래쪽으로 허벅지까지

몸을 씻을 비누도 없는 여자들이 있었다

고속도로 아래쪽으로 불이 타오르는 빈 기름통이 있었다

술병은 골판지를 접어 만든 받침대로 전달되었다

산더미처럼 쌓인 주인 없는 물건들이 여기저기서 교환되었다

[사람의] 형체들이 바람을 피하려고 이리저리 몸을 움직이고 있었다

이 모든 것을 통과하여 그녀와 나는 걸었다 : : 그리고 그녀가 말했다

제 이름은 자유라고 해요 여기 출신이죠

당신은 무엇을 두려워하나요?

우리는 박쥐처럼 늦게까지 술집에서 어울렸다

빨간불 켜진 신호등 앞에서 키스로 작별 인사를 나누었다

── 당신은 내가 고통도 없이 이 도시를 닮게 했다고 생각했나요?

내가 가족도 없다고 생각했나요?*

---

* 문맥상 자유가 한 말이다. 하지만 동시에 리치는 보수주의자들이 자신의 자유정신과 정치적 성
  향을 비판한 것에 대해 항의하는 마음을 내비치고 있기도 하다.

6

그 늙은 기술자가 차에 치어 죽은 커브 길을 지나면
미드나이트 샐비지*라고 불리는 공터가 있다
그는 길을 걷고 있었다 그곳은 늘 안전했었다
그 젊은 운전자는 그 길을 알지 못했다
커브가 있다는 것도, 사람들이 그곳을 건너다닌다는 것도
커브 길에서는 속도를 줄여야 한다는 것도
혹시 거기서 사람들이 걸어가고 있는지 주의해야 한다는 것도
그러한 기술들을 그는 가지지 못했다
연습도 없이 삶 속에 들어왔기에

하지만 나는 그 길을 운전했다
화가 났을 때도 비가 쏟아져 내릴 때도
삼십 년을 사랑과 즐거움과 슬픔 속에서 운전했다
얼음이 얼어도 운전했고 여름철 안개로 희미할 때도〔운전했다〕

---

* 이 시의 제목이기도 하고, 로스앤젤레스에 있는 한 지역 이름이기도 하다.

데이지꽃이 흐드러진 길과 금방 배설된 소똥 냄새가
코를 찌르는 길도 운전했다
다행히 나는 살아 있고 늙은이든 젊은이든
그 누구도 차로 친 적이 없다
아무도 죽이지 않았고 어떤 흔적도 남기지 않았다
사는 데 연습되어 있다, 지금의 나는

7

그 작업의 일부분이기도 한 이 끔찍한 인내심
가장 작은 신호라도 그 의미를 표현할 언어를 기다리는
      이 인내심
정맥주사 바늘을 끼우고 핏기 도는 플라스틱 오줌보를 차고
다리를 질질 끌며 복도 위아래를
무겁게 힘들게 끈질기게 걸어다녀야 하는 이 상태

그렇게 해야만 사람은 깨어나서 영혼의 체온을 재고

삶을 다시 시작할 수 있다

새벽녘 검은색 붓꽃이 침대 옆 물병 주둥이 밖으로

몸을 늘어뜨릴 때

나는 시가 무엇이든 써내고 말 테야

난 어떤 한계도 용납하지 않을 거야라고

맹세하게 되는 때는 바로

이런 끔찍한 인내심이 발휘되는   상태에서이다

8

그 달걀은 먹을 수 없어   어디서 생산되었는지 모르니까

평범한 몸통을 지닌 암탉은

어떤 안전함도 보장해주지 않아   지역민들도 보장하기를 거부하잖아

밀크는 가루우유가 되었고   고기는 두 가지 의미에서

모두 높을 고(高)* 자를 써야 해

---

* 리치는 'high'의 의미를 '고영양' '고비용' 두 가지 의미로 사용하고 있다.

건축가의 자존심인 오래된 벽이 무너지면서

우리가 말도 안 되는 틈새에서   여우처럼 자고 있었던 것이 드러났다

욕망하는 우리 욕망하지 않는 우리

자신이 되고자 하는 죄 때문에 수배 중인 우리

명예는 먹이를 찾는 동물처럼 배를 깔고 미끄러지듯 기어다닌다

폐허란 시스템이 붕괴하여

잡초와 빛이 누출되는 것이다   기대의 도시를

다시 그리는 것이다

그 달걀은 먹을 수 없어   멍청이가 되지도 불행하지도 않으려고

우리는 밭에서 뽑아온 채소와 마늘을 익힌다

야생으로 돌아간 고양이를 먹인다

그리고 안개의 불규칙한 문서 봉투를 뜯어

오리온의 벨트를 차고 있는 어린 별에게

                              그 균열 부분을 스캔해준다

1996

르네 샤르*

1

고사리 숲이 있다 진자줏빛 뽕나무 숲이 있다
어떤 사람도 살아남지 못했던 마을이 있다
히틀러 추종자들이 있다 얼마 안 되는 저장 음식으로
열정적인 동료들을 먹여 살리는 산림꾼들이 있다

모든 구역에서 불타는 달이 보인다
"양철과 향료"**로 만들어진 달이 보인다 그리고
안개와 귀뚜라미가 사는 들판에 폭발성의 선물을 떨구는
보이지 않는 조종사들도 있다
〔그리고〕소쩍새가 있다 작은 뱀도

---

* 〔원주〕이 시에서 고딕체로 강조한 부분과 몇몇 이미지들은 프랑스의 시인 르네 샤르(Rene
  Char, 1907~1988)가 1942~1943년에 썼던 일기에서 인용했다. 샤르는 그 시기에 프랑스
  레지스탕스 운동의 지휘관이었고 그 경험에서 그의 시 몇 편이 창작되었다. 샤르는 뒤늦게 초
  현실주의 운동에 참여했다가 제2차 세계대전 발발 직전 결별했다. 앙드레 브레통은 "가장 단
  순한 초현실주의 행위는 길거리로 나가, 권총을 손에 들고, 닥치는 대로 총격을 가하는 것으
  로 이루어진다"고 말하기도 했다.
** 미국의 반(半)자동식 방공 관제 지상 시설을 의미한다.

자유의 의자는 늘 비어 있지만 그래도 그것을 위해
매 끼니가 차려지는 식탁이 있다
젊은이들은 새로 발견한 열정에 빠져 있다
(그들과 함께 그들이 사랑하는 사람들도 사랑하라)

모호함, 암호, 갈대숲 개똥지빠귀의 보이지 않는 존재감,
권총에서 씻긴 피가 양동이 속으로 떨어지는 것을
지켜보고 있는 시인
방울새*야, 네 노래에 폐허가 된 추억이 와르르 무너지는구나

끔찍한 날이었어…… 아마 그 마지막 순간에 그는 알았을걸?
어떤 대가를 치르더라도 마을은 구해졌어야 했다는 것을……
어떻게 내 말을 들을 수 있지? 난 굉장히 먼 곳에서 말하고 있어……
꽃이 핀 양골담초가 우릴 번뜩이는 노란색 안개 속에 숨기네……

---

* 가슴 부분이 붉은색이어서 'Redbreast'라고 불리는 새.

2

어떤 이상적인 휴전 협상에도 불구하고 이 전쟁은 지속될 것이다. 정치
개념을 이식하는 짓이 격변기 동안 그리고 자신감 넘치는 위선 아래서
계속 자행될 것이다. 미소 짓지 말라. 회의나 체념일랑 다른 곳에 쑤셔 박고
그대의 영혼을 준비시켜라, 병원균만큼이나 냉담한 동종 업계의 악한들과
대면해야 하니까.

전시의 시인, 초현실주의자들의 남동생이
현실주의자로 전향했다 (어떤 대가를 치르더라도 마을은 구해졌어야 했다)
마키사드 요원들*로 가득한 숲속에서 모두가 그를 쳐다보며
동료를 구하라는 사격 개시 신호를 주기만을 기다리고 있었다
권총을 마구 쏘아대는 것은
가장 단순한 초현실적인 행위일지 모르지만 결코
권력의 균형을 바꾸지는 못할 것이며
진정한 행위는 간단치 않다는 것을 알고 있기에

---

* 제2차 세계대전 당시 프랑스에서 결성된 반독일 유격대원을 지칭한다.

〔그는〕 머리를 흔들었고 버나드가 사형되는 것을 지켜보기만 했다
시인은, 과장하는 성향이 있지만, 고통스러운 순간에선 명확하게 생각한다

전쟁의 종말이
각자의 영혼 속에 얼어붙은 병원균이 제거되는 것을
의미하지 않는다는 것을 알기에
젊은 자유의 투사들은
르네상스*와 사랑에 빠지고
면도날 아래 자기의 턱을 보듯 아주 친숙하게
폭력이 주는 긴장감에 사로잡혀 있다

3

녹지 않는 강변의 양심이 미래의 메아리를 울리고 있어요
엘크혼 슬라우**의 갈대숲과 갈색 수초 우거진 살리나스 강***의 입구가

---

* 샌프란시스코 르네상스를 지칭한다. 640쪽 주 참고.

녹색으로 변하는 곳 옆에서

하얀 두루미가 물렁한 물가에서 물고기를 잡고 있는 그곳에서

당신을 위해 보초를 서줄게요

저항 정신을 지닌 신비한 안내자로 난 당신을 알게 되었지요

살면서 여러 번 당신을 잃었고요   당신은

전쟁의 두려움에 떨며 꼼작 못하는

단순한 시인이 결코 아니었어요

당신은 끔찍하지만 세심한 결정을 내리는 창조자였어요

그리고 그런 것이 한계에 대한 당신의 감각을

무디게 하지 않았죠   당신은 대포의 산탄이 터졌을 때

다람쥐가 불타는 소나무 꼭대기에서 땅으로 곤두박질치는 걸 보았죠

사태는 더욱 악화되었고 당신은 모든 위험에 대한 책임을 졌습니다

다른 사람들이 자극적인 동기를 제시했을 때도

완벽히 지혜로운 용기가 필요했을 때도 당신이 책임을 졌어요

당신은 결정을 했고 그렇게 살았어요

** 캘리포니아 주 몬터레이에 있는 유명한 물새 서식지.
*** 몬터레이를 흐르는 강의 이름.

〔그리고〕 불타는 들판에서 꺾은 야생 타임 한 포기
아직 화마가 미치지 않은 지역에서 꺾은 미모사 한 가지를 들고
당신은 시를 읊조릴 수 있었어요   당신은 그렇게
당신의 감각을 온전하게 유지했지요, 나는
이렇게 당신을 위해 계속 불침번을 서고 있어요.

1996

젊은 시인에게 보내는 편지

1

당신의 사진은 당신을 그대로 보여주지 않겠네요
그 축축이 젖은 개미 언덕 때문에 당신은 렌즈의 포커스를
습지 위로 잘 맞추지 못하게 하네요

머리 위로 노래하며 날아가는 고니 다섯 마리도
작업을 빨리 끝내고 도망치고 싶은
당신의 갈증을 방해하고 있군요

2

얼음같이 차가운 잠옷을 입은 그대를 돌아보게 해서
한마디 하고 싶어요, **불가항력**이라고

──그 의미는, 당신이 이 일을 절대
그만두지 않을 거라는 거예요. 새로운 소식 중 가장 나쁜 소식이죠

역사는 앞뒤로 왔다 갔다 해요
미궁 속에 빠져 공황상태에 빠지기도 하죠

──나는 더 이상 당신과 접촉하지 않을 거예요.
얼든 말든 당신의 선택이에요

당신과 내가 과학이 사라진 실험실 안에
잡혀 있는 셈이죠.

3

시가 순수하게 제 위치를 잡을 수 있다고
이불처럼 펴지는 번갯불 아래 혹은 안개 아래

고래고래 윽박질당하면서
방울방울 떨어지는 이름들을 담는 깨진 그릇 옆에서

나름대로 생명력을 유지하며 생존할 수 있다고
이렇게 생각하는 게 당신을 기쁘게 할까요

── 작곡가들은 테레진을, 영화감독들은 사라예보를
카브리니-그린 또는 에덴월드 하우스를 방문하죠*

불가항력이라니까요

만약 어떤 예술가만큼 생기 넘치는 여자가
어느 날 십사 층에서 자기 몸을 던진다면

시(詩)가 이런 일을 일으키지는 않아
라고 결론을 내리는 것이 당신에게 안도감을 줄까요?

---

*테레진은 제2차 세계대전 당시 체코 출신 유대인들을 감금했던 수용소가 위치했던 곳이고, 카
브리니-그린은 시카고 북쪽에 위치한 공공주택 사업의 일환으로 20년이 걸려 1962년 완성되
었다. 에덴월드 하우스 역시 뉴욕 브롱크스 지역에 위치한 공공주택 사업으로서 1953년 완공
되었다.

4

거의 미칠 지경이 되어
짜던 천을 뒤집어요, 해저에 쌓인 정맥혈을

슬픔으로 세탁하고 빨아들여요, 전멸시킬 듯 북받치는 감정들을
        잡아당기고 풀어놓아요
유리병 속 액체에 담긴 미끄덩한 식물처럼 무성하게 자란
동굴을 가린 천 〔그리고〕 당신의 발작적인 두려움을
        여기저기 차버려요

주위가 산만해도 근원에 단단히 뿌리박고 서 있으려고,
        완전한 반복이라는
이 강한 역류를 헤치고 나아가려고 애쓰고 있어요

여길 봐요. 두렵고 무섭지만 내가 여기 당신들과 함께 있잖아요,
        굳건히 서 있는다는 것이 무슨 의미인지,

움직인다는 것이 무슨 의미인지 실험을 하면서.

5

좌초되었다. 봄철의 조수 간만 차이에 걸려

정박해 있는 작은 배, 통나무 배. 좌초되고. 떨어지고,

잠잠해지고, 어두워지고, 그렇지, 얼어지고도 있지.*

―Be, 되다― 행동이 없는 것을 나타내는 지긋지긋한 접두사

―Be, 있다― 앉다, 서다, 눕다, 복종하다와 함께 쓰일 때처럼.

자신의 두뇌를 사용하여

신발 굽을 가격하는 개의 끔찍한 욕망

사람은 영원히 이렇게 있을 수 없다― 'Be, 있다'의 상태로

움직임이 없는 것처럼

---

* 원문에서는 첫 줄부터 Be로 시작하는 영어 단어들이 사용되고 있다.

6

하지만, 어쨌든, 이것이 내가 살아온 방법이야,
아래로부터 위쪽으로 밀면서
바둑판무늬 스카프를 두르고 탐조등 달린 헬멧을
                머리에 쓰고
지하 광산에서 위쪽으로 빠져나오면서
이 창백한 얼굴 이 탐조등 밑 머리로 죽음이 스며드는 것을
대면하고 입술 사이에 낀 모래 가루를 털며
                '안녕' 그리고 '잘 가'를
명확하게 발음하면서

어쨌든, 누가 알고 싶어 하기나 할까,
이 창백한 입을, 이 막대형
진분홍색 입술 보습제를
누가 나의 여장 남자 같은 목소리를 나의 원한 서린 심장 소리를
고대 그리스의 장엄한 노래와 그 응답절*에

〔고개를 돌려〕 어깨 너머를 바라보는 나의 시선을
나의 노래를 나의 구슬픈 울음소리를 손톱이나 머리카락 같은
나의 신성한 부스러기를 나의 이질병을 나의 우스꽝스런 목구멍을

새도 날아들지 않을 법한 나의 귀향지의 바위턱을
사포와 아르토**의 영화에나 나올 법한 도심지 속의 나의 얼굴을?

모두.   잠시나마.

7

죽이는 건 기시감(既視感)***이 아니야
분화구에서 말하는 두상을

---

* '장엄한 노래'는 고대 그리스 합창 무용대가 좌측으로 회전할 때 부르는 노래이다. '응답절'
  은 그에 응답하며 나머지 합창대가 우측으로 회전하며 부르는 노래를 말한다.
** 앙토냉 아르토는 리치가 존경했던 프랑스 극작가이자 시인이다. 163쪽 주 참고.
*** 지금 자신에게 일어나는 일을 전에도 경험한 적이 있는 것처럼 느끼는 것을 말한다.

예견하는 게 그렇지

나는 어디론가 가고 싶어
두뇌가 아직 완전히 기능을 잃진 않았거든
나는 거기에 그렇게 혼자
있고 싶지 않아.

1997

카미노레알*

포도밭 근처에서 깔려 죽은
스컹크의 지독한 냄새

송골매가 날고 있는, 썩은 시체 하나 없이 깨끗한 하늘
거대한 가을 위를
제 마음대로 유영하는 구름들

일곱 시간 거리 남부의 아들 집으로 가는
넓은 구불거리는 길처럼   휘갈겨 쓰인
시퍼렇게 날 선, 지독한 냄새 나는 그 낙서

지하도 벽
겨드랑이 새로 쳐다보는 흐리멍덩한, 물집 잡힌 눈
욕망하는 자는 수배 중이다   사랑으로 무장하였으며
        위험하다
욕망하기 때문에 수배당한다

---

*966킬로미터에 이르는 캘리포니아 주 해안 간선도로를 가리킨다.

〔어떤 것에 대한〕학자가 된다는 것은 : :
: : 사건의 목록을 만들고 비교하고 대조하고
보다 조악한 악행들에 대해 주석을 달고
차분하게 '침대 스프링'이라고 기록하고
어떻게 그들 몸의 어느 부분이
줄로 묶였는지를 서술하는 것

타버린 안구를 정확한 안목으로 분석하는 것 : : 재갈 물린 입과 그 입을
반쯤 불은 미끄덩거리는 살점을 억지로 쑤셔 넣은 목구멍을
그들이 길 뒤쪽에서 게임을 하며 당신을 때린 채찍을
          강가에서 행해진 폭행을 조사하는 것
오, 계량화를 위해 상응하는 대조 목록을 만드는 것.
내가 그 사람이었고, 내가 고통을 겪었으며, 내가 거기 있었다

결코
기억에만 의지하지 않는 것

다시 돌아가   공책을 손에 들고
거기선 아무도 그렇게 입지 않는데도 정장을 입고

바둑판처럼 반듯하게 줄 쳐진 공책의 종이 위에
반복적으로 계량하는 것이다

그런 사건을 입증하는 것이 어려운 이유는
그런 일이 아무 이유 없이 행해진다는 데 있다
매일 밤
"그 시절에는"
고문을 하기 위한 이유들이 만들어졌다

이제 졸려서,   두 손으로 머리를 괴고
두 손을 귓가에 대고 있는   오 그대여
누가 이 일을 하는가
당신들 모두가
매일 밤

남쪽으로 차를 몰고 간다,   샌타바버라*의 야만적인
경치를 마음에 담으면서,   해안을 따라가는 그 긴 여정 동안
그것이 잊히지 않도록

그것이 면죄부를 받게 하지 말라

하지만 오 거친 태평양의 비단 같은 대양 위로 비치는
빛이여

찰스 올슨**이 말했다.   "당신은 행복이라고 하는
                            그 신비스러운 연구를
                                할 여유가 없나요?"***

나는 그가 행복이란 그 자체로 매력적인 연구라고,

---

* 캘리포니아 주의 도시 이름.
** Charles Olson(1910~1970) : 미국의 대표적인 제2세대 모더니스트 시인으로서 초기 모더
니스트 시인과 후세 시인을 이어주는 연결고리 역할을 한다.
*** 〔원주〕 로버트 크릴리가 편집한 『찰스 올슨 시 모음집』에 실린 시 「제럴드 밴더 빌을 위한 변
주곡」에서 인용하였다.

어떤 이에게나, 어떤 곳에서나 가능한
장애가 없는 삶을 일별하는 것이며

일종의 연금술, 변신할 수밖에 없는 것
그렇지 않으면 시들어버리는 것을 연구하는 것을
의미했던 거라고 여긴다

―― 행복은 비록 슬픔 속에서 발효되지만
불신되거나 낭비되는
그런 것이 아니다.

조지 오펜이 준 데난*에게 말했다, "난 잘 모르겠어 어떻게
행복을 측정할 수 있는지"
―― 왜 측정하려는 걸까? 행복은 그 자체가 측정 기준인데――

---

* 〔원주〕조지 오펜(George Oppen, 1908∼1984)은 미국 현대시인이지만 정치활동가로서의
활동에 더욱 매진하기 위하여 시 창작을 포기하였다. 데난은 오펜의 부인이다. 레이철 두플레
시스가 편집한 『조지 오펜의 편지 모음집』을 참고하였다.

지극한 행복감을 느끼는 어느 날 끝자락에,
만약 그런 날이 있다면,

증명할 수 없는 사랑의 힘에 이끌려

난 이 시를 써서, 그것에 서명을 한다

에이드리언이라고

1997

일곱 개의 허물

1

1952년
도서관 뒤쪽 복도를 따라 걷고 있었을 때
거기 누군가가 있어 당신과 눈길을 마주쳤다
양쪽 하반신이 마비되어
휠체어에 앉아 있던 〔전역〕병사——빅 그린버그
권리장전으로
대학원생이 된 유대인
〔그는〕 단 한 개의 엘리베이터를 타고
거대한 서가가 있는 곳을 향해
모든 지식이 보관되어야 하며 현재도
앞으로도 신성한 곡식마냥 저장되어 있을 곳을 향해 올라간다
한편 역사상 가장 고독한
미국의 시대는 전후의 암초 주변을 돌고
몇몇 자격 미달의 선원은
헤픈 미소 사이에 정체해 있다

빅 그린버그와 데이트를 하면 당신은

목발과 의자와

멋진 재치와 유별난 형식으로 데이트를 하게 된다.

"──방금 마비 환자들의 학회에 다녀오는 길이에요,

그중에서 가장 성황을 이뤘던 토론 주제가 무엇이었는지 맞혀봐요──

반신불수자와 성생활 즐기기!──부인들을 위한──이었어요"

택시를 타고 내리면서 그의 휠체어는

접혔다 펴진다

전동장치의 단조로운 소리가 들리고

그가 목발로 바꾸는 동안

그의 주변 대기는 극도로 조용하다

하지만 일단 그의 하버드대 기숙사 방에 가서

칵테일을 마셔보라

그는 평범한 마티니를 만들고, 빌리 홀리데이의 재즈음악을 틀고

멜빌이 그려내는 악에 대한 이야기를 하고

전후(戰後) 시대에 대한 질문을 한다.

미국의 문명이란 것이 있는가?

욕실에는 커다란 손잡이와 흡착판이 달린 고무 깔개
긴 손잡이가 달린 목욕 스펀지
먼 곳에 닿는 도구들, 참전 용사가 누릴 수 있는 혜택이
가장 평범하게 진열되어 있다

그리고 이것이 단 하나의 기억이다, 더 이상은 없다
그래서 이것이 당신이 기억하는 방식이다

빅 그린버그는 당신을 가장 좋은 레스토랑에 데리고 간다
그곳에는 우연히도 층계가 없다
거기서 영화, 교수들, 음식에 대해 얘기를 나눈다
빅은 와인을 시키고 맛을 본다
당신은 바닷가재를, 빅은 비프 웰링턴*을 먹는다
그곳의 유명한 디저트는
오븐에서 데운 화병 모양의 그릇에 담겨
튤립 생화가 장식되어 나오는

---

* 고급 소고기 요리.

뜨거운 알래스카 아이스크림이다

의자에서 목발로, 목발에서 택시로
택시 안의 의자에 앉아 다시 케임브리지로
기억은 휴대용 소형 프레임에 담겨 휙휙 떠오른다
내려드릴까요, 아니면
방에 가서 술 한잔 더 하실래요?
남자라면 으레 묻기로 되어 있는
여자라면 으레 대답하기로 되어 있는
〔그런데〕당신은 생각조차 하지 않았던
그 일상적인 질문을 그가 말한다

2

그때 난 어떤 처녀였던가
바닷가재처럼 두 팔을 벌릴 준비가 된 몸이었던가
얼마나 작은 시골구석이었던가

더 고상한 껍질을 찾는 은둔한 게와 같았던가
달각거리는 자갈 해안가, 내륙의 비구름,
사라졌다 생겨나는 웅덩이와 같았던가

영원에 대해 난 어떤 것을 관찰하고 돌려주지 않았던가
난 어떤 책이 되었던가
얼마나 변덕스러운 연구였던가
밝고 작은 핏덩이였던가
새어 나오려고 하는 액체성 낭포였던가
펠리컨처럼 두려움의 표면을 슬쩍 건드렸던 얼마나 철부지 소녀였던가
거울 조각처럼 쪼개져 그 위로 반사된
태양의 일식이 정상처럼 보였던
얼마나 작고 날카로운
            운모 조각이었던가
껍질 없는 계란처럼 부유하는 플라스크처럼
가라앉기를 열망하면서도   발견되기를 얼마나 바랐던가
얼마나 수영해서 육신을 떠나고 싶어하는 두 다리였던가

3

빅, 난 어떤 어깨에 당신의 얼굴을 기대게 했을까
처음에 당신의 머리를 감싸고 있었던 두 손으로
당신의 머리를 끌어 누구의 허벅지로 가져갔을까
나의 두려움이 당신의 두려움을
칭칭 감았을지도 몰라요   〔어떻게〕 벌거벗은 채로
그것을 시작할 수 있었을까
사정없이   어떤 반동적인 흥분 상태에서   우리가 그것을 했을까
입에서 입으로   혀에서 성기로 항문으로   귓불에서 젖꼭지로
어떤 일곱 개의 허물을 벗었을까
어떤 일곱 차례의 변화를 〔겪었을까〕
어떤 눈물이 땀구멍을 통해 끓어올라 흥건하게 고였을까
어떤 수치심이   어떤 위선의 피막들이

어떤 영웅적인 떨림이
순수한 수증기로 방출되어
머리가 두 개 달린   탐욕스러운

우리의 형체들을 푹 적셨을까,

이교도인 당신이

제공한

면 이불 속에서?

1997

녹슨 유산

상상해보라, 아무것도
용서되지 않고   그대의 행위가 상처처럼, 문신처럼,
그대에게 찰싹 들러붙어 있는   하지만 거의 모든 것이
잊히는 어떤 도시를.
먹을 것을 찾아 고속도로로 뛰어든 사슴이 깔려 죽은 것도
당황한 소녀가 머리를 박박 밀어버린 정확한 이유도
소년들이 개구리를 고문하며 놀던 것도
── 기억하는 데는 헐떡거리지만 보복하는 데는 강렬한
어떤 도시를   그 건축물을   그 통치를
권력을 쥐고 있는 그 남자와 여자 들을 상상해보라
── 당신이 아직도 그 도시에서 살고 있는 것이 사실이 아닌지
           말해줘.

상상해보라, 구획되고   그 산에서 분리되어
사원과 망원경이 고문서를 격렬히 탐구하는 데 쓰이는 어떤 도시를
안개 속에서 덤불숲과 배배 꼬인 전선줄이
어두움의 부드러운 변증법으로 땋아지고
강물이기도 한 하숫물이

지도에 표시되지 않은 예술의 대수층(帶水層)

밤에도 잠기지 않고 〔모두에게〕 활짝 열려 있는 시민 공원의

수원(水源)이 되는 어떤 도시를

나는 소나무 아래서 체포가 진행되고 있는 동안

유리구슬 목걸이를 손가락으로 만지작거리고 있었다

(목에서부터 사타구니 부근까지 핀으로 고정된 듯 꼼짝도 못한 채

나는 내가 구할 수 있는 것을 구하고 싶었다)

그들은 차가운 물을 담은 작은 물잔들을 쟁반에 들고

어둑한 공원에 왔다   시골 마을이 깡그리 파괴되기 전

마지막으로 남은 인심이랄까

그들은 구할 수 있는 것을 구하려고 애쓰고 있었다

──이것이 그 똑같은 도시가 아닌지 말해줘.

엄마 집을 정리하는 일을 맡게 되었을 때

두 손엔 끔찍한 장갑을 끼고

약병들을   그 이불에 가득한 병균을 처리하는

딸처럼, 나는 억지로 돌아왔다.

그간 공범자로 지냈는데

내가 여기서 정의를 실천할 수 있을까? 낡은 혼수 이불 홑청을 찢어
청소 걸레로 만들 수 있을까? 신의 없는
돌덩이 같은 딸   하지만 건너편에서 물을 뿜어 주름을 잡는 딸
물은 물이 되게 하라 돌은 돌이 되게 하라
이것이 그 똑같은 도시라고 말해줘.

이 나── 란 존재는, 그녀는, 작은 일화가 일어났던 곳,
아무도 반항적인 이야기를 모으려고 나돌아 다니지 않는 곳에서
기억으로 꽉꽉 채워지고 녹딱지가 엉겨 붙은 채 누워 있어야 할까?
두 손과 두 어깨에 녹이 슬고 입술은 돌처럼 굳었지만
그래도 그녀는 눈구멍 깊은 곳에 내려가 눈물을 침출시켰다
── 한 사람의 자아만을 위해서라고?
각자는 도시 하나씩을 포낭(包囊) 속에 갖고 있다.

1997

여우

참전 용사의 날

1

어떤 깃발도 집을 나갔다가 피부가 꿰매져 돌아온
이 몸을   이 얼굴을 덮을 만큼 무겁고 크지 않다

마지막으로 관에 천을 덮기 전   당신들이
이 상자를 닫게 해주겠소   안녕히 계십시오

외국의 폭격이나 포탄에 의해
부상당한 것이 아닌 시민에게

무엇이 적절한 것일까 (이 육체가
아이의 것인가?   그렇다면?   왜?)

관 위의 천이 무겁게 펄럭거리는 가운데
국가의 관을 내리는 이들에게— 믿기를 거부하는 눈길들이 꽂힌다

마르고 쪼글쪼글해진 육체

── 그들은 정상적인 과정이라고 말했다

얼굴은?   〔그건〕 영광의 명령에 반항하며 거꾸로 매달린
또 다른 이야기, 또 다른 깃발이다

2

다른 어떤 것에 대해
생각하려고 애쓴다 ── 무엇을? ── 언제?

그 얘기가 터져 나왔을 때
가위 손가락을 가진 요술쟁이들이

집중력의 사슬을 싹독싹독 잘라먹었다
국가와 기억의 대결

국가와 비무장한 시민들의 대결

외국의 폭격이나 포탄에 의해 부상당한 것이 아닌 〔시민들〕

바람을 받으며 머리가 터질 것같이 심하게 기침을 하며
메스꺼운 전장으로 억지로 나가야 했던 〔시민들〕

좁은 길로 후퇴할 때   낮게 번쩍거리는 날아오는
헬리콥터 아래서 두 손으로 눈을 가렸던 〔시민들〕

3

꿈속에서 당신이 ── 그렇죠? ── 갈색 종이로 싼
두 개의 상자를 내려놓았어요

이렇게 말하면서요, 육체에서 정신을
짜내는 일엔, 그 비하감엔

그런 방법 말고는

끝이 있을 수 없어

당신이 증오하면서 드러냈던 모든 것엔
끝이 있을 수 없어, 거짓말에 거짓말이 쌓일 뿐.

나는 생각하죠, 우린 천천히 죽어가고 있다고
이제 우리는 폭발해서 산산조각 날 거라고

당신이 나를 시험하고 있다고
"우리는 얼마나 열렬히 재앙을 원했던지"

당신이 말하죠, 언어의 파괴 없이
시는 있을 수 없어

당신이 증오하는 모든 것엔 끝이 없어
거짓말에 거짓말이 쌓일 뿐

나는 생각하죠, 당신이 나를 시험하고 있다고

우리 둘 모두를 시험하고 있다고

하지만 우리가 숨을 쉬는 조건을 조금 더 밀고 나가는 것—
이것이 산다는 것의 의미가 아닐까요?

4

대학의 응접실 벽난로 옆에서
발목과 허리에 방울을 달고

천성적으로 비극적 주제에 경도된 그가
부족 단위의 삶의 소멸에 대해

그 푸른 눈은 무아지경에 빠져
목까지 내려온 은발을 흔들며 열변을 토한다

그 후에, 교무처장의 집에서 포도주와 케이크를 먹는다

잔혹한 행위의 수혜자가 얼마나 순수함을 열망하던지,
이것은 틀림없이 꿈이 아니다

그리고 복수심에 불타 소중하고 친숙한 방식과 단절하고
거기 있었던 사람들을 위해 계산된 방법을 사용하던지,

이것은 틀림없이 어떤 주제가 된다,
하지만 다른 곳에 있는 사람들에게

그것은 다른 것일 수 있다. 절벽 아래로 쫓기는 동물이 아니라,
아마 그 부족의 대학 카페테리아에서 파는 버펄로 햄버거일지 모른다

그리고 점심 후에 배우는 컴퓨터 기술일지도 모른다
누가 비극적이 되길 바라겠는가?

그 대학은 오래된 퀸셋* 오두막들로
파괴된 건물에서 주워 온 문짝, 자원봉사자들의 노동력

622

중고 교과서, 어떤 낭비도 없이, 열정만으로 지어졌던
오두막들로 이루어져 있다

5

돌돌 말린 잎새를 맹렬히 뻗어내는 시에라 아이스**의 양치식물 군락이
눈에 안 띄게 개울가에서 자라고 있다, 어제저녁의 빗방울이 똑똑 떨어
진다

다음 날 아침 에케베리아***의 컵 속으로, 안개비가
　　　　불에 타 벌거벗은
장군소나무들 아래로 난 길을 어둡게 한다

---

*미국 해군기지 이름에서 유래된 말로서 벽과 지붕이 반원형으로 연이어 지어진 조립주택을
말한다.
** 양치류 식물.
*** 연꽃 모양의 다육식물.

내팽개쳐진 천도복숭아 껍질에
커다란 사각형 쓰레기통 표면에 곰팡이에 대한 진실이

만들어내는 기적의 표면에 물방울이 흥건히 맺힌다
빗물이 흐르고, 깨진 유리창문을

어루만진다
그 얘기가 터져 나왔을 때 나는

내가 물에 대해서, 우리 몸의 대부분이 어떻게
물로 이루어져 있으며 어떻게 물병에 갇힌 세련된 존재가 되었는지

생각하고 있었다고 여겼다
그 생각은 곧 방해를 받았다

6

그 얘기가 터져 나왔을 때 우리는 역사에 대해서
생각하려 애쓰고 있었다   고집스럽게 계속 생각하고 있었다

비록 역사가 우리 인류의 방식을 따라
우리에게 그 둥지를 약탈하고   그 어린 것들을 포획해서

가두고 길들여서 팔거나 뭐라도 해보라고
고함치고 진흙 묻은 박차로 속력을 내다가

곤두박질쳤지만
글쎄, 그것이 우리의 비밀스러운 소망이었던가?

── 당신이 손으로 잡을 수 있었던 역사
(각각의 종류와 순서가 그림으로 각자의 자리에 그려져 있는

오래된 사절판 『자연사』 책처럼?)

── 동지들이여, 다시 난장판이 된 거리로,

이야기가 언제나 부서지는 곳으로 〔그래서〕 언제나
수선되어야 하는   곳으로 〔돌아가자〕

7

재빨리 움직이는 작은 비행기의 그림자 밑으로
가을의 오후가 예각으로 휘어지고 있다

── 황금빛 피막 입은 가느다란 띠 모양의 들판
거대한 숲을 서서히 스며드는 신비로운 피

그곳엔 내장 기관과 유언 없이 죽은 사람들과
수사슴의 핏줄이 이 나무 저 나무에 걸려 있다

우리가 어디에 착륙할 건지

어떤 수하물을 싣게 될는지 나는 이미 알고 있다

마지막으로 국기에 덮이기 위해 관에 담겨
살갗이 꿰매져서   집에서 집으로 돌아온 〔시민〕

믿기를 거부하는 눈길들

── 무엇이 마땅히 책임을 지는 것이었을까──

1998~1999

건축가

그가 이전에 지었던
　　또는 앞으로 시도하게 될 어떤 건축물도
대들보에 대한 이 쉬운 제안을
물 위에 떠 있는 나른한 융기를
그의 재능을 쥐가 나게 하는 하얀 열주(列柱) 기둥이
　　　　　　　　　　주변을 압도하는
그의 모델하우스에서 과시되는 것을
대좌(臺座)에서 철골을 생략한 것을
　　　　설명하거나 보상할 수 없을 것이다
　（청동 맹금(猛禽) 상들이 회양목에서 쳐다보고 있다）

당신은 미장이의 용어로 그가 자신을 너무 얇게　　펴 발랐다고
　　　　말할 수 있을지 모른다, 그가 그때는
얇은 얼음판을 타고 있었다고　　하얀 열주에 대한 그의 지대한 관심이
　　얇은 얼음판보다　　미끄러운 지면보다 더 중요했다고.
당신은 말할지도 모른다, 그가 그때는
　　　　자신의 예술을 그 무엇보다 더 많이
충분히 사랑하지 않았다고 말할 수 있을지 모른다

당신은 그가 그 작업을 너무도 원해서

고용주를 배신하고　　　꿈속에서

　　　　　그를 추종했던, 무리를 추종했던 예술가가 되었다고

　　　　　　　말할 수 있을지 모른다

그의 명령에 따라 그 거대한 크기의 그 귀중한

단단한 목재 기둥들이 전문 기술자들의 침착한 손길에 따라

강력한 기계에 끌어 올려지고 매달려 있는 것을 상상해보라

　　　마치 한 인종이 다른 인종을

　　　　　　　　　　　부리듯이 (이집트에서 그랬던 것처럼)

그의 지식으로 그들의 지식을 사용하는 것을 〔상상해보라〕

── 그 작은 분수가 주인의 침실 밖에서 밤새도록 뿜어지도록

고안하는 동안

　　　　　　　　　　　　　　　　　　　1998~1999

여우

나는 여우가 필요했다   암여우 한 마리가 절실하게 필요했다
아주 오랫동안 한 마리도 내 근처에 다가온 적이 없었다
삼각형의 얼굴   황갈색빛 눈
정면을 응시하는 긴 몸체   맹렬하면서도 희생적인 꼬리로부터
나는 인정을 받고 싶었다
나는 여우의 역사가 필요했다   그녀가 헤치고 달렸던 곳은
     전설적인 찔레꽃 밭이라고 전해졌다
나는 여우를 필요로 하는 상태였다

그리고 나는 그녀가 헤치고 달렸던 찔레꽃 밭의 진실을
털 위에 손을 대고 느낄 수 있기를 갈망했다
만약 내 두 손이 그 모피를 부드럽게 만질 수 있다면
또는 그 몸이 내 두 손 사이를 빠져나간다면   털가죽에
     고통을 주는 날카로운 진실을
찰과상을 입은 피부가 불러일으킬 전설을
암여우의 용기를 암여우의 언어로 설명할 수 있다면

인간이란 동물이 다른 동물에게

도움을 요청하는 것은

가장 마음이 찢어지는 가장 역겨운 외침이다

먼 길을 걸어 내려온 지구에게

충분히 먼 과거로 돌아가는 것 그것은　　끊임없이 그리고 갑자기

찢고 찢기는 것을 의미한다

충분히 먼 과거로부터 그것은

아직 여성이 되지 않은　　여자의 몸에서 밀려 나온

아직 인간의 아이가 되지 않은 아이의 탄생을 알리는 외침이다

1998

화재

오래된 그 도시엔   도처에 방화범들이 있다
이곳을 혐오하는 그들은 신발을 바닥에 딱 붙이고 있다
수감되어 있는 마이클 버나드에 대해 나는
말해줄 수 있다   〔그는〕 도시에서 쫓겨나
강 건너편   홍수에 속수무책인 저지대에
방이 다닥다닥 붙어 있는 집에 살고 있었다
그의 모친은 병원에서 혹은 식당에서
청소부로 일하고 있었다 그녀가 식당
병원 〔또는〕 카페라고 말했던 것 같다
어떤 이야기이든 누가 신경이나 쓸까
그저 집에 음식을 가져오면 그만이지

난 마이클에 대해 말해줄 수 있다
진흙탕 속 개구리가 홍채를 반짝이다가
발목까지 오는 물을 철퍼덕 건너뛰어 수련에 앉아선
오래된 도시로부터 연못을 건너 들려오는 블루스를
조용히 듣고 있는 모습의 아름다움을 그가 알고 있다고

마이클 버나드와 흑인 역사의 달 〔이 두 가지는〕

그를 기념하는 달이 아니라 그저 그가 그달에 태어났다는 사실

〔그가〕 흑인이 아니라 생일이 확실치 않은 사람이란 사실〔로 연결된다〕

어느 해 2월 29일 강 건너편에 살던

마이클 버나드는 여느 날 밤처럼

거무스름한 오팔빛 정맥 근처로

핏줄의 망상(網狀)이 그대로 노출된 모친의 손목을 쳐다봤다

마이클 버나드는 아직도 제정신이 아니다

화재가 그 도시를 집어삼켰을 때

〔그는〕 인공위성들 아래 그리고 두세 개의 진짜 별 아래서

검은 거미처럼 땅에 달라붙어 있었다

                                                    1999

야광운(夜光雲)*

늦은 밤 찻길 아래쪽에서   도깨비불 같은 것이 나타났어

정상적인 건 아니지   아래쪽에 있는 모든 것이

그대로 다 드러났어

북미 대륙 위 여기 이 먼 곳에 그 모습을 드러내고 서 있는

투광조명을 받고 있는 트럭 휴게소

우린 기뻤어 왜냐면 저녁이 깊어가고 마을은 하나도 없는데

이 디젤연료, 그것도 레귤러로, 소다, 커피, 과자, 맥주

그리고 비디오까지 찾았으니 말이야

정부도 없고 법도 없고 어두운 대륙을 비춰주는 빛만 있잖아

그러고는   그러고는   영혼이란 얼마나 사소한 것까지 견뎌내는지

항구도 없는 유소니언 고원**으로 가기 위해

그런 섬 같은 곳을 떠나 진입로로 차를 몰고 나왔지

처음 보는 아저씨   지금에 걸맞게

---

* 〔원주〕 이 시는 1999년 9월 4일자 뉴욕타임즈 지면 A에 실린 빌 매키번(Bill McKibben, 1960~　)의 글 「고통받는 행성에 무관심하기」에서 영감을 얻어 쓴 것이다.
** 〔원주〕 미국의 유명한 건축가 프랭크 로이드 라이트(Frank Lloyd Wright, 1867~1959)가 미국 초원지대를 보고 영감을 얻어 지은 건축양식을 지칭하는 용어로서, 여기서는 그런 집들이 모여 있는 곳을 말한다.

내가 시라도 읊어줄까요   당신은 여기 없고,
밤에 치는
번개 구름에 두려움 때문에
거리를 측정하는 기사의 눈으로
어떤 숲에서든 나무가 쓰러지면 당신에게
빗변으로 쓰러질 가능성을 〔걱정하고 있구려〕

당신에 대해선 아무 생각도 없이 미래란 것이 안 보이던 모텔 방
어두컴컴한 불빛 속에서 잠을 깼을 때처럼 내가 깨어날 수 있을까

난 이런 걸 정의라고 부르겠어.
내 두 손을 당신의 가죽장갑에 쑥 밀어 넣을 수 있을진 몰라도
내 두 발은 당신의 부츠에 맞지 않을 거야

모든 예술은 어떤 다른 예술에 의지하지.   당신의 것은
허영심의 마지막 실오라기를
발작적으로 꿱꿱 토해내는 내 것에 〔의지해〕
바람이 갑자기 길모퉁이에서 불어닥칠 때 우린

절름발이처럼 함께 휘청거렸지　　혹은 우리가 몸을 돌렸던가

다시 한 번 당신이 이 점을 보길 바라

뒤를 돌아보면 그게 명확해질 거야

1999

만약 당신의 이름이 명단에 실려 있다면

만약 당신의 이름이 심판관의 명단에 실려 있다면
당신이 그들의 확고한 선입견과 싸우고 있다 하여도
그들이 의견을 수렴하는 동안
혼자서 창가에 서 있었다고 하여도
당신은 그들 중 하나야
당신이 유일한 소수 의견을 주장하는 것만으론
충분치가 않아
당신은 강을 따라 서 있는
세 개의 다리를 대면해야 해
당신의 지친 야망은
핏빛 안개 속에서나 눈부실 따름이니까

당신은 영혼을 찢어놓는 반대 의견을
겨드랑이 아래 끼고 다녀야 해
그리고 완전한 고독 속에서 글로 써내야 해

그래, 난 하나의 영혼이 한 나라처럼 구획될 수 있다는 걸 알고 있어
이 모든 새로운 것 속에 존재하는 낡은 판단들

충성심이 무너져 내리며 불꽃과 연기를 일으키지
우린 순수한 미래성이 사용할 수 없는 것을   끌고 들어가면서
미래의 일부가 되고자 하는 거야

갑자기 좁아진 길 작아진 해변 작아진 나라가
고함을 치네   날 놓지 마

날 죽게 하지 마   우리가 서로에게 무슨 의미인 줄을
잊은 거야라고

1999

1999년

단절해야 하는

극단적인 지경에 이르기 전에

석탄처럼 까만 루비처럼 빨간 두 눈으로

벽돌과 다이아몬드의 운반자이기도 한 먹먹한 목으로

그 유명한 기념비를 모욕하는 철조망이 레이스처럼 드리운

달빛에 반짝이는 조개껍데기 같은 이마로

내가 살았던 세기의

경첩이 달려 옆으로 펴지는

연기가 완전히 사라진 거울 속에서

그 유명한 기념비를

모욕하는 철조망 레이스를 보기를 원했다,

거울 뒤편으로 그 오래된

지역의 고유한 지도가   경치가

정복자들이 오기 전엔   소유자도 없었던 지평선이 〔펼쳐져 있다〕

네 개의 짧은 시

1

(로빈 블레이저*의 낭송을 들으면서 집으로 차를 몰고 가며)

달은

낭만적이지 않아.   전혀.   그건

삶의 진실인데 아직도

우린 길들여져 있어. 당신은 그것이 파도를 끌어당기는 게 아니라

반사한다고 생각하겠지.   그래서

내가 당신에게 강요당했던 것처럼

나도 당신에게 강요해야 할까.   해안가 도로 위

옅은 안개 사이로

그 얼굴이 (맞아, 그런

표정이었어) 사라졌다 나타났다 하면서

우리에게 말을 걸어

오페라 가수가 신비함을 유지하면서

---

* 블레이저Robin Blaser(1925~2009)는 '샌프란시스코 르네상스' 운동을 주도했던 시인 중 한 사람이다.

친절한 태도로 그러듯이.

2

우린 아직 지난 세기의 소택지에서
    벗어나지 못했어
        우리 몸의 일부가 아직 거기 있어

비록 우리가 우리 정신을 잘 기울여 새로운 대양 위로
    엉뚱한 추측을 곁들여
        단번에 쏟아붓더라도

피가 엉겨 붙어
    뒤엉키고 찐득거리는 줄들이
        우리의 수금이 되었잖아

3

한 달 동안 미국어를 배운 프라하 출신의
　　　어린 소년에 의해
조그마한 캘리포니아 마을 응접실에서
베토벤의 「열정 소나타」가 그랜드 피아노로 연주되고 있어
이것은 「기술복제 시대의 예술품」이
　　　아니야
이것은 어느 날 저녁 물려받은 유산을 자기 것으로 만들어서
이웃 주민들을 깜짝 놀라게 한, 그런 뒤 인터넷으로 한 달 동안
들리다가 사라질 그런 작품이야

4

혁명 위로 파멸을 수증기를 뿜어내는
낡은 인종차별 정책으로부터, 새로운 조악함으로부터
그레이트 배링턴과 아프리카 출신의 듀보이스*에게로

또는 물려줄 수 없는

전통을 지닌

두 갈래 길에서 비밀을 도둑맞은 카프카에게로 돌아가서

머물자   나의 사랑하는 시인들이여, 여기가,

우리의 심장이, 간이, 빛이, 가장 덜 알려졌지만 활기차게

아직도 살아 있는 곳이니

엘리자베스 윌리스와 피터 기지를 위해

2000

---

* 듀보이스(W. E. B. Du Bois. 1868~1963)는 1920년대 할렘 르네상스 문학운동을 주도했던
  지식인 중의 한 명이다.

대지의 종말

미지의 것은 망가진 티브이 수상기의 검은 화면 속에

　　모두 저장되어 있다.

조악하게 설탕 바른 표면 같은 카르스트 지형*의 포말처럼 바스라진다,

　　장어 눈알이 강물을 쏘아본다.

어둡든 환하든, 이륙하든 착륙하든, 남자든 여자든 구별하는 것이

　　시간과 고독함의 공(空)** 속으로

사라지고 있다　　그렇게 버려지고 버리는 대지의 모습에는

어떤 중/단도 없단 것을 나는 발견하였다.

바람의 회초리를 맞으며 그것을 나의 나태한 모습으로 읽고

그 모습을 파쇄하고 원정을 떠났다, 대평원 지역***을, 그 대양을 향

해. 나의 두려움을 향해.

그걸 갈리스테오****라고 불러라, 하지만 그건 과거에 여기서 일어났던

　　사건의 이름은 아니다.

---

　* 용식 지형(溶蝕地形)은 석회암층으로 이루어진 지형으로서 종유굴 등의 경관을 보여준다.
　** 원문에는 대문자 O를 사용하여 'the O'라고 되어 있다.
　*** 미국의 대평원 지역은 로키산맥 동쪽의 초원지대로서 콜로라도, 캔자스, 몬태나, 뉴멕시코,
　　네브래스카를 포함한다.
　**** 뉴멕시코 주의 산타페에서 20킬로미터쯤 떨어진 갈리스테오 분지를 지칭한다.

작업을 끝내고 어둠이 깔린 뒤 하얀 벽을 배경 삼아
검은색 철 촛대 위에 촛불 두 개를 켜고
만약 속눈썹 한가닥 속에서 혹시 우주 공간을 바라보는 자를
발견하면서도 그 손은 보지 못한다면,

어떻게 또 다른 사람의 눈길, 잰 걸음,
완전한 침묵 속에서 큰 소리로 중얼거리는 잠꼬대, 무의식적 동작을,
대지에 종말이 올 때까지 고통받고 스스로 태어나는 생각을,
내 삶과 다른 사람의 삶을 오가며 마음을 뒤흔드는 거미줄을,
비록 내가 침대를 나눠 썼지만 결코 한번도 함께 잠을 잔 적이 없는 다
른 사람들의 그 희미한 안개 같은 냄새를 들이마실 것인가?

2000

에이드리언 리치,
가능성의 세계를 꿈꾸는 "열정적 회의주의자"[1]

에이드리언 리치Adrienne Rich에게 있어서 시를 쓴다는 것은 가능성의 세계에 대해 꿈을 꾸어보는 작업이다. 그리고 그 두 중심축은 변화에의 의지와 연대를 향한 소망이다. 이를 위해 리치는 우선 일상적인 사고 과정과 언어 사용에 의문을 제기하였다. 그리고 그 구조와 질서를 심하게 비틀고, 찢고, 부수기까지 하였다. 그동안 가부장적 사회가 숭앙해온 여성의 이미지와 남성중심적인 문화의 구조를 다시 보기 위해서였다. 여성의 아픔을 진단하고, 그 원인을 파악할 수 있는 시선을 도입함으로써 리치는 가부장적 사회의 억압적 본질을 드러낼 수 있었다. 한 걸음 더 나아가 리치는 사회적 약자와 소수자의 아픔을 치유할 수 있는 가능성과 유효한 방법에 대해서도 고민하였다. 미국을 포함하여 전 세계적으로 만연한 성, 인종, 계급의 차별과 억압의 현실을 증언함으로써 리치는 인류 전체의 아

---

1) 리치가 『로스앤젤레스 타임스』 2001년 3월 11일자에 기고한 에세이 「열정적 회의주의자의 신념」에서 인용.

품을 구조적으로 통찰할 수 있는 시선을 마련할 수 있었다. 두 가지 시선 모두 타자에 대한 인식과 사회의 변화를 이루어내고자 했던 리치의 의지를 반영하는 것으로서, 페미니스트적·레즈비언적·역사주의적·비자본주의적·인본주의적·다인종적·다문화적이라는 표현이 모두 어울릴 만큼 다층적이다. 시 형식 역시 리치의 인식의 성장과 시선의 다층성을 반영하고 있다. 리치의 시는 단정하고 서정적인 정서가 돋보이는 정형시로부터 산문의 삽입, 시어, 시행의 분절, 문법의 파괴, 다양한 문학적·역사적 인물과 작품의 인유, 이미지의 병치, 기호의 삽입 등등 자유분방한 실험 정신과 정의를 추구하는 기상이 엿보이는 자유시, 그리고 서사시인의 혜안과 예지가 돋보이는 장시의 형태로 발전하였다.[2] 그간 리치는 시인으로서 예술적 창작의 고민과 씨름하고, 미국 시민으로서 조국의 현실을 비판하고, 세계 시민으로서 전 지구적 착취와 억압의 현실에 대해 문제를 제기해왔다. 그리고 지금도 리치는 다양한 이익을 가진 집단이 서로 소통하고 연대할 수 있는 관계 맺음의 역사를 창조하기 위해 가장자리에서 불을 비추려는 노력을 하고 있다.

---

2) 남성중심적·가부장적 언어에 대한 회의가 깊었던 리치는 기존의 언어 사용 방식이 얼마나 망가졌는지, 얼마나 제 기능을 못하는지를 시각적으로 보여주기 위하여 의도적으로 문법을 파괴하고 시어와 시행을 뒤틀고, 연의 구분을 혼란스럽게 만든다. 이러한 형식적 특징으로 인하여, 리치의 시에는 혼란스러운 언어적 상황이 종종 발생하곤 하며, 시의 의미를 이해하기가 쉽지 않다는 평이 대부분이다. 하지만 시어가 난해한 만큼, 리치가 여성 시인으로서, 사회적 약자로서 당면하고 씨름했던 공적 현실의 난감함 그 자체가 느껴질 수 있으며, 기존의 언어를 비우고 그 속에 새로운 관계를 다시 채워 넣고자 하는 그녀의 의지와 투혼에 감탄하지 않을 수 없다. 따라서 번역을 하면서, 옮긴이는 원문에 충실하는 원칙을 지키되, 독자의 편의를 우선시하여 원문의 시어, 시행, 연 구분을 한국어 사용 방식에 따라 번역하고 가독성을 높이고자 하였다. 결과적으로 리치의 시의 미학적 특징이 희생되는 경우도 있어 아쉬움이 남기도 하지만, 옮긴이는 그로 인하여 리치가 보다 많은 한국의 독자와 소통하고 연대를 이룰 수 있을지도 모른다는 희망으로 소박하게나마 마음의 위안을 삼고자 한다.

리치는 1929년 5월 16일 미국 메릴랜드 주 볼티모어 시에서 태어났다. 아버지 아널드 리치 Arnold Rich는 존스홉킨스 의대 병리학자였으며, 어머니 헬렌 리치 Helen Rich는 피아노 연주자였으나 결혼과 함께 연주를 그만두고 아이들을 키우는 데 전념한 전업 주부였다. 다소 독단적이고 보수적인 아버지는 두 딸을 문학가로 키우려는 계획을 세우고 각별히 훈육하였다. 그 덕분에 신체적으로 왜소하고 '틱' 장애까지 있었던 리치는 어린 나이부터 다방면에 걸친 독서와 습작을 하며 지적 능력과 문학적 감수성을 발전시킬 수 있었다. 리치에게 있어서 아버지의 영향력은 평생 지울 수 없는 그늘로 남아 있었던 것 같다. 「석비」를 비롯한 다수의 시에서 아버지의 존재가 직접 언급되거나 암시되기 때문이다. 1950년대 미국 사회가 예찬했던 정숙하고 교양 있는 남부 여성의 전형적인 삶을 살고자 했던 어머니 역시 리치의 시 속에 등장하는 다수의 여성 인물 속에서 그 흔적이 찾아질 수 있다.

1947년 리치는 하버드 대학교 래드클리프 대학에 입학하였다. 조숙하고 지적이었던 리치는 시를 창작하고 친구들과 어울려 토론하며 아버지의 권위로부터 그리고 반유대인 인종차별과 사회적 제약으로부터 어느 정도 벗어나 정신적인 자유로움을 누릴 수 있었다. 1951년은 리치에게 있어서 각별한 의미를 갖는다. 저명한 당대 비평가 오든 W. H. Auden으로부터 "독창적인" 시를 쓰려는 젊은이들과 달리 전통을 존중하는 "단정한" 시를 쓴다는 상찬을 받으며 '예일 청년시인 상'을 수상하였기 때문이다.[3] 그해 대학을 졸업하면서 리치는 그간의 시를 모아 첫 시집 『세상 바꾸기』(1951)를 출판하였다. 이 시집은 문단으로부터 호평을 이끌어냈으며, 리치는 전

<hr>

3) 『가디언』 2002년 6월 15일자에 실린 존 오마호니의 글에서 인용.

도유망한 시인으로서 산뜻하게 첫 발걸음을 내디딜 수 있었다.

하지만, 시인으로서 성공적인 출발을 했던 것과는 대조적으로 리치는 여성으로서는 결코 평탄한 삶을 꾸리지는 못했다. 오랫동안 앓았던 관절염이 대학 재학 중 심해져 결국 리치는 평생 지팡이에 의존하는 신세가 되었다. 1953년 아버지의 반대를 무릅쓰고 하버드 대학교에서 경제학을 강의하던 앨프리드 콘래드Alfred H. Conrad와 결혼하여, 1955년에서 1959년까지 5년에 걸쳐 아들 셋, 데이비드, 폴 그리고 제이컵을 연이어 낳고 '현모양처'의 역할에 충실하고자 했다. 하지만 아내와 주부로서의 삶이 리치에게 행복과 만족감을 가져다주지는 않았다. 그러한 사회적 명예가 여성으로 하여금 자기희생을 숙명으로 받아들이도록 만드는 가부장적 신화에 불과하다는 사실을 몸소 체험하고 있었기 때문이었다.[4] 1955년에 출판한 두번째 시집 『다이아몬드 세공사들』의 실패는 리치에게 더욱 좌절감을 안겨주었다. 리치는 일기에 "시집을 내지 말았어야 했다. 〔……〕 〔거기 실린〕 태반의 시가 놀라울 정도로 새로울 것이 없다. 두번째 시집을 내야 한다는 강박증이 있었던 것 같다. 결혼도 했고, 가정도 꾸렸지만, 내가 아직 시인이라는 사실을 확인하고 싶은 강박증도 있었던 것 같다"라고 적으며 당시를 회상하였다.[5] 성급히 출판했던 것을 후회하는 심경이 역력히 드러나는 이 고백에는 한 남자의 아내이자 세 아이의 엄마로서 리치가 당시 느꼈던 심리적 불안감과 피로감의 여운이 짙게 배어 있다. 이후 거의 10여 년 동안 시집을 출판하지 않았던 리치는 자의 반 타의 반으로 창작에 대한 열정을 억누르고 전통적인 여성의 삶을 살았다. 하지만 그녀의

---

4) 『에이드리언 리치의 시와 산문집』에 실린 산문 「여성과 명예」 참고.
5) 『가디언』 2002년 6월 15일자.

일기 속에는 가부장적인 사회가 찬양하는 가정의 행복과 모성애에 매혹과 반발을 동시에 느끼며 지속적으로 죄책감과 갈등에 시달리는 한 여성의 모습이 담겨 있다. 리치는 1960년 일기에 "아이들은 나에게 지극히 정교한 고통을 안겨주었다"[6]라고 적었는데, 이 한 구절의 고백은 리치가 마음에 품고 있었던 기묘한 불안과 초조를 날카롭게 전달하며 이후 그녀에게 펼쳐질 불행에 대한 전조가 되기도 한다.

1960년대에 리치는 여성운동에 적극적으로 참여하면서 마침내 자신의 레즈비언 성정체성을 솔직하게 인정하였다. 그리고 자신과 유사한 처지에 있는 사회적 소수자의 자유와 인권을 옹호하며 인권운동과 반전운동에도 활발하게 참여했다. 1967년 휘튼 대학교에서 명예박사학위를 받는 등 급진적 페미니스트 시인으로서 사회적 인지도가 높아질수록, 리치는 성격뿐만 아니라 정치적 입장 면에서 남편과 더욱 거리가 멀어졌다. 결국 1970년 리치는 남편 앨프리드에게 이혼을 요구하였고, 앨프리드는 아내에게 자살이라는 최종 답변을 주었다. 남편의 죽음이라는 예견치 못한 비극 앞에서 세간의 비판과 질타를 한 몸에 받게 된 리치는 지인들과 연락을 끊었다. 그리고 정신적 충격을 추스를 여유도 없이 홀로 세 아이를 양육하며 오로지 생존에만 몰두하였다.

예술가의 고통이 크면 클수록 훌륭한 예술작품이 탄생한다는 역설은 리치의 경우에도 여전히 유효한 것 같다. 불행했던 결혼 생활, 남편의 자살로 인한 충격, 세상에 대한 실망, 그리고 지인들에 대한 배신감을 겪으면서 고통과 시련의 불로 담금질된 리치는 1960년대와 70년대에 주옥같은 시집을 연이어 출판하면서 드디어 자신만의 언어와 공간을 창출하는 데

---

6) 『가디언』 2002년 6월 15일자.

성공한다. 이전의 시가 기존의 남성 시 전통과 관념적 모더니즘에 의존하고 있었다면, 1960년대에 출판된 시집들은 주제나 형식 면에서 확실한 변화를 예증해준다. 후에 「뿌리로부터 갈라진: 유대계 정체성에 대한 소고」(1982)에서 "엄마로서의 경험이 나를 급진적으로 변화시켰다"[7]라고 회상하듯이, 리치는 세번째 시집 『며느리의 스냅사진들』에서부터 결혼과 가정이라는 사회제도에 문제를 제기한다. 자신의 개인적인 고통 속에서 병명도 모른 채 죽고, 자기가 아픈 줄도 모른 채 살고 있는 병든 여성들의 세계를 발견하였기 때문이다. 리치는 드디어 시인으로서 자신의 자리와 역할을 파악하고 가부장적 사회에서 '생각을 가진 여자로 산다는 것이 어떤 것인지'를 화두로 삼아 시를 쓰기 시작하였다. 그리고 여성의 삶의 대한 일상적인 통념을 해체하며, 여성의 존재론적 아픔의 지도를 그리기 시작하였다. 이런 점에서 이 시집의 대표 시 「며느리의 스냅사진들」은 매우 중요한 의미를 지닌다. 이 시에서 리치가 보여주는 시선의 혁신성 때문이다. 역사적 맥락을 배경 화면으로 삼아 여성의 일상적인 삶 속에서 무의식적으로 스쳐 지나가는 고통의 순간순간을 절묘하게 포착한 열 장의 스냅사진과도 같은 이 시에서 리치는 무엇보다도 가정과 집의 의미를 다시 새겨볼 수 있는 시각적 틀을 제공한다. 가정은 더 이상 부드럽고 따뜻하며 우리가 안심하고 의존할 수 있는 어머니의 품과 같은 곳으로 재현되지 않는다. 이제 가정은 남성의 권위가 지배하는 공간으로서 설정되며, 정숙하고, 온유하며, 교양 있는 아내와 어머니가 남편과 아이들의 시중을 들며 짜증과 분노, 슬픔과 탄식으로 메마르고 병들어 마침내 괴물로 변하는

---

7) 『에이드리언 리치의 시와 산문집』에 실린 산문 「뿌리에서부터 갈라진: 유대계 정체성에 대한 소고」 참고.

공포스러운 현장으로 재구성된다. 하지만 혁명적인 시선과 전복적인 이미지에도 불구하고 이 시에 담겨 있는 리치의 목소리는 결코 냉소적이거나 광폭하지 않다. 오히려 열정적이고 서정적이며, 공감의 윤리로 맥박 친다. 정형적인 운율과 단정하고 절제된 언어를 버린 리치는 자유분방하고 직설적인 언어로 여성을 괴물로 만드는 가부장적 사회를 향해 준엄한 경고를 한다. 그리고 남성들이 만들어놓은 여성 담론을 패러디하여 과감하게 조롱하거나 명민하게 해체하는 가운데 시원하고 통쾌한 카타르시스를 전달한다. 또 때로는 속 깊은 친구처럼 고민을 들어주고 밀담이라도 나누듯 나지막한 목소리로 속삭이거나, 독백을 통해 여성의 내면적 풍경을 보여주고 무심결에 떨어지는 눈물과 탄식을 타고 흐르는 애잔하고 진한 떨림을 전달해주기도 한다. 하지만 가장 인상적인 것은 리치가 당차고 의연한 언니처럼 "더 이상 한숨짓지"(p. 54) 말고 앞으로 다가올 새로운 역사를 기대하자고 격려하는 것이다. 그리고 자매애의 따뜻한 원기와 희망이 반짝이는 "꾸러미"(p. 55)로서 이 사진첩을 독자들에게 선사하는 점이다.

세번째 시집에서 개인의 고통과 세계의 아픔을 연결할 수 있는 고리를 인식했다면, 이후 출판한 『생존을 위한 필수품』(1966)과 『소엽집』(1969), 『변화를 향한 의지』(1971), 『난파선 속으로 잠수하기』(1973)에서 리치는 페미니스트 시인으로서의 입장과 인권 시인의 역할을 연계할 수 있는 가능성의 세계를 모색한다. 특히, 1960년대와 1970년대 반전운동, 인권운동에 참여하여 격변기 미국 사회의 고통을 직접 체험한 경험은 리치에게 귀중한 자양분이 되어주었다. 이제 리치는 여성의 억압을 인권 억압의 연장선상에서 바라볼 수 있는 시선을 확보하였으며, 여성 억압의 역사는 결국 미국의 역사와 그 궤를 같이한다는 인식을 본격적으로 펼치기 시작한다. 『변화를 향한 의지』에서 리치는 드디어 흔히 한국의 여성들이 화병이라고 부르기도 하는 가슴속의 불을 뿜어내기 시작한다. 이 시집에서 리치는 '나'를 내세우고 '나'의 욕망을 드러내는 데 아무런 두려움도, 거리낌도 없는 태도를 보여준다. 가령, 「천체관측소」에서 리치는 자신의 모습을 "괴물의 형상을 지닌 한 여자/여자의 형상을 지닌 한 괴물"(p. 153)에 자조적으로 빗댄다. 하지만 동시에 "나는 여자의 형상을 하고/요동치는 마음을 심상으로 번역하려는/하나의 도구이다 육신의 평안을 위해/그리고 정신의 재구성을 위해"(p. 156)라고 외치며 여성 시인으로서의 사명감을 당차게 선언한다. 또한 「한평생」에서 리치는 알제리의 한 촌로를 소재로 삼아 남성의 경험을 위주로 구조화된 가부장적 언어가 그동안 여성과 사회적 소수자의 가슴을 얼마나 시커멓게 태웠는지 고발하기도 한다. 알제리의 한 시골에 사는 노인은 한평생 원인 모를 육체의 고통에 시달리며 살아왔다. 어느 날 도저히 그 고통을 참을 수 없게 되자 그는 먼 길을 걸어 도시의 의사를 찾아간다. 하지만, 지극히 합리적이고 이성적인 의사로부터 그가 들은 대답이라고는 "병명이 없다"라는 말뿐이다. 그 순간 그의 마음속은 어떠하였을까? 분명히 고통받는 육신이 존재하는데, 그 아픔이 진단되고 표현될 수 있는 언어가 부재하여 자신의 고통이 인정받지 못하고, 병이 없다는 진단을 받았을 때, 이 촌로는 슬퍼해야 하는가, 화를 내야 하는가? 리치는 이 촌로의 기막힌 고통을 여성과 사회적 소수자의 고통에 비유하며, 「아이들 대신 분서(焚書)를」에서 아이들에게 합리적 이성이란 이름으로 그러한 부조리한 상태를 재생산하는 "압제자의 언어"(p. 160)를 가르치느니 차라리 책을 불에 태워버리자는 과격한 제안을 하기도 한다.

하지만, 또 한편으로, "이것은 압제자의 언어이다./하지만 당신과 말하려면 난 그게 필요해"(p. 160)라고 말하며, 리치는 남녀 간의 의사소통과 사회변혁을 위해 "압제자의 언어"를 사용하는 것 외에 다른 수단이 없다는 사실을 인정하기도 한다. 그 대신, 리치는 기존의 언어 질서를 파괴하기로 한다. 단어와 단어를 분리하거나 문장의 의미가 연결되지 않도록 단어들을 나열하고, 단어 사이에 비정상적인 여백을 삽입함으로써 기존의 언어체계의 전제를 허물어뜨린다. 상징체계와 의미화 방식의 조직을 느슨하게 풀어 그간 매끄럽고 탄탄하게 짜인 것처럼 보였던 의미망이 사실은 얼마나 많은 임의적인 짜깁기와 구멍투성이인지, 얼마나 성글게 짜여 있고, 닳고 낡아 더 이상 새로운 의미를 담기 힘든 상태가 되었는지를 시각적으로 보여준다. 일곱번째 시집인 『난파선 속으로 잠수하기』는 "압제자의 언어"와 질서를 의도적으로 전복하려는 리치의 의지가 극명하게 구현되어 있는 시집이라고 할 수 있다. 이 시집의 대표 시 「난파선 속으로 잠수하기」에서 리치는 자신을 유명한 해양 탐험가 자크 쿠스토에 비유하여 남성중심적인 역사와 신화의 저변을 깊숙이 파고든다. 이미 리치는 여성의 경험을 배제한 채 달려온 서양의 문명을 바다에 침몰한 난파선이나 다름없다고 규정하고 있었다. 그럼에도 불구하고 그녀는 여성 주체의 죽음이 편재한 바다 속에 잠수하여 난파된 문명의 실체를 살펴볼 필요성을 느낀다. "잔해에 대한 이야기가 아니라 잔해 그 자체"(p. 215)를 직접 보고 그러한 문명을 보수할 수 있는 가능성을 진단해보기 위해서이다. 그런 가운데 리치는 가부장적 사회가 만들어놓은 여성 이미지의 폐허 더미 속에서 죽은 줄만 알았던 또 하나의 자아를 발견한다. 드디어 '나'의 여성적 자아 '그녀'는 새로 발견한 남성적 자아 '그'와 섬세하고, 에로틱하게 몸을 밀착하며 '우리'라는 새로운 양성의 주체를 탄생시킨다. 이로써 리치는 "압제자의 언어"로는 표현될 수 없는 "우리"의 이름을 만들고 여성들에게 기존의 삶과 다른 삶을 살 수 있는 가능성을 모색할 수 있는 계기를 마련해준다. 여성 주체의 죽음이 초래하는 부정성을 내처버리기보다 온몸으로 끌어안고 새로운 양성 주체의 탄생을 적극적으로 욕망한 리치의 시들은 미국 시단에 신선한 충격을 주기에 충분하였다. 이 시집으로 리치는 1974년 앨런 긴스버그와 함께 전미도서협회상을 수상하였으며[8] 1975년 노턴 출판사에서 『에이드리언 리치의 시와 산문』을 출판하였다. 이로써 리치는 소위 '제도권 평단' 조차도 더 이상 폄하하거나 무시할 수 없는 미국을 대표하는 페미니스트 시인이 되었으며 문단에서 독보적인 위치를 차지하게 되었다.

1978년 출판한 『공동 언어를 향한 소망』 역시 리치에게 있어서 또 하나의 이정표가 되는 시집이라고 할 수 있다. 이 시집에서 리치는 가부장적 사회와 "압제자의 언어"의 표상들이 여성뿐만 아니라 남성들에게까지 광범위하게 심리적 억압과 소통의 단절을 초래한다는 인식을 펼친다. 「난파선 속으로 잠수하기」에서 양성적 주체를 탄생시켰던 리치는 이제 「천연자원」에서 여자 광부의 목소리를 빌어 "내가 다시 선택할 수 없는 단어들이 있다./인도주의 양성성"(p. 348)이라고 고백하며, 이제까지 추구해왔던 급진적 페미니즘의 전망을 수정하고자 하는 태도를 보인다. 물론 이 시집의 대표 시라 할 수 있는 연작 시 「스물한 개의 사랑시」에서 리치가 레즈비언 페미니즘과 여성중심적인 전망을 구현하고 있는 것은 사실이다. 하지만 시집 전체를 아우르는 궁극적인 주제는 '나'와 '너' 모두를 포함할 수 있는 공동의 언어 공간에 대한 사유로 보는 것이 온당할 것이다. 배타적 이기주의와 불신이 팽만하여 민주주의와 다양성이 구세대의 가치로 전락

---

8) 리치는 개인적으로는 그 상을 수상하지 않으려고 했지만, 오드리 로드와 앨리스 워커와 함께 작성한 발표문을 통해 남성중심적 문단의 편향성으로 인해 그동안 인정받지 못하고 사라진 수많은 무명 여류 문인들을 위해 대표 자격으로 받겠다는 의사를 표명하였다.

해버린 시대를 살아가며, 리치는 개체성을 희생하지 않으면서도 공동체의식을 표현할 수 있는 방식을 적극적으로 모색하고자 했기 때문이다. 그리고 시집 전반에 걸쳐 리치는 성, 인종, 계급의 갈등과 분리를 성난 목소리로 규탄하기보다는, 소소하고 일상적인 삶의 순간들을 통해 타자와 연대를 맺으려는 소망 그리고 공통된 어떤 것을 나누려는 소망을 차분하고 설득력 있는 목소리로 호소한다. 이런 맥락에서 리치가 "공동 언어"라고 명명하는 것은 어떤 새로운 언어체계의 창출을 의미한다기보다는 에두아르 글리상이 표현한 대로 '관계의 시학'을 지향하는 언어의 사용법 혹은 공동체의 상상력이라고 보는 것이 타당할 것이다. 그리고 리치가 소망하는 "완전히 새로운 시" 역시 백인 중산층 여성들에게만 국한된 것이 아니라 "우리와 동등한 천연자원을 부여받은 피조물"(p. 339~40) "잃어버린 형제"(p. 339) 모두를 포함하는 보편성을 지향하는 연대의 시학으로 이해해야 할 것이다.

1980년대에 들어서서 리치는 사회적 지위와 명예를 인정받으며 강연이나 다니면서 여유로운 삶을 영위할 수 있었다. 하지만 그녀는 결코 그러한 안락과 편안함을 선택하지 않았다. 오히려 시인으로서 자신이 있어야할 위치와 윤리적 책임감에 대해 더욱 치열하게 고민하며 자신이 걸어온 과거의 발자취를 잊지 않으려고 하였다. 이미 「지붕 위의 인부」에서 "내가 선택하지 않았던 삶이/나를 선택했다"(p. 63)라고 고백했던 것처럼, 1960년대와 70년대의 미국은 운명처럼 그녀의 삶을 늘 역사의 한복판에 끌어들였었다. 그리고 그때마다 리치는 늘 역사의 한복판에서 현실을 정면으로 응시하고 서서 "다른 곳에서가 아니라 지금 여기서" 시를 통해 일상과 통념을 해체하고 의식을 재구성하기 위한 새로운 구성 요소를 사유하는 실천을 해왔다. 1980년대에도 여일하게 리치는 미국의 현실에 대해

치열하게 고민하며『미칠 듯한 인내심으로 여기에 오기까지』(1981),『문턱 너머 저편』(1984),『당신의 조국, 당신의 삶』(1986), 그리고『시간의 힘』(1989)을 잇달아 출판하였다. 하지만 이 시집들에 깃들어 있는 전반적인 정서는 더 이상 변화에 대한 신념과 확신에 찬 열정이 아니다. 오히려 그간의 여성운동과 인권운동을 비롯한 다양한 사회변혁 운동에도 불구하고 여전히 자본주의, 물질만능주의, 그리고 대중매체가 선도하는 상업적 오락주의가 떠받들어지는 미국 사회의 경박함에 대한 절망감이 그 주조를 이룬다.

1990년대에 접어들어 출판한『난세(亂世)의 지도』(1991),『공화국의 어두운 들판』(1995), 그리고『미드나이트 샐비지』(1999)에서도 리치의 절망감은 쉽사리 사그라지지 않는다. 베트남 전쟁 이후 30년이 흐른 뒤에도 조국은 두 차례에 걸친 걸프전을 포함하여 세계 곳곳의 국지전에 개입하고 있었기 때문이다. 변하지 않는 조국의 모습에 실망하며, 리치는 의식의 재구성과 사회변혁을 위해 그간 자신이 기울여왔던 노력의 가치에 대해 점차 회의적이 되고 나약하게 변해가는 심경을 드러내기도 한다. 가령,「난세의 지도」에서 리치는 애국심, 즉 조국을 사랑한다는 것이 무슨 의미일까를 화두로 삼아 미국적 가치, 미국의 역사, 그리고 미국의 미래에 대한 사유의 지도를 펼친다. 스스로를 여행자에 비유하고 지도에 그려진 길을 따라 중소도시들을 방문하며 리치가 보고자 했던 것은 단 한 가지, 미국의 건국이념이자 미국인의 정체성을 형성하는 자유와 민주주의 전통이다. 맹목적 애국주의, 상업주의, 그리고 개인주의의 가치가 위세를 떨치는 시대를 살아가며 리치는 다양성과 평등을 지향하는 미국인의 전통이 이제 폐물이 되어 사라진 듯 느낀다. 그래도 혹시 어디에선가 그 명맥이 유지되고 있지는 않을까 하는 희망을 가지고 여행을 떠난 리치는 한 조각 흔적이라도 찾아보고자 가는 곳마다 세심하게 관찰한다. 하지만 절망스럽게도, 리치는 가는 곳마다 성, 인종, 계층으로 갈갈이 찢어져 있는 조국의 모습을 발견할 뿐이다. 공중에선 비행기가 농약을 살포하며 날아다니고 그 아래선 이주노동자들이 손으로 딸기를 따고 있는 캘리포니아의 대규모 농업 단지의 모습은 불법이민자들의 인권의 현주소를 보는 것 같아 그녀의 마음을 아프게 한다. 아름답고 수려한 자연경관으로 유명한 버몬트에선 녹슨 울타리와 페인트칠이 벗겨진 공장들의 볼썽사나운 모습이 그녀를 불편하게 한다. 전쟁과 미사일이 그려진 담벼락과 폐기된 농장들을 지나, 이 모든 비루한 것을 외면하며 이기적으로 그들만의 행복을 추구하는 전원주택 마을의 단정한 풍경을 마주칠 땐, 못 가진 자의 서러움을 느낀다. 여행을 마쳤지만 어떠한 희망적인 징후도 찾아내지 못한 리치는 이렇게 낱낱이 갈라지고 파편화되어 살아가는 사람들에게 공동체의식을 호소하거나 소통과 연대를 촉구하는 것이 공허한 외침에 불과한 것이 아닐까 하는 회의를 가지게 된다. 그리고 보장받기를 소망하고 약속된 것이 주어지는 대신 오로지 물질적인 가치와 상품들만으로 보상을 받는 대다수의 미국인들이 진실로 헐벗은 사람이 아닐까 하는 아쉬움을 내비친다.

『공화국의 어두운 들판』에서도 조국의 암담한 미래에 대한 리치의 우려는 계속된다. 거의 반평생 동안 기존의 백인남성 중심적 역사에 균열을 가하고 역사의 법칙을 바꾸려는 작업을 했음에도 불구하고 리치는 자신이 사랑하는 조국에서 여성/페미니스트/인권 시인은 여전히 저평가되고 불신을 받고 있다는 사실에 그저 허탈감과 무기력감을 느낄 뿐이다. 현대미국 소설가 스콧 피츠제럴드의 소설 『위대한 개츠비』에서 제목을 따온 이 시집에서 리치는 "예나 지금이나" 변함없이 반복되는 전쟁, 인종 말살,

여성 노동의 착취 등등의 문제점을 지적하며 다소 격앙된 목소리로 전혀 개선되지 않는 역사에 대해 절망감을 표출한다. 다른 한편으로 리치는 더 이상 인류의 고통, 공동체의 삶에 대해 고민하지 않는 세대에 대한 책임 감을 통감하기도 한다. 1990년대를 관통하는 젊은 세대의 무관심은 결국 개인적인 행복과 안정을 추구했던 과거 세대의 철없던 젊은 시절에서 비 롯된 것이라는 반성적 성찰을 하기 때문이다. 시대와 세대의 탓만 하기보 다 다시 한 번 내면을 깊숙이 성찰해보는 계기를 스스로 마련하기로 한 리치는 결국 「비명들」에서 여섯 개의 관문을 통과하며 자신의 삶을 재평 가해본다. 시인이 시를 통해 독자들로 하여금 자신과 타자의 차이를 다시 보게 하고 인정하게 할 수 있다면, 그 시인은 이미 그들의 의식과 정체성 의 형성에 영향을 미치고 사회 변화를 일으키는 정치적 과정에 참여하고 있는 것이나 마찬가지일 것이다. 리치는 인류 역사를 살펴볼 때, 전 세계 의 다양한 철학가와 예술가가 저서와 작품을 통해 국가와 개인의 경계를 넘어 세계 역사, 세계 정치에 대해 진지한 논의를 벌이고 의식의 혁명을 일으키고자 했다는 점을 상기한다. 그래서 이들을 불러 모아 토론의 장을 마련하고 그들의 삶과 작품을 되새기며 방전되어버린 자신의 신념을 재충 전하고자 한다. 지금껏 새로운 가능성의 세계, 관계 맺음과 연대에 근거 한 세계 시민의 세계를 소망하며 살아온 자신의 삶이 결코 헛된 것이 아 니라는 확신을 얻고자 한다. 마침내 리치는 자신이 그간 수행했던 몸짓들 을 가장자리에서 불을 비추는 행위라고 명명하고, 회의감을 딛고 일어나 여호수아의 성화를 다시 들어 보이며 시를 끝맺는다.

1999년 출판된 『미드나이트 샐비지』는 이런 맥락에서 리치에게 매우 소중한 의미를 지니는 시집이라고 할 수 있다. 예전에 『난파선 속으로 잠 수하기』에서 리치는 가부장적 문명의 폐허 더미 속에서 양성성이라는 소중한 의식의 조각을 건져 올릴 수 있었다. 이제 『미드나이트 샐비지』에서 리치는 21세기를 맞이하며 고물처럼 널려 있는 과거의 작업을 세심하게 들춰보는 작업을 한다. 버릴 것과 보수해서 쓸 만한 것을 가려내기 위해서이다. 특히 이 시집에서 리치는 개인적 역사의식과 정치적 입장을 예술적 전망과 일치시키고자 했던 프랑스 시인이자 철학자 르네 샤르에게서 영감을 찾고자 한다. 그를 추억하며, 리치는 "당신은 그렇게/당신의 감각을 온전하게 유지했지요, 나는/이렇게 당신을 위해 계속 불침번을 설 거예요"(p. 589)라고 말한다. 저명인사가 된 현재의 안락함과 여유로운 생활에 안주하려는 마음을 다잡고 싶기 때문이다. 또한 그람시, 루케이저, 하트 크레인, 폴 굿맨, 마일스 데이비스, 찰스 올슨, 조지 오펜, 준 데그넌과 같은 예술가의 목소리를 시 속에서 반향하기도 한다. 마치 심문관 앞에 선 용의자처럼, 리치는 이들의 질문에 대해 자신의 방식, 즉 소통과 새로운 관계 맺음을 위해 "압제자의 언어"를 안으로부터 파열하여 낯설게 하고 독자들을 불편하게 했던 그간의 방식들에 대해 철저히 재고해보고 지극히 냉정한 시선으로 검증한다. 그렇지 않으면, 새로운 세기를 헤치고 나가는 데 쓸 만한 의식을 찾아낼 수 없을 것 같은 위기감이 소름 끼치도록 느껴지기 때문이다.

이 시집의 대표 시 「미드나이트 샐비지」는 리치가 처한 투명한 유리 감옥의 공포를 시각적으로 보여준다. 이 시에서 리치는 콜론을 두 겹으로 사용하여 시인으로서 현재 자신이 차지하고 있는 위치와 역할에 대한 자괴감을 상징적으로 암시한다. 사회적으로 존경받는 시인이 되었지만, 그것은 오히려 창살처럼 자신과 독자 사이의 소통을 가로막고 사회적 연대를 위한 정치적 실천을 억압하는 역효과를 낳고 있다는 사실을 감지하기 때문이다. 가령, 리치는 자신을 초빙한 대학의 남성 관계자들이 베푼 만찬에서 굴욕을 당한 일화를 얘기한다. 그들은 한평생 가부장적 권위에 대한 해체 작업을 수행해온 그녀를 앞에 두고도 전혀 거리낌 없이 여자들은 "굵어 잘록해진 허리"에 예쁜 "플라멩코 드레스를 걸"(p. 578)치고 남자들의 보호를 받고 물질적 풍요를 누리고 사는 것이 행복한 것이라는 잡담을 늘어놓고 있기 때문이다. 마치 전쟁의 향방에 아무런 변화도 일으키지 못하고 그저 총알받이로 소모되는 징집 병사가 된 것처럼, 리치는 자신도 대학의 상업적 목적에 이용되고 있는 소모품일 뿐이라는 씁쓸한 생각에 자괴감이 차오르는 것을 느낀다. 또한 자신이 한평생 치열하게 싸워온 대가가 고작 초빙교수가 되어 넓고 쾌적하지만 잠시 대여받은 연구실을 사용하고, 강의 시수를 의무적으로 채워야 하고, 무의미한 만찬에 참석해야 하는 것이라는 사실에 심한 허탈감에 빠지기도 한다. 하지만 집에 돌아와 리치는 마일스 데이비스, 줄리아 데 부르고스, 뮤리얼 루케이저처럼 자기보다 불운하여 생전에 그 목소리조차 들려지지 않았던 예술가들을 떠올려본다. 그리고 스스로를 "행운아"라고 말할 수 있는 용기를 낸다. 비록 상업적 교환이기는 해도, 리치는 자기의 자리에서 불운했던 선배 예술가들의 목소리를 재생하고, 후세대를 양성할 수 있는 기회를 가지고 있기 때문이다. 자욱한 안개의 틈새를 비집고 쏟아지는 별빛을 바라보며, 리치는 미래의 시인들이 "오리온의 벨트를 차고"(p. 583) 자기가 그랬던 것처럼 월트 휘트먼을 선장으로 삼아 사회변혁의 목소리를 드높이기를 소망하며 시를 끝맺는다.

또한 「카미노레알」에서 리치는 그간 자신이 온몸으로 밀고 나갔던 공동 언어, 즉, 성, 인종, 계급, 그리고 국가의 경계를 뛰어넘는 공동체의 상상력이 자신의 삶에 어떤 의미와 가치를 주었는지를 확인한다. 리치는 전 지구적으로 노동의 착취, 전쟁, 기아가 벌어지고 있는 상황에서 개인적으로 행복을 느끼는 것에 대해 때때로 죄책감을 느꼈던 적이 있다고 고백한다. 이제 다시 한 번 젊은 시절 "고통을 겪었으며" "거기 있었"(p. 599)던 경험을 적은 "공책을 손에 들고"(p. 600) 다시 읽어보면서, 리치는 자신이 과거에, 거기서, 그 현실과 진정 치열하게 싸우며 살았었던 것을 확인한다. 비록 과거에 소망했던 미래가 현재에 이루어져 있지 않아 아쉬움이 많지만, 리치는 그래도 지난날 자신이 살아온 삶이 현재의 모습을 형성해 주었다는 자각으로 어느 정도 위로를 받는다. 그리고 마침내, 아무것도 변하지 않는 현실에 사로잡혀 좌절감과 죄책감을 느끼는 자신을 그만 용서하기로 한다. 과거의 작업들을 들춰보는 가운데 결국 리치는 행복이 "슬픔 속에서 발효되"(p. 602)는 것이며 결코 "불신되거나 낭비되"(p. 602)어서는 안 되는 것이라는 인식을 걷어 올리고 새로운 세기를 준비할 수 있는 용기를 얻게 된다.

이후, 현재에 이르기까지 『여우』(2000), 『폐허 속의 학교』(2004) 그리고 『미로에서 울리는 전화』(2007)를 출판하면서 리치는 사회 현실과 정치적 변화에 지속적인 관심을 보이고 있다. 리치는 때로는 격정적으로, 때로는 잔잔하고 침착한 목소리로 시를 통해 다양한 계층과 인종의 목소리를 대변하고 그들의 인간다운 삶을 위한 연대를 호소하고 있다. 이러한 노력의 결과 리치는 그간 인권상, 루스 릴리 상, 브랜다이스 창작예술메달, 전미시인협회상, 코먼웰스상, 래넌 재단 평생공로상, 전미도서협회상 등등 수많은 상을 수상하였다. 그러나 이러한 수상 경력보다 더 인상적인 것은 1997년 클린턴 대통령이 리치에게 국가예술훈장을 수여하고자 했을 때 이를 거부했다는 사실이다. 리치는 서훈 거부의 이유를 밝힌 글[9]에서,

---

9) 1997년 8월 3일자 『로스앤젤레스 타임스』지 「도서」 섹션 참조.

사회적 약자에 대한 경제적 지원과 보장을 축소하는 클린턴 정부의 정책을 강력하게 비판한다. 클린턴 정부가 소수의 기업 이익을 대변하는 정책을 통과시켜 이로 인해 계층 간의 격차가 더 이상 개선할 여지가 없이 벌어졌을 뿐만 아니라, 하위 계층에 대한 문학 교육 지원금이 대폭 감축되어 그들의 문학적 감수성을 계발할 기회가 사라졌기 때문이다. 리치는 문학적 상상력은 모든 인간이 누려야 하는 타고난 권리인데, 정부의 정책으로 인해 문학은 먹고사는 것이 힘든 계층은 누릴 수 없고, 가진 자들만이 향유할 수 있는 사치품으로 전락하게 되었다고 지적한다. 그리고 그렇다면, 자신은 그런 정부에서 상징적으로 수여하는 예술훈장을 받고 싶지는 않다고 당당하게 밝힌다. 서훈을 거부하는 리치의 확고한 입장 표명은 미국 지성계에 파문을 일으켰다. 하지만 동시에 문학의 가치와 문학가의 사회적 역할을 새삼 환기하는 계기를 마련하기도 하였다. 문학이 소수 권력자들의 노리개가 된 현실, 다시 말해, 가진 자들의 기호에 따라 한순간에 문학의 유용성이 상찬되거나 외설 혹은 속임수로 비판되는 현실을 날카롭게 지적하였기 때문이다. 한평생 사회적 약자와 소수자를 위해 행동하는 지성인으로서 살아온 리치의 양심과 예술가적 진정성은 이로써 다시 한번 전 세계의 많은 독자에게 깊은 인상을 주었다.

만일 시인이 시를 통해 삶의 현재적 양상을 초월하여 과거의 뿌리를 인식하고 미래의 변화를 소망하게 하는 것을 사명으로 삼아야 한다면, 리치는 평생에 걸쳐 자신의 사명을 진지하게 그리고 충실히 이행해온 시인이라고 할 수 있을 것이다. 리치는 "대중들이 — 또는 일부 시인들조차 — 피하고 싶어 하거나, 피하고 싶어 한다고 설득당하고 있는 현실에 대해 어떻게 증언할 것인가"[10]라는 화두를 거의 50년이 넘도록 붙들고 고민해왔다. 무엇보다도 리치는 페미니스트 시인으로서 남성들이 알고 싶어 하지 않았던 여성의 내면적 현실을 공시적, 통시적으로 재현하며, 남성중심적인 역사와 신화에 균열을 가하고 그 틈새에 '여성'의 위치와 주변부의 역사를 끼워 넣고자 헌신해왔다. 하지만 리치는 페미니스트 시인의 범주를 넘어서는 시인이다. 실제적으로 리치는 여성뿐만 아니라 '여성'의 이름과 위치를 점한 다양한 사회적 약자의 목소리를 가부장적 사회의 침묵 속에서 구해내고자 한평생을 바쳤기 때문이다. 시를 통해 '나'의 삶의 현재적 고통과 슬픔을 구현하고, 독자들로 하여금 '너'의 정서에 공감함으로써 '우리'의 현실을 변화시키고 가능성의 세계를 꿈꿀 수 있도록 지속적으로 민주주의의 횃불을 밝혀온 리치는 진실로 월트 휘트먼의 계보를 잇는 대시인이자 20세기 미국을 대표하는 현대 시인이라고 할 수 있다.

나아가, 리치는 이제 전 지구적 소통과 연대를 지향하는 초국가적 시인으로 존경받기에 손색이 없을 것이다. 일흔이 넘은 나이에도 불구하고 세계 시민으로서, 열정적 회의주의자로서 리치는 미국뿐만 아니라 남아프리카, 레바논, 폴란드, 니카라과, 이라크를 포함하여 "북미 대륙의 시간"에 맞추어 전 지구적으로 일어나는 인종적 차별의 사례, 사회경제적 착취와 계층 간의 불평등, 그리고 국내외의 정치적 사건들과 미국의 국지전 개입에 대해 비판적 목소리를 높이고 있기 때문이다. 진정한 인권 시인 리치는 아직도 그 카랑카랑한 목소리로 전 지구적인 갈등과 분리에 맞서 소통과 연대의 역사를 재구성할 것을 촉구하며 전 세계 시인과 독자 들에게 지속적인 감동을 주고 있다.

---

10) 리치의 산문집, 『거기서 찾아진 것: 시와 정치에 대한 소고들』에서 인용.

작가 연보

1929   5월 16일 아널드 리치와 헬렌 리치의 첫째 딸로 미국 메릴랜드 주
        볼티모어 시에서 태어남.

1951   하버드 대학교 래드클리프 대학 졸업. 예일 청년시인 상 수상. 『세상
        바꾸기』 출판.

1953   앨프리드 콘래드와 결혼.

1955~59 세 아들, 데이비드, 폴, 제이컵 출산.

1955   『다이아몬드 세공사들』 출판. 리즐리 토런스 기념상 수상.

1960   예술원상 수상.

1962   볼링겐 번역기금 수상.

1963   『며느리의 스냅사진들』 출판. 베스 호킨 상 수상.

1966   『생존을 위한 필수품』 출판. 반전운동에 적극 참가함.

1967   휘튼 대학교에서 명예박사학위를 수여받음.

1967~69 스와스모어 대학에 출강. 컬럼비아 대학교 문예창작과 외래교수직
        맡음.

1968   아버지 아널드 리치 사망.

1969	『소엽집』 출판.
1970	남편 앨프리드 콘래드 사망.
1971	『변화를 향한 의지』 출판. 셸리 기념상 수상. 여성해방운동에 적극 참여함.
1973	『난파선 속으로 잠수하기』 출판.
1974	『시선집』 출판. 앨런 긴스버그와 함께 전미도서협회상 공동 수상.
1975	『에이드리언 리치의 시와 산문집』 출판.
1976	산문집 『여자로 태어남에 대하여: 경험과 제도로서의 모성애』 출판.
1976~79	러트거스 대학교 영문과 교수직 맡음.
1976~현재	반려자 미셸 클리프와 만남.
1977	『스물한 개의 사랑시』 출판.
1978	『공동 언어를 향한 소망』 출판.
1979	산문집 『거짓말, 비밀, 그리고 침묵』 출판. 스미스 대학교에서 명예박사학위 수여받음.
1981	『미칠 듯한 인내심으로 여기에 오기까지』 출판.
1981~83	레즈비언/페미니스트 잡지 『위험한 지혜』 공동 편집장을 맡음.
1981~87	코넬 대학교 A. D. White 교수직 맡음.
1983	『원천』 출판.
1984	『문턱 너머 저편』 출판.
1984~86	새너제이 대학교 석좌교수직 맡음.
1986	『당신의 조국, 당신의 삶』 출판. 산문집 『피, 빵, 그리고 시』 출판. 루스 릴리 상 수상.
1987	우스터 대학교와 브랜다이스 대학교에서 명예박사학위 받음. 브랜다이스 창작예술메달 수상.
1989	『시간의 힘』 출판. 전미시인협회상 수상. 엘머 홈스 봅스트 상 수상.
1990	뉴욕 시립 대학교와 하버드 대학교에서 명예박사학위 수여받음.

1991	『난세의 지도』 출판. 코먼웰스 상 수상.
1992	로버트 프로스트 은메달상 수상. 윌리엄 화이트헤드 평생공로상 수상. 『난세의 지도』로 로스앤젤레스 타임스 도서상 수상. 척추수술을 받음.
1993	산문집 『거기서 발견된 것: 시와 정치에 대한 소고들』 출판.
1994	국가예술훈장 서훈 대상자로 지명되었으나 공개적으로 거부함.
1995	『공화국의 어두운 들판』 출판.
1999	『미드나이트 샐비지』 출판.
2001	『여우』 출판.
2002	『문턱 너머 저편』 재출판. 산문집 『가능성의 예술』 출판.
2004	『폐허 속의 학교』 출판.
2007	『미로에서 울리는 전화』 출판.

'대산세계문학총서'를 펴내며

2010년 12월 대산세계문학총서는 100권의 발간 권수를 기록하게 되었습니다. 대산세계문학총서의 발간은 앞으로도 계속될 것이고, 따라서 100이라는 숫자는 완결이 아니라 연결의 의미를 지니는 것이지만, 그 상징성을 깊이 음미하면서 발전적 전환을 모색해야 하는 계기가 된 것은 분명합니다.

대산세계문학총서를 처음 시작할 때의 기본적인 정신과 목표는 종래의 세계문학전집의 낡은 틀을 깨고 우리의 주체적인 관점과 능력을 바탕으로 세계문학의 외연을 넓힌다는 것, 이를 통해 세계문학을 바라보는 우리의 시각을 전환하고 이해를 깊이 해나갈 수 있도록 한다는 것이었다고 간추려 말할 수 있습니다. 그리고 궁극적으로는 우리의 인문학을 지속적으로 발전시켜나갈 수 있는 동력이 될 수 있기를 희망하는 것이었습니다. 이러한 기본 정신은 앞으로도 조금도 흩트리지 않고 지켜나갈 것입니다.

이 같은 정신을 토대로 대산세계문학총서는 새로운 변화의 물결 또한 외면하지 않고 적극 대응하고자 합니다. 세계화라는 바깥으로부터의 충격과 대한민국의 성장에 힘입은 주체적 위상 강화는 문화나 문학의 분야에서도 많은 성찰과 이를 바탕으로 한 발상의 전환을 요구하고 있습니다. 이제 세계문학이란 더 이상 일방적인 학습과 수용의 대상이 아니라 동등한 대화와 교류의 상대입니다. 이런 점에서 대산세계문학총서가 새롭게 표방하고자 하는 개방성과 대화성은 수동적 수용이 아니라 보다 높은 수준의 문화적 주체성 수립을 지향하는 것이며, 이것이 궁극적으로 한국문학과 문화의 세계화에 이바지하게 되리라고 믿습니다.

또한 안팎에서 밀려오는 변화의 물결에 감춰진 위험에 대해서도 우리는 주의를 게을리하지 말아야 할 것입니다. 표면적인 풍요와 번영의 이면에는 여전히, 아니 이제까지보다 더 위협적인 인간 정신의 황폐화라는 그늘이 짙게 드리워져 있는 것이 사실입니다. 대산세계문학총서는 이에 대항하는 정신의 마르지 않는 샘이 되고자 합니다.

'대산세계문학총서' 기획위원회

대 산 세 계 문 학 총 서